ウクライナの発見

ポーランド文学・美術の十九世紀

小川万海子

藤原書店

1　レオン・ヴィチュウコフスキ《ビートの収穫》（Kopanie buraków. 1893 年，45×70cm，クラクフ国立美術館）

2　レオン・ヴィチュウコフスキ《ビートの収穫》（Kopanie buraków. 1903 年，131×71cm，ビドゴシチ美術館）

3　**レオン・ヴィチュウコフスキ《ビートの収穫》**（Kopanie buraków. 1911 年，63.5×78cm，ワルシャワ国立美術館）

4　**レオン・ヴィチュウコフスキ《水の中で働く漁師》**（Rybacy brodzący. 1891 年，131×146cm，ワルシャワ国立美術館）

5　レオン・ヴィチュウコフスキ《ウクライナの耕作》（Orka. 1892 年，72×124cm，クラクフ国立美術館）

6　ユゼフ・ヘウモンスキ《黒鶴》（Żurawie. 1870 年，44×58cm，クラクフ国立美術館）

7　ユゼフ・ヘウモンスキ《飛び立つ黒鶴》(Odlot żurawi. 1871 年，41.5×57.5cm，個人所蔵)

8　ユゼフ・ヘウモンスキ《遊糸》(Babie lato. 1875 年，119.7×156.5cm，ワルシャワ国立美術館)

9　ユゼフ・ヘウモンスキ《ステップを疾走する四頭立て馬車》（Czwórka. Po stepach. 1881 年，275×660cm，クラクフ国立美術館）

10　ユゼフ・ヘウモンスキ《居酒屋の前のコサック兵》（Kozacy przed karczmą. 1881 年，50×109cm，個人所蔵）

11　ユゼフ・ヘウモンスキ《黎明》（Świt. 1892 年，52×74cm，クラクフ国立美術館）

12　ユゼフ・ヘウモンスキ《墳墓》（Kurhan. 1912 年, 111×189cm, ワルシャワ国立美術館）

13　ユゼフ・ヘウモンスキ《ポドレの風景》（Krajobraz z Podola. 1910 年，92.5×147cm，ワルシャワ国立美術館）

14　ヤン・スタニスワフスキ《ヒレアザミ》（Bodiaki. 1885 年頃，35×26cm，個人所蔵）

15　ヤン・スタニスワフスキ《ヒレアザミ》（Bodiaki. 1885 年，33×28cm，クラクフ国立美術館）

16　ヤン・スタニスワフスキ《ヒレアザミ》（Bodiaki. 1885 年，41×27cm，個人所蔵）

17　ヤン・スタニスワフスキ《ヒレアザミ》（Bodiaki. 1885 年，21.5×27.3cm，個人所蔵）

18　ヤン・スタニスワフスキ《ヒレアザミ》（Bodiaki. 1885 年，25.5×22.2cm，クラクフ国立美術館）

19　ヤン・スタニスワフスキ《ヒマワリ》（Słoneczniki. 1903 年，32×23cm，クラクフ国立美術館）

20　ヤン・スタニスワフスキ《ヒマワリ》（Słoneczniki. 1905 年，24×31.5cm，クラクフ国立美術館）

21　ヤン・スタニスワフスキ《夏》(Lato. 1902 年，32.5×23.5cm，シロンスク美術館)

22　ヤン・スタニスワフスキ《プストヴァルニアの納屋》（Stodoły w Pustowarni. 1903 年頃, 24×32.5cm，クラクフ国立美術館）

23　ヤン・スタニスワフスキ《ドニエプル川の雲》（Obłoki nad Dnieprem. 1903 年, 23.8×32.2cm，クラクフ国立美術館）

24　ヤン・スタニスワフスキ《ドニエプル》（Dniepr. 1904 年，24×32cm，個人所蔵）

25　ヤン・スタニスワフスキ《縹色（はなだ）色（サファイアブルー）のドニエプル》（Dniepr szafirowy. 1904 年，16×24cm，クラクフ国立美術館）

26　ヤン・スタニスワフスキ《ドニエプルの岸辺で》（Znad Dniepru. 1905年，21×12cm，クラクフ国立美術館）

27　ヤン・スタニスワフスキ《太陽》(Słońce. 1905 年, 11.8×20.8cm, クラクフ国立美術館)

28　ヤン・スタニスワフスキ《風車のある風景》(Pejzaż z wiatrakami. 1905 年, 23.9×32.5cm, クラクフ国立美術館)

29　ヤン・スタニスワフスキ《月夜》（Noc księżycowa. 1903 年，16.5×21.5cm，クラクフ国立美術館）

30　ヤン・スタニスワフスキ《ウクライナの風景》（Pejzaż ukraiński. 1900 年，14×20.5cm，クラクフ国立美術館）

31　ヤン・スタニスワフスキ《虹》（Tęcza. 1902 年，16×21.6cm，クラクフ国立美術館）

32　ヤン・スタニスワフスキ《樫》
（Dąb. 1885 年，28×21cm，個人所蔵）

ウクライナの発見　目次

序　章 …… 7

第Ⅰ章　ウクライナ概説 …… 13

1　「ウクライナ」の語源　15
2　ポーランドとウクライナの歴史的関係　16
3　十九世紀ポーランドにおける「ウクライナ」の認識　25
4　ウクライナ生まれの芸術家・学者等　31

第Ⅱ章　十九世紀ポーランド美術におけるウクライナ …… 41

1　ウクライナに魅せられた画家たち　43
2　ユゼフ・ヘウモンスキ　55
3　ヤン・スタニスワフスキ　95

第Ⅲ章　十九世紀ポーランド文学におけるウクライナ …… 119

1　『マリア――ウクライナの物語』（*Marja powieść ukraińska*）　121
2　『カニュフ城』（*Zamek kaniowski*）　139
3　ザレスキの詩に生きるウクライナ　156

4 呼吸する大地——ヴィンツェンティ・ポルの見たウクライナ 182

終章 …… 209

1 もの言う自然 211

2 ポーランド・ロマン主義とウクライナ 213

あとがき 217

本書関連年表 220

注 240

参考文献一覧 243

ポーランド語要旨 245

ウクライナの発見

――ポーランド文学・美術の十九世紀

序章

「自由と夢物語の魅惑の地」、「夢の地」、「御伽噺から抜け出たような光景」。十九世紀ポーランドの三人の画家たちがこの上ない賛美の言葉を献じたのはウクライナであった。ウクライナによって画家として覚醒したユゼフ・ヘウモンスキ（Józef Chełmoński 一八四九―一九一四）らが語るウクライナは、色鮮やかに照り映え、生気に満ち溢れた至上の美の地であり、同時に人間の力ではどうしようもない哀愁の魔力が漂う地でもあった。彼らがウクライナを嘆美する言葉を声に出して読んでみれば、酔いしれるような共通する響の羽によって、時空を越えて彼らのウクライナへと飛翔していくような感覚にとらわれる。このようなまさに御伽噺の中にのみ存在するような光景が現実にあったのだろうか。ポーランドの画家たちの心をかくも捉えたウクライナとは何なのか。様々にかきたてられた想像力に導かれて本研究が始まった。

かつて近世のポーランド・リトアニア国家がほとんどの領域を占めていたウクライナは、絵画の分野だけでなく十九世紀ポーランド文学においても一つの重要なテーマをなしている。列強による三国分割により、国家が消滅していた十九世紀において、ポーランドの画家や詩人を魅了したウクライナとはいかなる空間であったのか。彼らの作品を検証しながらウクライナのイメージを読みとることを試みたのが本書である。

各章の構成について簡単に述べておくこととする。第I章においてはウクライナに関する予備知識をまとめた。「ウクライナ」の語源に触れ、ウクライナとポーランドの歴史的関係を概説するとともに、十九世紀ポーランドにおけるウクライナの認識について述べ、さらにウクライナが輩出した芸術家、学者等の一覧を載せた。

第Ⅱ章では具体的に十九世紀ポーランド美術に描かれたウクライナを旅する。まずウクライナの作品を残している画家について概観した後、ユゼフ・ヘウモンスキ、及びウクライナに生を受け、その様々な自然風景を独特の情趣溢れる画面にとどめたヤン・スタニスワフスキ（Jan Stanisławski 一八六〇―一九〇七）の作品を検証し、彼らが造形したウクライナの姿を浮き彫りにする。

続いて第Ⅲ章は文学の中のウクライナを取り上げ、同地に生まれポーランド文学史においてウクライナ派と呼ばれる三詩人、アントニ・マルチェフスキ（Antoni Malczewski 一七九三―一八二六）、セヴェリン・ゴシチンスキ（Seweryn Goszczyński 一八〇一―七六）、ユゼフ・ボフダン・ザレスキ（Józef Bohdan Zaleski 一八〇二―八六）、さらに詩人であるとともに地理学者でもあったヴィンツェンティ・ポル（Wincenty Pol 一八〇七―七二）の目に映ったそれぞれのウクライナを探求する。十九世紀ポーランドにおいて、民族の精神的指導者として民を導いた詩聖アダム・ミツキェヴィチ（Adam Mickiewicz 一七九八―一八五五）、ユリウシュ・スウォヴァツキ（Juliusz Słowacki 一八〇九―四九）の作品も適宜交えながら、論じることとする。

最後に終章として、ウクライナのイメージを総合するとともに、ポーランド文化史上最も重要な意味をもつポーランド・ロマン主義の観点からウクライナを考えて、論を閉じることとする。なお、ポーランド文学以外に、ウクライナ・ステップの圧倒的な自然を描いたアントン・チェーホフ（一八六〇

―一九〇四）の傑作『曠野』（一八八八年）を随所で参考とし、またわが国の古典文学や民俗学の観点も交えて考察することを試みた。

わが国においてポーランド美術はいまだ未知の世界であり、ヘウモンスキ及びスタニスワフスキについて日本語で本格的に論じたのは本書が最初であると認識している。ヘウモンスキはポーランド美術という宝箱の存在を筆者に教え、ポーランド文化研究の道筋を与えてくれた画家である。彼が描く絵画の詩ともいうべき郷愁溢れる自然風景と、大地に働く者に向けられた温かい眼差しにこれまでにない深い共感を覚え、そのヘウモンスキを魅了してやまなかったウクライナに対する憧憬の念が筆者の中でも水かさを増していった。これまで行ってきたヘウモンスキ研究[1]を踏まえ、ヘウモンスキのウクライナについてはかなり詳細に論じることとなった。

本研究においては、絵画および詩という二種類のテキストを徹底的に読み込むことを研究方法の柱として、独自の解釈を展開しながらウクライナのイメージを浮かび上がらせることに努めた。無限に続くステップの大海、吹き渡る風、豊饒の大地の生命力、哀歌の調べ、大気に漂う何ものかの存在……、十九世紀ポーランドに生きた芸術家たちのインスピレーションの源泉となったウクライナという空間を、紙面に立体的に呼び起こすことに本書は挑戦している。

第Ⅰ章　ウクライナ概説

1 「ウクライナ」の語源

ヴィトルド・ドロシェフスキ（Witold Doroszewski）編集の一〇巻からなるポーランド語辞典（一九五八―六九年）[1]において、「ウクライナ（Ukraina）」には次のような説明がなされている。

1 ウクライナ・ソビエト社会主義共和国。〔一九六七年当時〕

2 （口語）誰かの居住場所からひどく遠く離れた場所（miejscowość bardzo odległa, daleka od czyjegoś miejsca zamieszkania）

3 （古語）国境付近の地域、国境地帯（kraj nad granicą, kresy）

また、上記辞典より約半世紀前に編集された八巻本のポーランド語辞典（一九〇〇―二七年）[2]においては、「ウクライナ」の語義は以下のように記されている。

1 国境付近の地域、国境地帯（kraj nad granicą, pogranicze, kresy）

2 非常に遠い場所、世界のはずれ、世界の端、遥か遠いはずれにある場所（miejsce bardzo odległe, dalekie strony, kraniec świata, koniec świata, przedpiekle）

ポーランド語における「ウクライナ」とは、遥か遠い地、辺境地帯を原義とし、この世の果てをも連想させる語であったことがうかがえる。Ukraina の kraina は「国」、「地方」、「地域」、「土地」といった意味を有するが、さらに kraj は「国」、「地方」の他に、「端」、「はずれ」、「ふち」を意味する。他方、「ウクライナ」という語が文献に最初に登場する十二〜十三世紀の『キエフ年代記』等の用例から判断すれば、「ウクライナ」は「土地」、「国」を表す語であったという説がある。[3] だがポーランド語の Ukraina は、単なる「土地」を遠く越えて、人の心に遥かげの辺境の風景を思い描かせる響きをもっていたと思われる。

2　ポーランドとウクライナの歴史的関係[4]

(1)ポーランド文化の揺籃の地

①スラヴの故地　現在のウクライナが広がる黒海北岸地域には、紀元前一五〇〇年〜前七〇〇年頃に遊牧騎馬民族であるキンメリア人が住んでいたとされる。紀元前八世紀にキンメリア人を駆逐し、かわって地域を席巻したのがスキタイ人であった。この遊牧の民であり、騎馬に秀で勇猛果敢な戦士のスキタイ人は紀元前四世紀頃に最盛期を迎えるが、当時の王族や貴族のクルハン（kurhan）と呼ばれる墳墓がドニエプル川の中・下流域やクリミア半島に多数残されており、その古墳からは黄金に輝

く意匠を凝らした動物文様等の埋葬品が出土するという。

このスキタイ人が西はドナウ川、東はドン川、北はドニエプル川とブク川の上流にいたる広大な王国を築いた時代に、その勢力範囲に含まれスキタイ人から大きな影響を受けたとされているのがスラヴ人である。スラヴ人の故地については諸説あるものの、通説では現在のウクライナ西部とポーランドに求めている。

②サルマチア 紀元前四世紀に中央アジア方面よりスキタイの地の東に移動し、紀元前二世紀にはドニエプル川流域からスキタイを駆逐したのが、同じくイラン系でスキタイとよく似た風俗習慣をもった騎馬民族サルマチア人であった。この「サルマチア」はポーランドの文化、アイデンティティに極めて大きな影響を与えている。ローマ時代のプトレマイオスによる「ゲルマニア」(ヴィスワ川以西)、「ヨーロッパ・サルマチア」(ヴィスワ川〜ドン川)、「アジア・サルマチア」(ドン川以東)の地理的区分がルネサンス期に再発見される。これを受け入れたポーランドの人文主義者たちは、サルマチア人こそがポーランド人の祖先であると考え、ヨーロッパ的伝統への帰属を主張する根拠とした。一五七二年にヤギェウォ朝[5]が絶えると、ヤギェウォ朝時代の支配領域がヨーロッパ・サルマチアと同一視されるようになった。

バロック期になるとサルマチアはシュラフタ(ポーランドの貴族及び士族を指す呼称)による貴族共和制の優越性を誇示する理論となり、シュラフタのみがサルマチアの子孫であり、シュラフタは独立不羈、熱血果敢で潔く、信心深いなどの自己像を形成した。これは、リトアニアやルーシのシュラフタをポーランド化するイデオロギーとしても機能した。

サルマティズムは改革を拒否する伝統主義や排外主義を生み出すが、ポーランドの特異性・異質性の強調を目に見える形で示したのが当時の服装であり、男性の衣服・武具のデザインには東洋風の趣味が見られた。

こうした十六世紀後半から十八世紀前半にシュラフタのあいだで支配的であった伝統主義的な政治意識、社会意識、生活態度、文化的嗜好を一七三〇年代後半以降から啓蒙主義者たちが批判するようになる。その後十八世紀後半のポーランド分割を経て、十九世紀のロマン主義においてはサルマティズムの遺産が継承され、精神的な故郷としての「サルマチア」は国家の消滅後も民族の記憶の中で存続したのである(6)。

このようにスラヴ人の故地であり、またサルマティズムの起源であるサルマチア人が栄えた地であるウクライナは、ポーランド文化の源流にかかわる地と考えられるのではないだろうか。

(2)ポーランドの領域へ

九世紀半ば頃から中世ヨーロッパの大国であったキエフ・ルーシが一二四〇年のモンゴルによる侵略で滅亡すると、その文化と伝統はキエフ・ルーシの南西部に位置し、国際的中継貿易で栄えていた

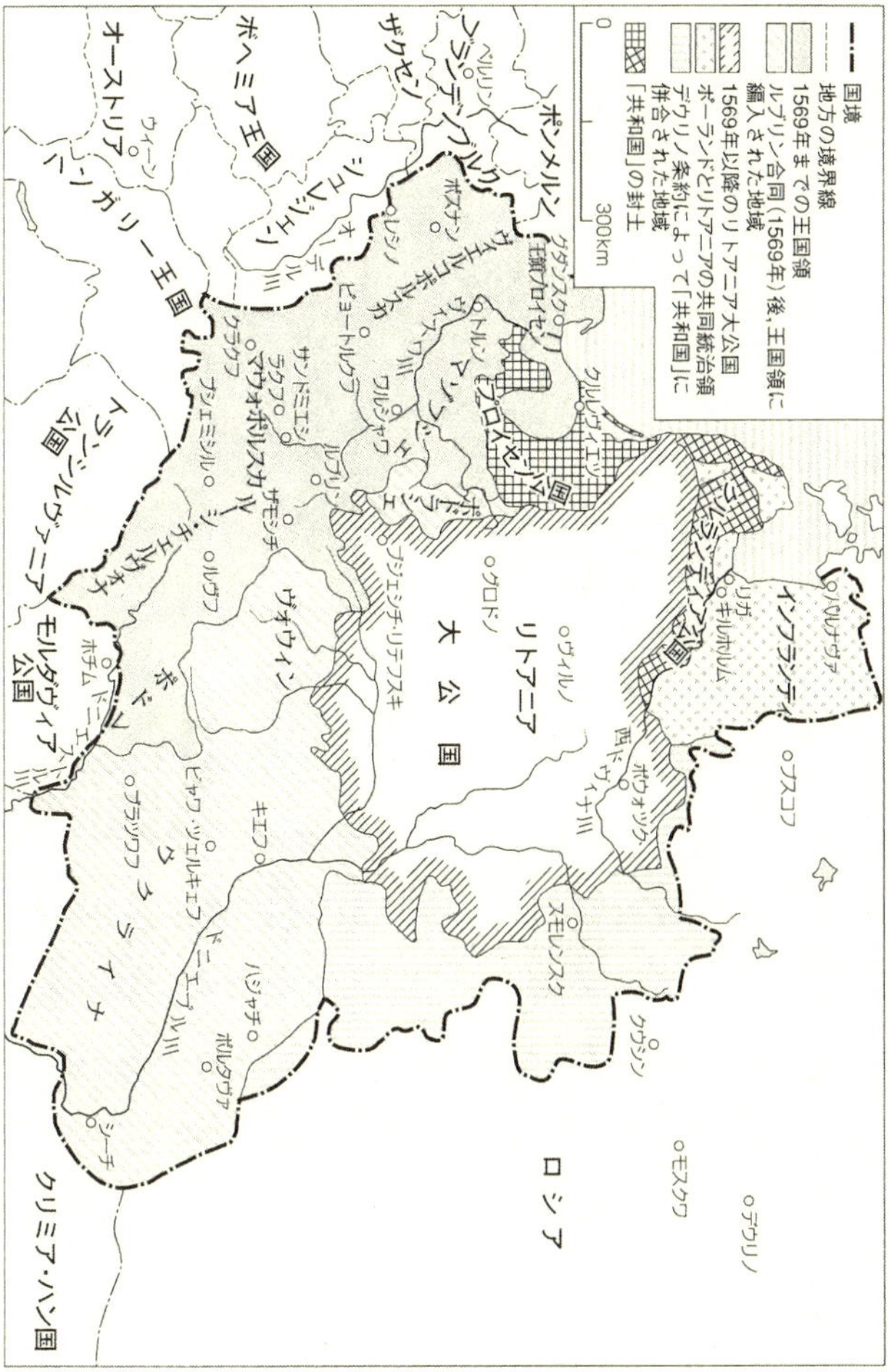

地図　1569年～1648年の「共和国」
（伊東孝之他編『ポーランド・ウクライナ・バルト史』山川出版社，1998年，116頁より）

ガリツィア・ヴォルイニ公国に受け継がれた。ウクライナの歴史家によれば、ガリツィア・ヴォルイニ公国はその最盛期には現ウクライナの九割の人口が住む地域を支配しており、最初のウクライナ国家だとしている。[7] 首都ルヴフ（Lwów. リヴィウ）は、国際貿易及び文化の拠点として発展し、特に十四世紀に入るとバルト海と黒海を結ぶ交易路上の商業都市として栄えた。だが同国は一三四〇年に相次いでリトアニア及びポーランドに併合され、十四世紀後半にはリトアニアがキエフを含むウクライナの大半を領有することとなる。そして一五六九年、ルブリンの合同により、ポーランド王国とリトアニア大公国が合同して共和国（Rzeczpospolita）が形成されると、ウクライナのほぼ全域がポーランド領となった。

(3) ウクライナ・コサックの登場

コサック（kozak）は元来トルコ系の語で、「群れを離れた者」という意味であり、トルコ・タタールの正規軍から離れた自治的な武装集団がコサックと呼ばれていた。十五世紀〜十六世紀にかけて、黒海北岸のステップ地帯にスラヴ系のウクライナ・コサック集団が形成されていく。ウクライナ・コサックの呼称がはじめて登場する記録は、一四九二年に書かれたクリミア・ハン国の書簡である。

ウクライナ・コサックはポーランドとリトアニアからの逃亡者で構成され、領主の農民に対する過酷な締め付けから逃れてきたものが中心であった。黒海北岸のステップ地帯は、クリミア・ハンによる侵略や、遊牧民の横行、タタールの襲撃により荒廃を極め、ポーランド語ではドニエプル下流のステップ地帯を「未開の広野」(Dzikie Pola) と呼んでいた。だが同時にそれは豊かな黒土地帯であり、自由と豊饒のこの地へ逃れてきたものたちがウクライナ・コサックとなったのである。

先住のトルコ・タタール系コサックとの抗争が繰り返される中、敵と対等に戦うために敵から戦術、風習を学んだ結果、タタールの騎馬技術、軍事技術から言葉、風習が取り入れられ、ウクライナ・コサックのタタール化現象が生じた。その一例が、一房を残して剃ってしまう頭髪の刈り方や、コサックの部隊長を示すトルコ語由来の語「アタマン」(ataman) である。

十六世紀半ば頃にウクライナ・コサックはドニエプル川下流の急流地帯の中洲に拠点 (sicz. シーチ) を築く。この急流地帯は「早瀬の向こう」(za porohami) という意味でザポロージェ (Zaporoże) という地名になり、コサックの拠点はザポロージェ・シーチ (Sicz zaporoska)、そこに結集したコサックはザポロージェ・コサックと呼ばれるようになり、ウクライナのコサック全体がザポロージェ・コサックとして知られるようになった。

ザポロージェ・コサックは、チャイカ (czajka) と呼ばれた樫をくりぬいたカヌーでドニエプルを下っては南方へ軍事遠征を行い、オスマン帝国やクリミア・ハンの港までもが奇襲された。この強大化するコサック集団を本格的に利用しようとしたのがポーランドである。ルブリン合同の直後から、ウクライナ・コサックの登録制度を開始し、コサックは一切の封建的義務を免除され、給料が支払われ、自由が保障されることになった。ポーランドはコサックに特権を与え、自由を認めながら、モスクワ、オスマン帝国等との戦争の軍事力として、また辺境防備の兵力として利用したのである。

しかしこの登録制度も矛盾に直面する。ポーランドにとって多数の登録コサックを養うことは経済的に大きな負担となるため登録数は限られることになるが、他方、未登録コサックへの統制力は及ばず、十七世紀前半には、ウクライナ・コサックとポーランド政府との緊張が高まっていく。その中で登場したサハイダーチニイ（Sahajdaczny）は、ポーランドとの対立を避けながらコサックの地位向上を図り、一六二〇年に始まったポーランドとオスマン帝国の戦争の際には、ポーランド王の要請に応じてコサックを動員し、一六二一年にはウクライナ南部のホチム（Chocim）で繰り広げられた戦いで、オスマン帝国軍を敗退せしめ、ポーランドを危機から救った。

(4)ウクライナ分割、コサック時代の終焉

登録コサック数の増大を求めるウクライナ・コサックの不満が増幅する中、一六四八年にボフダン・フミエルニツキ（Bohdan Chmielnicki 一五九五―一六五七）の乱が勃発する。フミエルニツキは古い登録コサックの家に生まれたエリートであったが、コサックとポーランド政府との衝突が続く中、一六四七年に領地がポーランド貴族に襲われるという事件が起こった。ザポロージェに逃げ込んだフミエルニツキはコサックにポーランドに対する反乱決起を呼びかけ、ヘトマン（頭領）に選出される。一六四八年にコルスン（Korsuń）でポーランド軍を打ち破り、いわゆるフミエルニツキの乱が始まった。

一六五四年にはウクライナ・コサックは新興の正教国モスクワとペレヤスラフ協定を結んでポーラ

ンドと対抗するが、一六六七年にポーランドとモスクワはアンドルソフの講和により、ウクライナを分割することに同意する。これにより、ドニエプル右岸はポーランド領に、左岸（ただしキエフを含む）はロシア領となった。

ポーランド支配下の右岸ウクライナでは十八世紀を通じて正教を信仰するウクライナ農民とコサックによる、カトリック・ポーランドに対する大規模な反乱（ハイダマキ運動）が起こった。他方、左岸ウクライナではウクライナ・コサックのヘトマン国家がロシアの自治国となっていたが、しだいにロシア政府により自治が制限され、十八世紀初頭にはこれに対抗してイヴァン・マゼパ（Iwan Mazepa 一六三九―一七〇九）が乱を起こす。しかしポウタヴァ（Poltawa. ポルタヴァ）の戦いで敗北し、以後、コサックの自治はさらに制限され、一七七五年にはザポロージェの本営が破壊された。そして一七八二年にはヘトマン国家はロシア帝国の直轄領となって小ロシアと呼ばれるようになり、コサック時代は終わりを告げる。

(5)十九世紀、二十世紀

ロシア、オーストリア、プロイセンによる一七七二年、一七九三年、一七九五年の三度にわたる分割により、ポーランドは国家として消滅し、ポーランド支配下であった右岸ウクライナはロシア領、ガリツィアはオーストリア領となる。ガリツィアは、ウクライナ人が居住する東ガリツィアと、ポーランド人の住む西ガリツィアが一つの行政単位となったため、ウクライナ人とポーランド人との確執

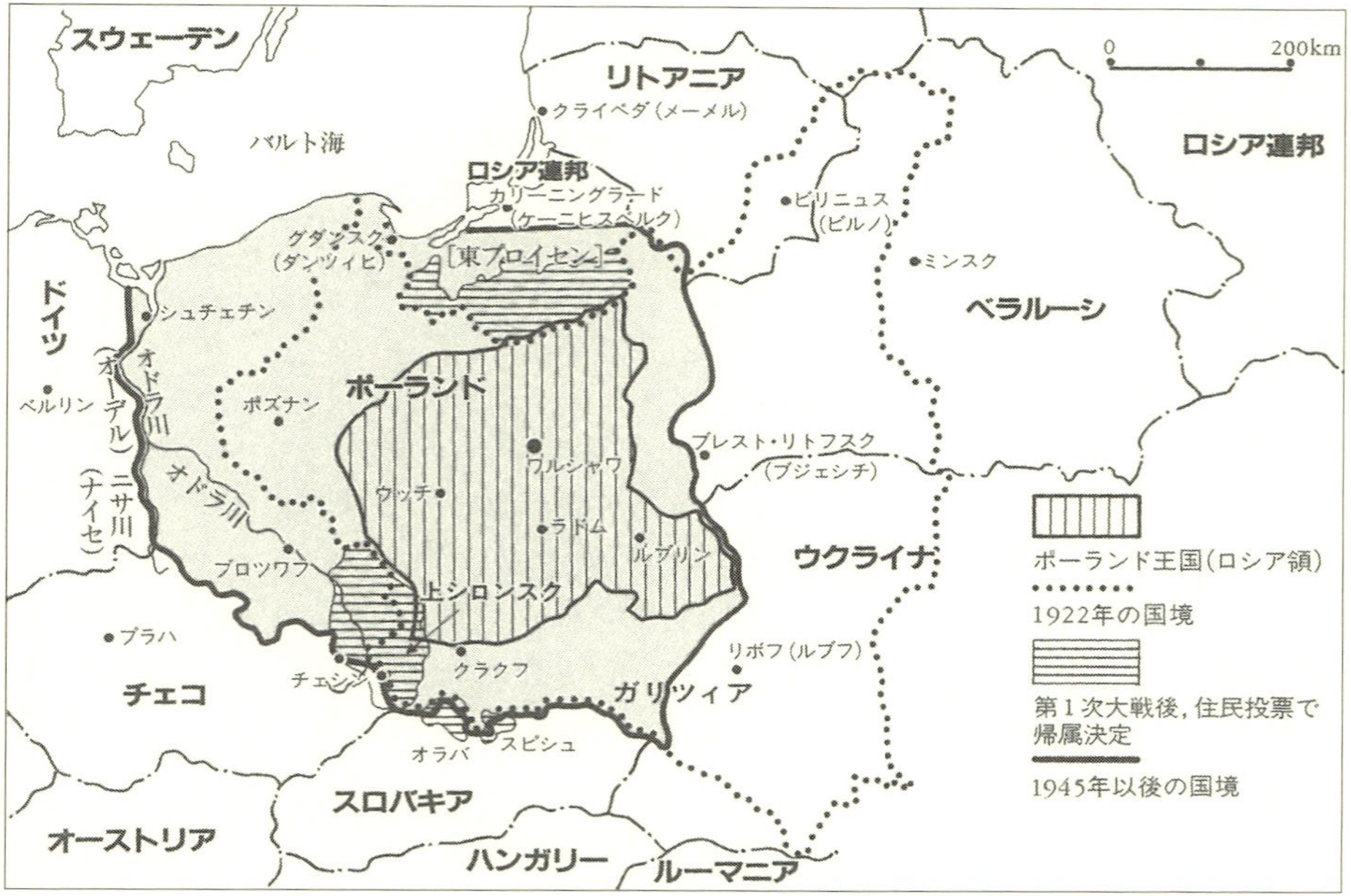

地図　ポーランドの領土の変遷(『東欧を知る事典』平凡社, 1993年, 629頁より)

が大きな問題となった。

十九世紀ポーランドでは、十一月蜂起（一八三〇〜三一年）から一月蜂起（一八六三〜六四年）まで多くの武装蜂起が繰り返され、その結果、数多のポーランド人が戦いに斃れ、あるいは刑死し、あるいはシベリア流刑となり、あるいは亡命を余儀なくされた。だがこの未曾有の苦難の時代において、ポーランド文化史上最も重要なロマン主義時代が開花するのである。文学、音楽、美術などの分野で輝きを放ち、特に文学はあらゆる芸術を支配し、詩人たちは民族の本質を問いながら、民族が進むべき道を示し、民を導いた。

二十世紀になり、第一次世界大戦を経て、ようやくポーランドは一九一八年十一月に独立を遂げ、一九二〇年からのポーランド・ソヴィエト戦争が起こると、一九二一年のリガ条約でガリツィアはポーランド領となった。一九三九年十一月にはソ連が旧ポーランド領の西ウクライナと西ベラルーシを併合し、一九四五年八月に現在の国境線が画定する。

3　十九世紀ポーランドにおける「ウクライナ」の認識

(1)誰のものでもない辺境地域、母なるウクライナ

本書において取り上げる十九世紀ポーランドにおいて、「ウクライナ」はどのような認識でとらえられていた地域であったのか。ヴロツワフ大学美術史学部教授のヴァルデマル・オコイン（Waldemar

Okoń）が「母なるウクライナ（"Matka-Ukraina"）」と題した論文において極めて興味深い答えを提示している。[8] まず、一八九二年出版の『ポーランド王国及び他のスラヴ諸国に関する地理事典』（*Słownik geograficzny Królestwa Polskiego i innych krajów słowiańskich*）における「ウクライナ」の項をもとに、以下のように定義づけている。

――ウクライナとは、ドニエプル川とブク川の下流域を囲む、南ルーシのステップ地帯につけられた歴史的というよりも習慣的名称であり、ルーシの極めて古い語である。ウクライナとは、辺境のはずれにある土地であり、南の境よりも深刻な防衛警戒の緊張が絶えず存在していたことから、早い時期にはもっぱら国境地帯の（「国境地帯の」という意味の形容詞としての ukrainny が使われている）土地としてみなされ、語源の意味においては、もともと国境地帯の人々の意や、ウクライナという名称よりも国境地帯の自由（swawola ukrainna）として知られていた。ウクライナはヴォインやポドレのように県名などの公式名称となることはなかった。ウクライナとは、キエフ県、ブラツワフ県といった行政県というよりも、ステップの土地の一部であり、誰のものでもなく、ヨーロッパをアジアから隔てる地帯であり、自由と進歩に立脚する文明と、人間の隷属及び一度制定されれば改正されることのない法律の麻痺が支配する文明との境界地域である。

さらに続けて十九世紀におけるウクライナについて以下のように記している。

——十九世紀におけるウクライナは、以下の事柄と結び付けられていた。軍役とあいまいに定められた境界。国境地帯の自由と、ヨーロッパ文明の最後の砦を監視する要塞のモチーフ。無限に広がる空間と、堀で囲み古（いにしえ）の価値の世界に閉じこもる必要性。その価値とは、アジアの侵略者との戦い、自由、ステップを狂気の沙汰のように馬で疾走すること、そしてこの大地の深い地層において紡ぎだされた物語と同義語であった。ウクライナの大地は、古代のそして最後まで知られることのなかった作品を通じて、ポーランド民族の母、揺籃の名に値した。まさにここでスキタイとサルマチアが優勢誇る古代ローマと戦い、ここからポラニエ族の西への移動が始まったのであり、ステップの数多の墳墓では我々の最も古い祖先が永遠の眠りについている。またここはホメロスの後継者である語り部たち、トルバン[9]奏者たち、完全無欠であるスラヴの故地の泉から霊感を受けた盲目の預言者詩人たち、歌い手たちが生まれた地であり、彼らにとってのインスピレーションの源は、神のみでないとするならば、父祖の地とその雄々しい伝統であった。

オコインの記述を総合すれば、第一にウクライナとは、地理的にはドニエプル川とブク川の下流域を囲むかつてのキエフ・ルーシ南部のステップ地帯としてとらえられており、それはかつて「未開の広野」（Dzikie Pola）と呼ばれ、コサックを惹きつけた地と重なる。

第二に、ウクライナはステップの土地の一部であり、行政県ではなく、誰のものにも属さない。

そして第三に、ウクライナは防衛上重要な辺境地帯であり、自由と進歩を基礎とする文明世界のヨーロッパと、専制と野蛮のアジアとを隔てる境界地域である。この場合のアジアとはロシアも含まれていると考えられる。十五世紀以降から現在にいたるまでポーランドでは「ヨーロッパを東の脅威から守る防壁としてのポーランド」としての考え方が根強いが、ウクライナはまさに東の脅威との境界地帯であり防壁の最東端の地ということになる。

なお、九・一一事件後のイラク戦争開戦時に、ポーランドはいち早く戦闘部隊を派遣し、戦後も治安維持に全面協力したが、そこには、テロの脅威から欧州文明を守る防壁としてのポーランドの自画像が見えるのである。

最後に第四として、十九世紀には以上のような認識に加え、ポーランド民族、ポーランド文化の揺籃の地、すなわち「母なるウクライナ」としてとらえられるようになった。

(2)「クレスィ」としてのウクライナ

ポーランド人にある種独特の郷愁を呼び起こす言葉に、「クレスィ」(Kresy)がある。何がしかの空間の「端」、「はずれ」を意味する名詞 kres の複数形であるが、大文字で Kresy と表記して、かつての東部国境地帯を意味する。それは列強によってポーランドから切り裂かれた地域であり、ポーランド人はこの失われた大地に様々な憧憬の念を抱いていると思われる。『文学におけるクレスィ』(Kresy w literaturze)において、エウゲニウシュ・チャプレイエヴィチ(Eugeniusz Czaplejewicz)がクレスィに

想起される実に多様な観念を以下のように集約している。(10)

(1)エキゾチシズム
(2)危険にさらされた境界――必ずしも国家の国境ではなく、それ以上に文化、文明、宗教、民族生活、自由の境界であり、すなわちいかなる犠牲を払っても守らねばならない境界をいう。
(3)剛毅、騎士精神の流儀の場
(4)森閑とした太古の原生林、野生動物の宝庫であり、人間が立ち入ることの出来ない深い森、「未開の広野」
(5)美しく崇高な自然の王国
(6)シュラフタの域、地主館の地、シュラフタ文化のオアシス、サルマティズムの奥義
(7)民の域――ぶっそうではあるが、自然な気取らなさが魅力な真正の地
(8)失われた楽園
(9)荒廃したアルカディア
(10)冒険の空間
(11)特別な使命の目的、有機的労働の地域
(12)共和国のからだから切り取られてしまった部分、血にまみれた癒せぬ傷
(13)敵との対立が異常に集中している地、残虐行為が集約した地、カオスの地、歴史の凄まじい

地獄
(14)ポーランドの集合墳墓
(15)過去(と未来)の投影
(16)ヨーロッパとアジアの十字路

クレスィが東部国境地帯として認識されるようになったきっかけは、ヴィンツェンティ・ポル(Wincenty Pol 一八〇七―一八七二。第Ⅲ章4で詳述)の『モホルト』(*Mohort.* 一八五二年)である。東南の国境地帯を異邦人から守る勇猛果敢で慎み深いシュラフタのモホルトを主人公とした、この古きよき共和国時代の物語において、ポルはドニエプル川とドニエステル川の間の地域、すなわちタタールやハイダマキ運動からポーランドを防衛する最果ての地帯を想定してクレスィという言葉を用いた。その後まもなく、クレスィは領域を拡大してかつての共和国の東部国境地帯や北東部国境地帯に拡大してとらえられるようになる。他方、一八六〇年頃、クレスィと、実り豊かなアルカディアであるとともに異教徒の敵から祖国を守る最果ての境界地域としてのウクライナの概念の相互作用が生じ、十九世紀の文学がウクライナを頻繁に取り上げていたことも影響して、クレスィとウクライナは同一視されるようになった。

4　ウクライナ生まれの芸術家・学者等

ウクライナは主に十九世紀から二十世紀に活躍した芸術家、学者等を多数輩出しており、創造の大いなる源泉となっていた地であることがうかがえる。現ウクライナ領の地域で生まれた芸術・学術分野において活躍した主な人物は以下のとおりである。（年代の古い順。ウクライナの地名は、ポーランド語によるカタカナ表記）

(1)ポーランド人

〈文学者〉

（1）ミコワイ・センプ＝シャジンスキ Mikołaj Sęp-Szarzyński（一五五〇：ルヴフ—一五八一：ルヴフ近郊）抒情詩人。『ポーランド語詩』（一六〇一年。没後二〇年に出版された）

（2）シモン・シモノヴィッツ Szymon Szymonowic（一五五八：ルヴフ—一六二九：ポーランド・ザモシチ（Zamość）近郊）ルネサンス期の詩人。ヤン・ザモイスキとともにザモイスキ・アカデミーを組織する。

（3）ユゼフ・バルトゥウォミエイ・ジモロヴィッツ Józef Bartłomiej Zimorowic（一五九七：ルヴフ—一六七七：ルヴフ）バロック期の詩人。ルヴフ市長

（4）カスペル・トファルドフスキ Kasper Twardowski（一五九二頃：サンボル（Sambor）―一六四一以前：ルヴフ）バロック初期の詩人。『キューピッドのレッスン』（一六一七年）

（5）ベネディクト・フミエロフスキ Benedykt Chmielowski（一七〇〇：ウツク（Łuck）―一七六三：リプフカ（Lipówka））神父、作家。『新しきアテネ、即ちあらゆる知識に満ちたアカデミア。賢者の備忘録、愚者の教導、政治家の実用、鬱病患者の慰めとして書かれたる類別多項目百科』（一七四五年）

（6）フランチシェク・カルピンスキ Franciszek Karpiński（一七四一：コウォミイヤ（Kołomyja）近郊―一八二五：ヴォウコヴィスク（Wołkowysk）近郊）啓蒙主義時代の感傷詩人。『ラウラとフィロン』

（7）アントニ・マルチェフスキ Antoni Malczewki（一七九三：クニアヒン（Kniahin）―一八二六：ポーランド・ワルシャワ）ウクライナ派の詩人。『マリア』（一八二五年）

（8）セヴェリン・ゴシチンスキ Seweryn Goszczyński（一八〇一：フマイン（Humań）近郊―一八七六：ルヴフ）ウクライナ派の詩人。『カニュフ城』（一八二八年）

（9）ユゼフ・ボフダン・ザレスキ Józef Bohdan Zaleski（一八〇二：ボハティルカ（Bohatyrka）―一八八六：フランス・ヴィルプルー（Villepleux））ウクライナ派の詩人。「黒鶴のこだまに寄す」（一八六二年）

（10）ユリウシュ・スウォヴァツキ Juliusz Słowacki（一八〇九：クシェミエニエツ（Krzemieniec）―

一八四九：パリ）ポーランド三大詩聖の一人。『ベニョフスキ』（一八四一年）

(11)コルネル・ウイエイスキ Kornel Ujejski（一八二三：ベレミアニィ（Belemiany）―一八九七：ルヴフ近郊）詩人。『マラトン』（一八四五年）、『エレミアの嘆き』（一八四七年）

(12)ジョセフ・コンラッド Joseph Conrad（ポーランド名テオドル・ユゼフ・コンラッド・コジェニョフスキ Teodor Józef Konrad Korzeniowski）（一八五七：ベルディチュフ（Berdyczów）―一九二四：イギリス・ビショップスボーン（Bishopsbourne））作家。『闇の奥』（一八九九年）

(13)レオポルド・スタッフ Leopold Staff（一八七八：ルヴフ―一九五七：ポーランド・スカルジスコ・カミエンナ（Skarżysko Kamienna））「若きポーランド」時代の詩人。『魂の日』（一九〇三年）

(14)ブルーノ・シュルツ Bruno Schulz（一八九二：ルヴフ近郊のドロホビチ（Drochobycz）―一九四二：ドロホビチ）両大戦間期の最も重要な作家の一人。画家。『肉桂色の店』（一九三四年）

(15)カジミエシュ・ヴィエジンスキ Kazimierz Wierzyński（一八九四：ドロホビチ―一九六九：ロンドン）二十世紀初頭の若き詩人グループ「スカマンデル」の代表詩人、小説家。『狂信歌』（一九二九年）

(16)ヤロスワフ・イヴァシキェヴィチ Jarosław Iwaszkiewicz（一八九四：キユフ（Kijów. キエフ）近郊カルニク（Kalnik）―一九八〇：ワルシャワ）「スカマンデル」の代表詩人、小説家。『ディオニュソス祭』（一九二二年）、『ヴィルコの娘たち』（一九三三年）

(17)ヤン・ブジェフヴァ Jan Brzechwa 本名ヤン・ヴィクトル・レスマン Jan Wiktor Lesman（一八九

八：ジュメリンカ（Żmerynka）—一九六六：ワルシャワ）童話作家。『針と糸のダンス』（一九三八年）

(18)マリアン・ヘマル Marian Hemar（一九〇一：ルヴフ—一九七二：イギリス・ドーキング（Dorking））詩人、喜劇作家。『猪と豚』（一九二二年）

(19)ユリアン・ストリイコフスキ Julian Stryjkowski（一九〇五：ストリイ（Stryj）—一九九六：ワルシャワ）作家。『宿屋』（一九六六年）

(20)ズビグニエフ・ヘルベルト Zbigniew Herbert（一九二四：ルヴフ—一九九八：ワルシャワ）詩人、戯曲作家。『光の弦』（一九五六年）

(21)スタニスワフ・レム Stanisław Lem（一九二一：ルヴフ—二〇〇六：ポーランド・クラクフ）SF作家。『ソラリス』（一九六一年）

〈音楽家〉

(22)ユリウシュ・ザレンプスキ Juliusz Zarębski（一八五四：ジトミエシュ（Żytomierz）—一八八五：ジトミエシュ）作曲家、ピアニスト

(23)ユゼフ・トゥルチンスキ Józef Turczyński（一八八四：ジトミエシュ—一九五三：スイス・ローザンヌ）ピアニスト

(24)ユゼフ・シミドヴィチ Józef Śmidowicz（一八八八：ジトミエシュ—一九六二：ワルシャワ）ピ

アニスト
（25）イグナツィ・ヤン・パデレフスキ Ignacy Jan Paderewski（一八六〇：クリウフカ（Kuryłówka）—一九四一：ニューヨーク）ピアニスト、作曲家、第二次ポーランド共和国第三代首相
（26）カロル・シマノフスキ Karol Szymanowski（一八八二：ティモシュフカ（Tymoszówka）—一九三七：ローザンヌ）作曲家
（27）ヴォイチェフ・キラル Wojciech Kilar（一九三二：ルヴフ—）現代音楽・映画音楽作曲家

〈画家〉
（28）ヘンリク・ロダコフスキ Henryk Rodakowski（一八二三：ルヴフ—一八九四：クラクフ）
（29）ヘンリク・シェミラツキ Henryk Siemiradzki（一八三四：ハルクフ（Charków）—一九〇二：ポーランド・ストシャウクフ（Strzałków））
（30）アルトゥル・グロットゲル Artur Grottger（一八三七：オッティニオヴィツェ（Ottyniowice）—一八六七：フランス・アメリ＝レ＝バン＝パラルダ（Amélie-les-Bains-Palalda））
（31）ヴィトルド・プルシュコフスキ Witold Pruszkowski（一八四六：オデッサ近郊—一八九六：ハンガリー・ブダペスト）
（32）ユリアン・ファワト Julian Fałat（一八五三：ルヴフ近郊—一九二九：ポーランド・ビストラ（Bystra））

（33）マウリツィ・ゴットリーブ Maurycy Gottlieb（一八五六：ドロホビチ—一八七九：クラクフ）

（34）アンナ・ビリンスカ＝ボフダノヴィチョヴァ Anna Bilińska-Bohdanowiczowa（一八五七：ズウォトポレ（Złotopole）—一八九三：ワルシャワ）

（35）フランチシェク・ジュムルコ Franciszek Żmurko（一八五九：ルヴフ—一九一〇：ワルシャワ）

（36）ヤン・スタニスワフスキ Jan Stanisławski（一八六〇：オルシャナ（Olszana）—一九〇七：クラクフ）

（37）スタニスワフ・カチョル・バトフスキ Stanisław Kaczor Batowski（一八六六：ルヴフ—一九四六：ルヴフ）

（38）コンラッド・クシジャノフスキ Konrad Krzyżanowski（一八七二：クシェミエンチュク（Krzemieńczuk）—一九二二：ワルシャワ）

（39）ヴォイチェフ・ヴァイス Wojciech Weiss（一八七五：レオルダ（Leorda）—一九五〇：クラクフ）

（40）フリデリク・パウチ Fryderyk Pautsch（一八七七：デラティン（Delatyń）—一九五〇：クラクフ）

（41）カジミエシュ・マレーヴィチ Kazimierz Malewicz（一八七九：キユフ—一八三五：サンクトペテルブルク）

（42）カジミエシュ・シフルスキ Kazimierz Sichulski（一八七九：ルヴフ—一九四二：ルヴフ）

（43）ズビグニエフ・プロナシュコ Zbigniew Pronaszko（一八八五：デレブチン（Derebczyn）—一九五八：クラクフ）

(44)ヨナシュ・スターン Jonasz Stern(一九〇四：カウシュ(Kałusz)―一九八八：ポーランド・ザコパネ(Zakopane))

〈学者〉

(45)タデウシュ・チャツキ Tadeusz Czacki(一七六五：ポリック(Poryck)―一八一三：ドゥブノ(Dubno))歴史家、教育者

(46)ピョートル・フミエロフスキ Piotr Chmielowski(一八四八：ザヴァディンツェ(Zawadyńce)―一九〇四：ルヴフ)ポーランド文学史家、ルヴフ大学教授

(47)スタニスワフ・ウラム Stanisław Ulam(一九〇九：ルヴフ―一九八四：アメリカ・サンタフェ(Santa Fe))数学者

(48)ユリウシュ・バルダフ Juliusz Bardach(一九一四：オデッサ(Odessa)―二〇一〇：ワルシャワ)法律史家

〈その他〉

(49)ヤロスワフ・ドンブロフスキ Jarosław Dąbrowski(一八三六：ジトミエシュ―一八七一：パリ)独立運動家、将軍

(50)ヴァツワフ・ニジンスキ Wacław Niżyński(一八八九：キユフ―一九五〇：ロンドン)舞踊家

(2)ロシア系、ユダヤ系、ウクライナ系等

〈文学者〉

(51)ニコライ・ゴーゴリ(一八〇九:ソロチンツェ(Soroczyńce)―一八五二:モスクワ)『鼻』(一八三六年)、『外套』(一八四二年)

(52)タラス・シェフチェンコ(一八一四:モリンツェ(Moryńce)―一八六一:サンクトペテルブルク)『ハイダマキ』(一八四一年)

(53)ミハイル・ブルガーコフ(一八九一:キユフ―一九四〇:モスクワ)『犬の心臓』(一九二六年)

(54)ショーレム・アレイヘム(一八五九:キユフ―一九一六:ニューヨーク)『牛乳屋テヴィエ』(一八九四年。『屋根の上のバイオリン弾き』の原作)

(55)レシャ・ウクラインカ(一八七一:ノヴォグルド・ヴォインスキ(Nowogród Wołyński)―一九一三:グルジア・スラミ(Surami))『森の歌』(一九一二年)

〈音楽家〉

(56)セルゲイ・プロコフィエフ(一八九一:ソンツォフカ(Soncowka)―一九五三:モスクワ)作曲家

(57)ウラディミール・ホロヴィッツ(一九〇三:ベルディチュフ―一九八九:ニューヨーク)ピ

アニスト

(58)スヴャトスラフ・リヒテル（一九一五：ジトミエシュ―一九九七：モスクワ）ピアニスト

(59)アイザック・スターン（一九二〇：クシェミエニエツ―二〇〇一：ニューヨーク）ヴァイオリニスト

〈画家〉

(60)イリヤ・エフィーモヴィチ・レーピン（一八四四：ハルクフ近郊―一九三〇：サンクトペテルブルク近郊クオッカラ（Kuokkala））

〈学者〉

(61)イリヤ・メチニコフ（一八四五：ハルクフ―一九一六：パリ）細菌学者、免疫学の創始者

(62)セルマン・ワクスマン（一八八八：キュフ近郊―一九七三：マサチューセッツ）生化学者、微生物学者。ストレプトマイシン発見。

(63)ジョージ・ガモフ（一九〇四：オデッサ―一九六八：アメリカ・ボルダー（Boulder））理論物理学者。ビッグバン宇宙論を提唱。

(64)セルゲイ・コロリョフ（一九〇七：ジトミエシュ―一九六六：モスクワ）ロケット開発指導。大陸間弾道弾を開発。世界最初の人工衛星スプートニク一号やソユーズ等の打ち上げに最も功績

があった人物。

第Ⅱ章　十九世紀ポーランド美術におけるウクライナ

1　ウクライナに魅せられた画家たち

（1）夢物語の地ウクライナ

十九世紀後半から二十世紀初頭にかけて活躍したポーランド人画家の中には、ウクライナへの憧憬という共通点を有する人物が多く見られる。以下にあげるのは、ユゼフ・ヘウモンスキ（Józef Chełmoński 一八四九―一九一四）[1]、スタニスワフ・ヴィトキェヴィチ（Stanisław Witkiewicz 一八五一―一九一五）[2]、レオン・ヴィチュウコフスキ（Leon Wyczółkowski 一八五二―一九三六）[3]というポーランド美術を代表する三人の画家がウクライナについて語った言葉である。

――自由、果てしない広がり、奇跡のなす技のような地平線、数々の森や峡谷（jary）、ぽつんぽつんとたたずむ集落（chutory）――その全てが、彩り豊かな身なりの民、丈夫ではつらつとした娘たち、語り部や放浪乞食の一団、馬市、声高らかに歌う農民たちの群れと溶け合い、自由と夢物語の魅惑の地（czarujący kraj swobody i bajki）をなしている。[4]　（ユゼフ・ヘウモンスキ）

――無数の様々な人間のタイプから、ある一つの集団がはっきりと姿を現す。それは農民としての天性に富んだ人々。いかなる垣根にも溝にも行く手を阻まれない場所や、畦をまたいでもそれが他人の土地の畦であることを意識することのないような場所でのみ居心地よさを感じる人々。森の新鮮な空気の香を感じ、群生するフトイ[5]の柔らかなさざめきを耳にし、風とともに丘々を走る穂波を目にし、草原の緑の海を飛ぶタゲリ[6]のさえずりを聞き、森々の青ずんだリボンに縁取られた遥かかなたの地平線を眺めるとき、何ゆえにかくあるのかということさえも自覚せず、心穏やかに、自由を謳歌する人々。こうした人々の天性には自然に近い生が、そして型にはめられず抑制されることのない生が存在する。彼らの切なる願いと伝統の中に、平穏無事に規則的にただ黙々とパンを作り食べることから、脱却する行動へ駆り立てる情熱があるように。

　こうした本質をそなえた全てのものにとって、ウクライナは夢の地であった。ステップ、コサック、塩などを運搬する農民（czumak）、早瀬（porohy）、集落（futor）、谷あい（jar）、墳墓（mogiła）、タゲリ（czajki）といった言葉には人の心を捉えて離さぬ独特な魅力があった。挿絵芸術や写真が発達していなかった当時の状況では、こうした言葉があらわすものが一体何なのか、ジュムジ（Żmudź）[7]、リトアニア、マゾフシェ（Mazowsze. ポーランドの東中部）では具体的に想像さえできなかった。しかしその言葉からは、哀愁を帯びた魔力（czar tęskny）がそこはかとなく漂い、酔いしれるような香り（jakaś woń upajająca）が舞う[8]。

（スタニスワフ・ヴィトキェヴィチ）

——世にも美しいウクライナ、［…］大平原、狂おしいほどに彩り豊かな国、身じろぎもせぬ陸の海。［…］ステップ、魔法。無限の広がりが人を催眠状態に誘う。太陽が煌く夏の大平原。

地平線がかすみ、地球の丸さが感じられない。
夜になれば、ステップへ出かけ、朝まで飽くことはなかった。自然の美しさに心を動かされずにはいられなかった。至上の美の地。湿原（czahary）、樫[9]、鳥の群れを擁するステップ。全てが水を求めて息遣いを荒くしている。湿原——涼しさ、木々、草地。湿原は五〇—六〇キロごとに広がる。小さな森には養蜂場があり、数十の蜂の巣箱がある。蜂を世話する者が腰をおろし、川は流れる。法悦の春。コリヤナギ[10]のそばに群れ咲くリュウキンカ[11]。漁師たちが動き回る。花咲く木々。紺碧にそして群青に輝く空は南国を思わせる。その空を背景に花が咲きみだれる。色鮮やかな装いの民、ツゲ[12]、リボン、御伽噺から抜け出たような美しい光景。[…]黄金の穂波が揺れる。それは最高の音楽。[…]スズラン[13]に覆われた湿原。リュウキンカが黄色のじゅうたんをしきつめたよう。黒を背景に木々は白く塗られた糸杉[14]のよう。数十の巣箱のある養蜂場、蜂の世話をする者、小川、せせらぎ、魚とりの網、喜びに満ちた集落。氷結した海のようなステップ。海、塩、ヨード——ステップ、何か捉えがたいもの（coś nie uchwytnego）、人間の力では如何ともしがたい。せつなさ（Tęsknica）。夜、馬をだして遠くへと行きたくなる[15]。

〔[…]は原文ママ〕

（レオン・ヴィチュウコフスキ）

三人の画家のウクライナの形容には、同じ調べが流れているのが興味深い。彼らの目に映ったウクライナ、それは陶酔感を誘う自然の景と色鮮やかな民が織り上げる「夢物語の地」であり、民の歌、穂波や香る草々が奏でる音楽に満ちた至上の美の空間であった。無限の自由に抱擁されたウクライナの景物の全てが御伽噺を紡ぐかのように彼らの目に映り、彼らがいかにその魅力に驚愕し酔いしれていたかが、それぞれの言葉から伝わってくる。ロシア、オーストリア、プロイセンによる一七七二年、一七九三年、一七九五年の三次にわたる三国分割によりポーランドは国家として消滅するが、ポーランド人にとってウクライナの無限大の広闊な空間は、何ものにも蹂躙されることのない永遠の自由の象徴であったのだろう。

他方、鮮やかな色彩に彩られたウクライナは、同時にそこはかとなく愁いを帯びた何かが漂い、いわゆるものの魔力が感じられる場でもあった。タゲリ（czajka）、谷あい（jar）など、ウクライナの風景のキーワードともいうべきウクライナ語の単語を耳にするだけで、言い知れぬ愁いを帯びた魔力と、陶酔の香りを感じていたヴィトキェヴィチの言葉が興味深い。至上の美の空間であるとともに魔力の存在を感じさせるウクライナ、その広漠な土地そのものから発せられる霊的な声に誘われた十九世紀ポーランドの画家たちが、いかに感応したかを見ていくこととしたい。

（２）概観――ウクライナを描いた画家たち

ポーランド絵画におけるウクライナへの憧憬の基礎を築いたのは、水彩画家の第一人者であるユリウシュ・コサック（Juliusz Kossak 一八二四―九九）[16]である。ルヴフ大学で法学を学びつつ、ヤン・マシコフスキ（Jan Maszkowski 一七九三―一八六五）[17]のもとで絵画を学んだ。一八四四〜五一年に大学

図1　ユリウシュ・コサック《ポドレの種馬飼育場》（Stadnina na Podolu. 1886 年, 74×130cm, クラクフ国立美術館）

図2　ユリウシュ・コサック《ユゼフ・ポニャトフスキに種馬飼育場を案内するモホルト》（Mohort prezentujący stadninę księciu Józefowi Poniatowskiemu. 1858 年, 55×80.5cm, ワルシャワ国立美術館）

時代の親友であるカジミエシュ・ヂェドゥシツキ伯爵（Kazimerz Dzieduszycki）とともにウクライナを旅し、ヂェドゥシツキ家の領地を巡りながら馬のスケッチを多く描いたが、この経験が絵画の道に進む大きな要因となる。コサックの作品は歴史画、戦闘風景、狩猟風景など多様であるが、広大なステップにおいて展開する風景が多く、その重要な構成要素となっているのが自由を象徴する馬である（**図1、2**）。

コサックとともに一八六〇年にウクライナを旅したことをきっかけに、ステップを背景にした作品を数多く残すこととなったのがユゼフ・ブラント（Józef Brandt 一八四一―一九一五）[18]である。二人はパリ留学中に知り合い、その後ミュンヘンにおいてポーランド芸術家コロニーの中心となって活躍する。ブラントの画風は、細部にいたるまで徹底した写実を貫き、威風堂々とした画風と、衣装等をはじめ過去の時代の雰囲気を如実に表現していることが大きな特徴である（**図3**）。長きにわたる海外での活動にもかかわらず、祖国の歴史に焦点をあてた作品を描き続け、あくまでポーランドの画家としての姿勢を貫いたブラントは、画壇だけでなく、ヘンリク・シェンキェヴィチ（Henryk Sienkiewicz 一八四六―一九一六）[19]の三部作『火と剣』（一八八四年）、『大洪水』（一八八六年）、『パン・ヴォウォディヨフスキ』（一八八七―八八年）をはじめとして、文学にも大きな影響を及ぼすこととなる。そのシェンキェヴィチはブラントを以下のように評している。

――ステップ、馬、ステップの荒くれの魂、そしてかつて戦場で繰り広げられた流血の場面を

図 3　ユゼフ・ブラント《コサックの婚礼》（Wesele kozackie. 1893 年，243×156cm, 上シロンスク美術館）

ここまで再現した画家は他に類をみない。ブラントの絵画は物語る。ブラントが描いた情景を目にすれば、古き伝統、古き歌、騎士の言い伝え、一言で表すればかつて存在したもの全て、追憶の中だけに生きているもの、詩の魔法にかけられたものが頭に浮かんでくるから。ブラントはステップの詩人であり、ゴシチンスキ、ザレスキ[20]、ましてや『ベニョフスキ』[21]を書いたスウォヴァツキ[22]にも匹敵する。息絶えた時間が彼の絵筆のもとで復活を遂げ、一つのエピソードの情景を目にすると、騎士とコサックの全世界が知らず知らずのうちに魂に甦る[23]。

ユリウシュ・コサックの作品によってウクライナに開眼し、名高き歴史的場面のように、農村風景や何の変哲も無い自然風景が芸術作品のすぐれた主題になりうることを確信したのがユゼフ・ヘウモンスキである。ウクライナを「自由と夢物語の魅惑の地」と呼び、青春時代の天国と賛美したヘウモンスキは、ウクライナによって画家としての本能を目覚めさせ、ウクライナ大地の広闊な生命力と自然の声を詩情豊かに描きあげた画家である。ヘウモンスキはブラントの馬を描くダイナミックな構図に大きな影響を受けており、様々な人々と馬が集まるクレスィのポドレやバウタ（Bałta. ウクライナ南部）のエキゾティックな市の風景を描いた両者の作品は、馬の躍動感と緊張感が共通している。

ブラントとヘウモンスキに大きな影響を受け、ウクライナの風景、風俗に魅せられて、コサックなどの人物をとり入れた田園風景を描いたのがスタニスワフ・マスウォフスキ（Stanisław Masłowski 一

図4　スタニスワフ・マスウォフスキ《ヤレマの哀歌》（Dumka Jaremy. 1879年, 59×113cm, ワルシャワ国立美術館）

八五三―一九二六)[24]である。ワルシャワ絵画教室で学んだ後はワルシャワに定住したが、一八七五年から一八八六年にかけて毎年ウクライナを訪れたという。郷愁漂う叙情的な画面はヘウモンスキのミュンヘン時代の画風に通じるものがある（**図4**）。

ヘウモンスキの宗教観に大きな影響を与えたとされるアダム・フミエロフスキ（Adam Chmielowski 一八四五―一九一六)[25]、後のアルベルト修道士はポドレの風景を残している。一八八〇年スタラヴィエシ（Starawieś. シロンスク地方）のイエズス修道会に入会したフミエロフスキは、鬱状態に陥って翌年には同会を脱会する。一八八二～八四年にポドレの弟のもとで療養生活を送り、このとき目にした同地の古城や村の一風景を筆にとどめている（**図5**）。

歴史画家もウクライナを描いている。ポーランド人の歴史観を形作った画家といわれ、国民画家として燦然と輝くヤン・マテイコ（Jan Matejko 一八三八―九三)[27]は、ウクライナの伝説的なコサックであり、吟遊詩人であると

図5　アダム・フミエロフスキ《ザヴァレ》(26)（Zawale. 1883年，69×120.5cm，クラクフ国立美術館）

ともに預言者として名高いヴェルニホーラ（Wernyhora）の姿を残した（**図6**）。同画が描かれたのは一八八三〜八四年であるが、この頃ガリツィアではウクライナ人の民族意識の覚醒によるウクライナ民族運動が高まり、ガリツィア分割の危機にみまわれていた。マテイコはスウォヴァツキの『ベニョフスキ』に登場するヴェルニホーラにインスピレーションを得て描いたといわれているが、十八世紀に繰り広げられたウクライナ農民とコサックによるカトリック・ポーランドに対する大規模な反乱の際に、ウクライナとポーランドの和解のために活動したとされるヴェルニホーラを描いたマテイコの歴史的使命感が読み取れる。

マテイコの弟子であり、「若きポーランド」時代の代表画家であるヴィチュウコフスキは、一八八三年から一〇年間にわたりウクライナに

図6　ヤン・マテイコ《ヴェルニホーラ》（Wernyhora. 1883-84 年，290×205cm, クラクフ国立美術館）

滞在し、色鮮やかに農民や漁師の労働風景を描いた。多様な画風のヴィチュウコフスキは、「世にも美しいウクライナ」と絶賛し、「狂おしいほどに彩り豊かな国」と呼んだ大地を印象主義の画面におさめ、光と色彩に満ち、力強くも哀愁漂う景色を再現している。ヴィチュウコフスキが特に繰り返し描いているのがビートの収穫風景である。

ウクライナの豊饒な黒土のエネルギーを一連の《ビートの収穫》（**口絵1〜3**）は体感させ、土にまみれながらの労働と結びついたバルトークの「ルーマニア舞曲」の旋律が耳に甦る。ビート畑と収穫作業に黙々と従事する「色鮮やかな装いの民」の姿は力強いタッチで描かれ、大地の溢れいずる精力を体現しているかのように、農民の身体には生のエネルギーが充満している。大地とそこに根を張り生きる農民との一体感を如実に表現した作品群である。

「……コリヤナギのそばに群れ咲くリュウキンカ。漁師たちが動き回る。花咲く木々。……」御伽噺から抜け出たごとくに美しい光景の一つとしてあげているように、ヴィチュウコフスキには漁師を描いた作品も数多い（**口絵4**）。ウクライナの風景の中の民を描く際に、彼は太陽が地平線に近くあるとき、すなわち日の出、日の入りの光を選んでいる。老練の漁師たちも淡い黄金、藤色等が入り混じった柔らかな光の中におさめられている。

また果てしないウクライナの耕地に働く牛と農民の姿を淡い穏やかな光の中に描いたのが《ウクライナの耕作》（**口絵5**）である。ポルが『我らが大地の歌』（*Pieśni o ziemi naszej*. 一八四三年）において「左には黒々とした耕地が流れ　豊かなウクライナが横たわる」、「民は黒々とした大地を耕す」と歌った風景が造形され、果てしなく続く遥かかなたの牛の群れに、見るものの目は吸い込まれていく。

ウクライナの中心部に生まれ、ウクライナ大地に漂う哀歌をそのまま造形したかのような作品を残したのがヤン・スタニスワフスキである。A4、B5ほどの小サイズの画面におさめられたヒレアザミ、ヒマワリ、雲などのウクライナのシンボルともいえる景物は、何事かを訴えかけるような佇まいを呈しており、キャンバスの小世界から広漠たるウクライナの大世界全体を表現している。

ウクライナに魅せられたこれらの画家の中から、ウクライナとの出会いにより独特の画風を自身の中に覚醒させたヘウモンスキと、ウクライナに漂うものの声を造形したスタニスワフスキを取り上げ、彼らの目に映ったウクライナとはいかなる地であったのかを具体的に検証していきたい。

2　ユゼフ・ヘウモンスキ

(1)ほとばしる生の母体としてのウクライナ

「我々の文化において、マテイコがポーランドの歴史的な過去を表現したのに対し、ヘウモンスキはこの大地の永遠性を絵に表した。それはポーランド美術の中で他の誰もなしえなかったことである。感じ取ること、それはヘウモンスキの持ち前の能力であり、ポーランド美術から切り離すことのできないものである。[28]」画家アポロニウシュ・ケンヂェルスキ（Apoloniusz Kędzierski 一八六一――一九三九）

の言葉は、ヘウモンスキ作品の本質を的確にあらわしている。ヤン・マテイコが歴史画を通じてポーランド人の不屈の魂をあらわし、アルトゥル・グロットゲル（Artur Grottger 一八三七―六七）[29]が、武装蜂起などポーランドの現在進行中の真実をルポルタージュ的に描いて、ポーランド人の愛国心を奮い立たせたのに対し、ヘウモンスキはポーランドの農村風景と自然を描き続け、それらを通じてポーランド精神の永遠性を造形し、民族を導いたといえる。

ヘウモンスキの親友であった画家ヴィトキェヴィチは、ヘウモンスキの作品について、比類ない力で生がほとばしっていると形容し、馬、草々、水、太陽、疾風、そして娘たちの中に瞬く生の様々な現象のうつろいやすさと思いがけなさを表現したいと希求する心が、彼の画家気質の中核をなしていると評している。[30]また同じく友人であるアントニ・シゲティンスキ（Antoni Szygietyński 一八五〇―一九二三）[31]は「ヘウモンスキは自然を感じとり、自然が彼に語りかけてくる言葉を絵にした」[32]と述べている。単に写実主義という一枠に定義することのできないヘウモンスキの作風と独特の情緒は、自然、そして自然とともに生きる人々に対する並外れた共感を源泉としており、ヘウモンスキはポーランド大地を謳いあげた詩人と呼ぶにふさわしい。このほとばしる生と自然に対する鋭敏な感受性がヘウモンスキ作品の柱となっているが、その母体ともいうべき役割を果したのがウクライナであった。

ヘウモンスキの創作人生は、第一のワルシャワ時代（一八六七―七一年）、ミュンヘン時代（一八七一―七四年）、第二のワルシャワ時代（一八七四―七五年）、パリ時代（一八七五―八七年）、ククルフカ時代[33]（一八八七―一九一四年）の五期に分けられるが、その間少なくとも八回にわたってウク

図7　ユゼフ・ヘウモンスキ《自画像》（Autoportret. 1902 年, 51×40cm, ワルシャワ国立美術館）

ライナを旅しており、同地の風景、民の姿を数多く筆にとどめている。知人の招待でヘウモンスキが初めてウクライナを訪れたのは、生涯ただ一人の師として慕ったヴォイチェフ・ゲルソン（Wojciech Gerson 一八三一—一九〇一）[34]のアトリエで学んでいた一八七〇年のことである。彼が旅から戻ってきた様子について、当時、共同生活を送っていた親友の画家アントニ・ピョトルフスキ（Antoni Piotrowski 一八五三—一九二四）[35]は以下のように記している。

——ヘウモンスキはウクライナに旅立った。(…) どのくらい彼がウクライナに滞在していたかは覚えていないが、冬のある日に戻ってきた。灰色のマントの大きなフードをかぶり、コサック風に皮のベルトを結んだ外套を着ていた。口にはパイプをくわえていた。(…) ヘウモンスキはキャンバスに向かい、「ウクライナ」を描き始めた。そう大きくはないキャンバスに、枯れたヒレアザミが揺れ、ステップの巨大な波が横たわるのを我々は目にしたのだった。灰色の空には、地平線と平行に雲が層をなしている。ヒレアザミの中を馬に乗った若いコサックが数人進んでいく。(…) 視覚による比類のない記憶力と印象を留めおく力によって、ヘウモンスキは一幅の絵を描き上げた。[36]

〔(…) は原文ママ〕

ウクライナの自然がもつ無限大の広がりと情感、自由闊達な人々の姿、色彩はヘウモンスキの作風に大きな影響を与え、力強い生命力と大地の広闊な息遣い、そして独特の郷愁の趣が作品に加わるようになる。ヘウモンスキの創作人生を追いながら、彼が造形した様々なウクライナの表情を見ていくこととしたい。

(2)本能を覚醒させたウクライナ——黒鶴の二作品について

ヘウモンスキの最も初期の作品として残っているのが《労賃の支払い》(図8)である。登場人物の演劇的なポーズと表情、どこか作為的な雰囲気、全体的な色調から、ヘウモンスキの作であることに違和感を覚える作品であり、美術史家エヴァ・ミツケ=ブロニアレク(Ewa Micke-Broniarek)[37]が指摘するように、色調及び構図等の観点で師ゲルソン(図9)の影響が明確に現れている。

他方、一八七〇年に描かれた《黒鶴》(口絵6)及び一八七一年の《飛び立つ黒鶴》(口絵7)は、後年のククルフカ時代にあらわれる象徴主義の様相を呈し、自然の摂理、神秘に対して感覚を研ぎ澄まし、静かに見守るような情緒をもった作品となっており、ヘウモンスキ独特の世界がすでにあらわれている。ヘウモンスキは黒鶴を好んで描いており[38]、上記二作品の他に、《黒鶴　草地の風景》(Żurawie, pejzaż z łąką. 一九〇五年、ワルシャワ国立美術館)、《黎明　鳥の王国》(Świt. Królestwo ptaków. 一九〇六年、個人所蔵)、《黒鶴　太陽を迎える黒鶴》(Żurawie. Powitanie słońca. 一九一〇年、ウッジ美術館)、《早朝の黒鶴》(Żurawie o poranku. 一九一三年、個人所蔵)を描いており、ヘウモンスキの風景画は黒鶴に始まり、黒鶴に終わるとさえいえる。

一八七〇年の《黒鶴》(口絵6)は秋の暁に霧の海を舞い飛び立つ鶴たちを背景として、画面手前

図8　ユゼフ・ヘウモンスキ《労賃の支払い》（Wypłata robocizny. 1869 年, 53×67cm, ワルシャワ国立美術館）

中央に枯れたヒレアザミの中、羽を折り、飛べずに一本足で佇む鶴が一羽描かれている。《飛び立つ黒鶴》（**口絵7**）は霧が薄らぎ、曙の空に星が一つ輝いている点と、左上の空に飛び立つ鶴の数が多く描かれている点に違いはあるが、前作と構成は同じである。両作品とも晩秋の夜の闇と朝の光が入れ替わる境の時間の微妙な色合いと、早朝の空気の静謐で湿潤な冷たさを巧みに表現している。また色彩のグラデーションが画面に奥行きを持たせており、中央の地上の鶴には深深たる孤独の闇が漂っている。

《労賃の支払い》（**図8**）と比較して、この二作品に表れた、自然の奥底深くを見つめる観察力、自然との一体感、そして空気の質感や繊細な光の表現など、作

図9　ヴォイチェフ・ゲルソン《苫屋の前》（Przed chatą. 1856年，60×74cm，ワルシャワ国立美術館）

風の急激な変化に大きな驚きを覚えるが、そこには初めて遭遇したウクライナの風景が大きく影響していると思われる。ウクライナの野生の自然との出会いがヘウモンスキの本能を目覚めさせ、自然との距離を一層近しいものとして自然との共生を助長し、自然の生命力そしてその声を写実するヘウモンスキ独特の画風が生まれたのである。

黒鶴の二作品に表されたウクライナには寂寥感が満ち、孤独と憂愁が根を下ろした風景が造形されている。太陽が煌き、色鮮やかな夢物語の様相とは対照的な、かつてこの地で斃れたものの魂や過去の思いが漂い、この世にあらざるものの存在さえも感じさせるウクライナという土地の一面を、ヘウモンスキはこの二作品に映し出している。

ヘウモンスキはなぜ飛べずに佇む手負いの鶴の構図を繰り返し描いたのだろうか。その一因として、当時のヘウモンスキの心理状態が指摘されている。一八七〇年に父親が亡くなり、経済状態は困窮の極みにあった。ローマ、ミュンヘン、ドレスデン、パリへと次々に仲間が留学していく中、ままならぬ生活の中の精神的な孤独が、手負いの黒鶴に反映されていると考えられている。

またヘウモンスキの黒鶴二作品を支配する静寂は、ポーランドの三大詩聖の頂点に君臨するアダム・ミツキェヴィチ（Adam Mickiewicz 一七九八―一八五五[39]）の詩「アッケルマンの曠野」（Stepy Akermańskie）の景色に通じるものがあると考える。ヘウモンスキは文学と常にともにあり、ミツキェヴィチを筆頭にポルなどのロマン主義文学を崇拝していたといわれる。

またヘウモンスキの研究家であるタデウシュ・マトゥシチャック（Tadeusz Matuszczak[40]）は、ククルフカ時代の宗教性、神秘性、汎神論的画風には、アダム・アスニック（Adam Asnyk 一八三八―一九〇七[41]）及びアドルフ・ディガシンスキ（Adolf Dygasiński 一八三九―一九〇二[42]）の作品に顕著な霊魂輪廻の理念が強く影響していると指摘している。マトゥシチャックによれば、ミツキェヴィチの及ぼした影響はとりわけ甚大であった。同氏はヘウモンスキとミツキェヴィチの類似点を指摘し、（1）両者ともほぼ農民に近い大地に根ざした生活を送っていた小シュラフタ出身であり、シュラフタの伝統・習慣を大切にする家庭環境に育つ、（2）風景や微妙な光と影に対する並外れた記憶力、（3）作品にあらわれる楽天的な明るさをあげている。[43]

特にミツキェヴィチが少年時代の記憶を美しい大叙事詩の形にした『パン・タデウシュ』（*Pan Tadeusz.* 一八三四年）をヘウモンスキは「我が青春時代の太陽」と呼び、『パン・タデウシュ』を読むことは、ミュンヘン、パリと祖国を離れた生活において、心を癒すいわば薬の役割を果たしていたという。いかに些細なものであってもミツキェヴィチの言葉一つ一つがヘウモンスキにとっての指針であり、道標であった、とククルフカ時代の隣人で、ヘウモンスキの昔語りを綴ったマリア・ピア・グルスカ（Maria Pia Górska[44] 一八七八―一九七四）は記している。[45]

「アッケルマンの曠野」は、ミツキェヴィチが秘密結社との結びつきを問われて、ロシアでの生活を強いられた時代の作品『クリミアのソネット』（*Sonety krymskie.* 一八二六年）の巻頭を飾る詩である。アッケルマン（Akerman）とはウクライナ南西、オデッサから一〇〇キロ、黒海から一八キロに位置するドニエステル川沿いの都市であり、一九四四年からビャオグルッド（Białogród）と名前が変わった。同詩の拙訳は以下のとおりである。

アッケルマンの曠野

曠野の大海原に我はのり出だした
車は緑の中に沈み、
ささめく草々の波間、花々の間を小舟が進むが如く、
珊瑚色の高草の島々を我は過ぎ行く

すでに宵闇の帳が下り、道も塚もどこにも見えぬ
空に見入り、小舟を導く星々を探す
彼方に光るは雲か？　彼方に昇るは明星か？
あれはドニエステルの煌き、アッケルマンの灯台の明かり

足を止めよう！　なんという静寂！　ハヤブサの瞳に追いつかれぬようにと
列なる鶴の声が聞こえる
一匹の蝶が草の上でたゆたう音がする

蛇がなめらかに草を這う音が聞こえる
このしじまの中に！　じっと耳をすませば
リトアニアからの声も聞こえるような心持になる。――行こう、呼ばう者はなし(46)

広漠としたステップの中、闇と静寂のうちに研ぎ澄まされていく視覚と聴覚を見事に歌い上げた作品である。寂寞の極みともいうべき景色の中で、詩人の耳は遥か空高く列なり飛び行く鶴の声も、蝶のかそけき羽音も、ましてや蛇が草を這う音さえもとらえるほど鋭敏になっていく。そして遥かげの

故郷リトアニアからの声を求めて詩人の聴覚は極限に達する。ヘウモンスキの黒鶴二作品においては、次々と飛び立つ鶴の羽音と手負いの鶴の身体全体を覆う絶望的なまでの静寂が対照的であり、曙のしじまの中で研ぎ澄まされる聴覚を体感させる。ヘウモンスキは早朝、夕暮れ、夜という静寂が支配する時間を好んで描いているが、そうした作品には、ものの気配ともいうべき、しじまに存在する微細な自然の音がかえって際立っており、ヘウモンスキの音に対する優れた感性があらわれている。親友ヴィトキェヴィチは音に対するヘウモンスキの感性について次のように語っているが、それは「アッケルマンの曠野」において詩人の耳に到達した音と重なり合っている。

——ヘウモンスキが表現しようとしていたのは、宵の音楽であり、コウモリ[47]の羽のささめき、ヨタカ[48]の静かな飛翔、蛙やウズラクイナ[49]の鳴き声、はるか遠くでサンカノゴイ[50]が低く鳴く声であった。雲のように空中に舞い唸りをあげる蚊の大群や、たまころがぶんぶん飛んでいるようなコガネムシ[51]を描いた最初の画家であり、おそらく唯一の画家であろう。しおれたヒマワリの茎の間々に風が鳴る音、風にあおられ雨が窓ガラスを打つ音、つるべにかかっている桶が風に揺れて支柱を打つ音、そして闇夜に響き渡る「戸を開けろ」と息を切らせて叫ぶ馬追いの声、そうした様々な音が絵の中に聞こえるかが、ヘウモンスキにとって重要であった[52]。

（3）「自由と夢物語の魅惑の地」としてのウクライナの造形

寂寥と憂愁のウクライナに対し、「自由と夢物語の魅惑の地」としてのウクライナを造形した作品が、ヘウモンスキの代表作となっている《遊糸》（口絵8）である。

一八七一年末に旅立ったミュンヘン留学を一八七四年三月に切り上げたヘウモンスキは、直接ポーランドに帰国せずに同年九月までウクライナに滞在する。念願のミュンヘン留学がマクシミリアン・ギエリムスキ（Maksymilian Gierymski 一八四六—七四）[53]の援助によって実現したものの、当時の欧州においてパリと並ぶ芸術の都であったミュンヘンは、ヘウモンスキにとって鮮烈な刺激とはならなかった。一八七三年には作品が高く評価されるようになった他、ブラントやギエリムスキなど当時ミュンヘンを活動拠点としていたポーランド・コロニーの画家たちから大きな影響を受けるなどの収穫はあった。しかしミュンヘンという都会の喧騒にヘウモンスキは疲弊し、ひたすら心は祖国の自然へと向かい、遂に帰国を決意する。自然の中に根ざした生を基本とするヘウモンスキは、細工を施されていないありのままの自然の呼吸に生命の活力を見出していたと思われる。ミュンヘンに絶えず違和感を覚えながら、自然の声に耳を傾け生きる自らの天性をあらためて自覚していたからこそ、ミュンヘンを後にしたとき、再生の地として、自然そのものが主役であるウクライナを訪れたのだろう。

ワルシャワに戻ってからは、ホテル・エウロペイスキの一室をアトリエとして、旧友のヴィトキェヴィチ、ピョトロフスキ、フミエロフスキとともに創作活動を行うが、この時期にウクライナ滞在中の経験をもとに描いた一連の絵画は、後にポーランド写実主義の最高作品に数えられることとなる。

その代表作が《遊糸》である。

原題の Babie lato は小春日和を意味すると同時に、初秋の晴れた日に空中を舞うクモの糸を表すポーランド語である。英語では gossamer とよばれ、日本では山形県米沢盆地の北西部で晩秋の快晴無風の小春日和に、青く澄んだ空を白い糸の群れが繰り返し流れる「雪迎え」の現象である。これは古代ギリシャの哲学者であり博物学者であるアリストテレスがすでに観察していたとされ、中国では五世紀に詩賦の中で「遊糸」という名で詠まれており、チョーサーの『カンタベリー物語』の「騎士の従者の物語」や、シェイクスピアの『ロミオとジュリエット』[54]、『リア王』[55]にも登場する。我が国においては、藤原道綱母作の『蜻蛉日記』の「かげろう」について、川口久雄氏は雪迎えであるとの説を提唱している[56]。

山形の土地の人々が口にしていた詩情豊かな「雪迎え」という言葉は、錦三郎氏の名著『飛行蜘蛛』で全国に知られるようになり、季語にも加えられている。同著は雪迎えを世界で初めて科学的に解明するとともに、古今東西の文学作品の中の gossamer や、海外における観察と研究等について実に興味深く言及している。その中でポーランドにおける「バビエ・ラト」として、ワルシャワ大学のカジミエシュ・ペトルセヴィチ教授[57]によるポーランドにおける雪迎え現象に関する詳細とともに、同教授から送られたとしてヘウモンスキの《遊糸》の写真が掲載されているのである。これはヘウモンスキの作品をわが国に紹介したおそらく最初の記述であろう。

思えば、錦三郎氏の観察記録は中学時代の現代国語の教科書に掲載されており、筆者はこれにより初めて「雪迎え」というものを知り、それ以来この神秘的で夢幻の現象に対する憧れが心に住まうこととなった。そして時を経てポーランドにおいてヘウモンスキの《遊糸》に出会い、彼を中心とするポーランド美術に魅了されることになるのだが、『飛行蜘蛛』にヘウモンスキを発見した今、銀色に光る一筋のクモの糸に導かれてきたという厳粛な思いにとらわれる。

ペトルセヴィチ教授によれば、ポーランドでは少なくとも十八世紀には「バビエ・ラト」という名称が知られており、古くからそれがクモの飛行であると知られていたという。全ポーランドの他、白ロシア地帯、リトアニア地帯ならびにポドレ（ウクライナ中西部及び南西部に広がる地域）においてもみられ、ポーランド及び中部ヨーロッパに限らず、さらに広汎な地帯においてみられるものとしている。『飛行蜘蛛』によれば、gossamer はイギリスでは聖母マリアが昇天する際の経帷子（きょうかたびら）のほつれた糸が化してなったという俗信があり、フランスでも聖母マリアの紡いだ糸と伝わっているという。ポーランド語の babie lato とは「老婆の夏」という意味であるが、錦三郎氏は、涯のない碧空をどこまでも流れてゆく不可解な糸は妖精、妖婆と結びつき、年老いた髪の白い母とも結びついたと思われるとの見解を示している。

ヘウモンスキが描いた遊糸の風景を具体的に見てみよう。画面を水平にほぼ二分して表現される空と大地の無限の広がりの中、画面中央に黄色のターバンを巻いて大きく横たわる牛飼いの娘の姿はあまりに大胆で衝撃的でさえある。この構図はドイツの画家フランツ・フォン・レンバッハ（Franz von Lenbach 一八三六―一九〇四）[58]の《若き牧夫》（**図10**）を参考にしたものと考える。

図 10　フランツ・フォン・レンバッハ《若き牧夫》（Young shepherd. 1860 年, 107×154cm, ノイエ・ピナコテク）

ヘウモンスキが描いた牛飼いの娘からは生のエネルギーが溢れ出しており、土に汚れた素足を投げ出し、空中に舞うクモの糸を手に、はちきれそうな赤い頬を輝かせる娘は、何ものにも縛られることのない自由の象徴といえるだろう。「自由と夢物語の魅惑の地」ウクライナを幸福感みなぎる娘は体現している。画面左の黒い犬が色彩的にも構図的にも娘と対照的に描かれているのがおもしろい。全身から力を抜いて恍惚として横たわる娘に対し、犬は背筋を伸ばし、視線遥か先の牛の群れを忠実にじっと見守っている。遊糸は娘のまわり全体を舞っており、娘の横におかれた杖の先にも幾筋か描かれている。ヴィトキェヴィチはヘウモンスキの絵画について「はっきりした明確な形をもったものから、予感、無意識のあくがれや夢といったものまで、生が外に現れ出でるのである。[59]」と述べているが、ある秋の日の果てしないウクライナ大地に煌くかそけきクモの糸は、生みなぎる娘の身体から浮遊するあくがれのように表現されている。

後年に高い評価を受けるこの時代の作品群は、当時のワルシャワの批評家の間では酷評され、「絵画の技巧を侮っている（lekceważenie malarskiego rzemiosła）」、「ぞんざいな描き方（niedbałość wykonania）」、「細部の仕上げに誠実さがない（brak sumienności w opracowaniu szczegółów）」というのが非難の主な論点であった。《遊糸》も例外ではなく当時は嘲笑の的にさえなっていた。例えばルツィアン・シェミエンスキ（Lucjan Siemieński 一八〇七―七七）[60]は以下のように辛辣に評している。

――娘っこをそれだけ夢見心地にさせる詩的なクモの糸なら、もう少し理想的な人物に値するだろうに。妖精シルフィードとはさすがにもう私も言わないが、少なくともちゃんと足を洗った人間の娘であるべきだ。この画家にとって裸足は最高の編み上げ靴よりも百倍魅力的で美しいものらしいが、最低条件として足は洗っておくべきだ。[61]

一連の酷評に失望したヘウモンスキはパリへの道を志すこととなる。彼のパリ行きを援助したのは彫刻家、美術批評家として名高く、ワルシャワ有数の文化人サロンを形成していたツィプリアン・ゴデプスキ（Cyprian Godebski 一八三五―一九〇九）[62]であった。ゴデプスキとヘウモンスキは、当時ヘウモンスキらを温かく見守り、ヘウモンスキのアトリエもたびたび訪れていた女優のヘレナ・モヂェイエフスカ（Helena Modrzejewska 一八四〇—一九〇九）[63]を通じて知り合う。ワルシャワの批評家がこぞって否定的な見方をする中で、ゴデプスキはヘウモンスキの個性を高く評価していた。例えば以下の評である。

——ヘウモンスキ氏は描く。描くことは彼の魂が必要としていることだから。［…］色調を捜し求め、選び出すというのではなく、それは彼のもとに自然に流れてくるのであり、なんの苦労もなしに色調がきまるのだ。私が思うところ、ここにヘウモンスキ氏にとっての最大の危険が潜んでいる。［…］彼は絵画を作成するのではなく、引火しやすい気質によって即興するのである。このため、色調は適確で非常に美しいが、デッサンには欠陥が多い。［…］とにかくこの燃え盛るようなほとんど野性といっていい気質、この創造の衝動、様々に揺れ動く想像力、これらが我々にとって彼を極めて好感の持てる興味深い存在にしている。[64]

（［…］は原文ママ）

ゴデプスキがヘウモンスキの個性としてあげた「この燃え盛るようなほとんど野性といっていい気質、この創造の衝動、様々に揺れ動く想像力」、それはウクライナという土地がもつ個性そのものであると思えてならない。

（4）パリ時代——曇天とぬかるみのウクライナ

一八七五年末にゴデプスキとともにパリへ出発したヘウモンスキは、一八七六年春にサロンに出展した《村長宅での訴え》（Sprawa u wójta. 一八七三年、ワルシャワ国立美術館。当時はゴデプスキが所有者だった）と《ウクライナの雪解け。居酒屋前》（Roztopy na Ukrainie. Przed karczmą. 一八七六年、商工銀行PBK‐SAが所有）が大好評を博し、一気に作品が売れ出す。雪原に描かれた野性味溢れる馬やウクライナの風景が当時のフランスでは極めてエキゾティックな魅力であったのだと思われる。また同時に、ポーランドでは絵画の技巧を侮りぞんざいな描き方と批判されたヘウモンスキの画風が、逆にパリにおいてはかえって新鮮であり独創的な表現と受けとめられたと考えられる。ヘウモンスキは当時の著名な画商アドルフ・グーピル（Adolphe Goupil 一八〇六—九三）と一八七八年に契約を結び、フランスだけでなく英国、米国にも作品が飛ぶように売れ、作品がまだ出来上がっていない段階から買い手がつく状態だったという。

こうしてヘウモンスキは瞬時に富と名声を獲得し、そのもとには、スタニスワフスキやザレスキなどパリ在住のポーランド人画家や詩人が集うようになる。[65] そしてパリでの成功にともない、ポーランド国内でのヘウモンスキに対する評価も高まり、当時、海外において最も名が知れ評価されているポーランドの若手画家と賞賛されるようになった。

パリ時代のヘウモンスキ作品で圧倒的多数を占めているのは、重たげな曇天の下、雪原やぬかるみを疾走する馬のモチーフである。おそらくそうした風景は欧米の買い手の嗜好が求めていたものであり、陰鬱でどこか凄惨な気配が漂う自然に生きる馬や人間の姿に野生的な異国情緒が見出されていたと思われる。ヴィクトル・ゴムリツキ（Wiktor Gomulicki 一八四八―一九一九）[66]は、ヘウモンスキの中の野蛮で粗野な要素がパリの人々を心地よく刺激したと解説している。[67]

この時代に描かれたウクライナも曇天とぬかるみが主役であり、その間に生きる人間と馬の様々な姿があらわされている。当時の代表作品が一八八一年に描かれた《ステップを疾走する四頭立て馬車》（**口絵9**）である。

どんよりと垂れ込めた空とぬかるんだ大地が一体化したウクライナ・ステップを四頭立て馬車が疾走する。その正面からとらえた二七五×六六〇センチの巨大な画面の前に立てば、一気に轢殺されるような恐怖心さえ覚える迫力に満ちている。怒涛の車輪と馬の蹄、曇天を打ち鳴らす鞭の音が画面から溢れており、ヴィトキェヴィチが指摘したように絵画の中から音を聞かせるヘウモンスキの特徴をよく表している作品である。

ヴワディスワフ・シレヴィンスキ（Władysław Ślewiński 一八五六―一九一八）[68]は本作品について、「この絵において最も素晴らしいのは、馬でもなく、車上の田舎シュラフタでも、馬車でもない。それは……ぬかるみ、ぬかるみ、自然の力、自然の力との戦い」と述べている。[69]春の雪解け時期の茫々たるぬかるみが圧倒的に支配するウクライナは、天もそれを反映しているかのようにどこまでも重く低く、生あるものはそのぬかるみと曇天の間に押しつぶされようとするのに懸命に抗う。その戦いの緊張をヘウモンスキは巧みに捉えている。

このヘウモンスキ作品の中で最大の二七五×六六〇センチの大きさは、アカデミズムの論理では歴史画や宗教画のためにあるべきものである。ヘウモンスキは前年の一八八〇年に《四頭立て馬車》（Czwórka. 一八八〇年、ワルシャワ国立美術館）と題してほぼ同内容の作品を五二・三×一〇九センチのサイズで描いている。ウクライナ地方のぬかるみを疾走する四頭立て馬車の風景をあえて約六倍のサイズに再度描いたことには、極めて挑戦的な意味があると考える。

ギュスターヴ・クールベ（一八一九—七七）が《オルナンの埋葬》（図11）として、ヘウモンスキ作品とほぼ同サイズの三一四×六六三センチの大画面に、それまでは描くに値しないものとされていた人々の日常生活を意図的に描き、シャルル・ボードレール（一八二一—六七）はそれを「われわれの美」として高く評価した。ヘウモンスキの四頭立て馬車も一切の理想化が排除され、馬と人間とウクライナの自然との格闘をあえて大画面に造形しており、《オルナンの埋葬》に通じるありのままの自然の美がそこにはある。この《ステップを疾走する四頭立て馬車》は一八九九年にクラクフ国立美術館が買い上げている。

ウクライナの雪や泥と格闘する馬と人間を描いた作品は他に《ウクライナの旅の思い出》（Wspomnienie z podróży po Ukrainie. 一八七七年、個人所蔵）、《使者》（Posłaniec. 一八七九年、個人所蔵）、《馬を走らせる使者》（Jeździec. Posłaniec. 一八七九年、個人所蔵）などがあるが、馬の躍動感が出色の作品は、馬市の風景を描いた《バウタの馬市》（図12）である。

バウタは現在ウクライナ南西部の町で、馬市で有名な地であった。様々な人間と馬が集まり、ある

図 11　ギュスターヴ・クールベ《オルナンの埋葬》（Un enterrement à Ornans, 1849-50 年，314×663cm, オルセー美術館）

図 12　ユゼフ・ヘウモンスキ《バウタの馬市》（Targ na konie w Bałcie. 1879 年, 135×295cm, ワルシャワ国立美術館）

種異様ともいえるエキゾティックな市の雰囲気をヘウモンスキは捉えており、手綱に抵抗する馬の躍動感と緊張感を巧みに表現している。

また曇天とぬかるみの間に疲弊したコサック兵の姿をヘウモンスキはこの時代に筆にとどめている。一八八一年の作品《行進するコサック兵》（**図13**）は、地平線と平行に続くコサック兵の隊列、そして曇天とぬかるみだけの非常に荒涼とした雰囲気に包まれた作品であり、隊列の疲弊、失望感と、色のない風景が一体となっている。

この作品に影響を与えたと考えられるのが、ギエリムスキの《軽騎兵の行進》（**図14**）である。雪原の寂寥感と行き先も知れぬ兵士一行の疲労感が見事に調和しており、自然と人間の魂の一致を感じさせる作品である。ヘウモンスキとは反対の視点より描かれているが、一行の最後部が描かれていることに、作品の寂寥感が増幅されている。

《居酒屋の前のコサック兵》（**口絵10**）は、ぬかるみに半ば飲み込まれた、どこまでも重いコサック兵と馬を描いている。居酒屋の内部とその周辺を包む闇には、生あるものを地の底へと引きずりこむような感があり、コサック兵の帽子とズボンについた赤い縞だけが明の色彩をなしている。

居酒屋前はヘウモンスキが好んで描いた風景の一つである。居酒屋はビール、蜂蜜酒、ウォッカなどの酒類を出すほか、日常品や塩、鰊（にしん）などの食品なども販売しており、旅籠（はたご）屋としての機能もそなえていた。音楽とダンスに興じる民の集いの場であるとともに、村の会議や裁定も行われ、古くから日常生活における重要な役割を果たしていたのである。《ウクライナの雪解け。居酒屋前》（Roztopy na

図13　ユゼフ・ヘウモンスキ《行進するコサック兵》（Kozacy w marszu. 1881 年, 70×175cm, ワルシャワ国立美術館）

図14　マクシミリアン・ギエリムスキ《軽騎兵の行進》（Pochód ułanów. 1870 年, 行方不明）

Ukrainie. Przed karczmą. 一八七六年、商工銀行PBK‐SA所有）、《居酒屋前》（図15）、《居酒屋前の早朝》（Poranek przed karczmą. 一八七七年、個人所蔵）、《オベレック》（図16）など、鉛色の世界に佇む居酒屋に集う人々の哀歓をヘウモンスキは描いている。女性が身に着けているスカートと頭に巻いたスカーフの赤が異彩を放っており、それはウクライナの自然の力に圧倒されながらも淡々と生き抜く人間の強さと愛しさを象徴している。

ゴムリツキが「夜の詩人」と呼んだように[70]、絵画のノクターンというべき静謐な調べの夜の風景をヘウモンスキは数多く描いているが、《ウクライナの夜》（図17）は、夜の雪原に佇む居酒屋前の一風景を描いた作品である。

馬橇の轍（わだち）が画面手前から遥か地平線に向かって続いており、雪原の無限大の広さを体感させる。他方、煙突から煙たなびく居酒屋の前には休憩をとる馬や犬たち、今まさに出発せんとする馬橇が描かれ、ウクライナの大地の極まることのない空間及び夜という深淵と、あくまでも己の律動をもって淡々と織られていく命あるものの営みが対比されている。

本作品に影響を与えていると考えられるのが、ギエリムスキの死後にワルシャワで出展された作品《夜》（図18）である。

夜の田舎道を描いたこの作品は、家路につく馬車の車輪が静かに軋む音だけが響くようなしんとした空気に包まれ、一日の終わりの安堵感がそこはかとなく漂い、その静謐な画面に見るものを引き込む秀作である。建物の配置や、地平線に向かう轍と道の方向など両作品の構図は近似しており、ギエ

図 15　ユゼフ・ヘウモンスキ《居酒屋前》（Przed karczmą. 1877 年，71×174.5cm, ワルシャワ国立美術館）

図 16　ユゼフ・ヘウモンスキ《オベレック》（Oberek. 1878 年，68.5×130.7cm, 個人所蔵）

図 17　ユゼフ・ヘウモンスキ《ウクライナの夜》（Noc na Ukrainie. 1877 年，69×129cm, ワルシャワ国立美術館）

図 18　マクシミリアン・ギエリムスキ《夜》（Noc. 1872-73 年，48×80cm，ワルシャワ国立美術館）

リムスキが描き出した郷愁と静をヘウモンスキはウクライナの夜の雪景色に置き換えていると考える。

ヘウモンスキの一二年間にわたるパリ時代は一八八一年を境に暗転する。米国による輸入絵画への関税引き上げ、及びパリ芸術界における印象派の台頭により、ヘウモンスキ作品の需要は激減してしまう。記憶のみに頼って描く傾向の高まりとともに作風はマンネリに陥り、ヴィトキェヴィチに「君の作品を見ると私は悲しくなる。もう自然はどこにもない。ただ記憶とマンネリだけだ！　誰よりも私は残念に思う。〔中略〕なぜ自分の道を保ち続けないのか」[71]（一八八四年のヘウモンスキ宛書簡）と言わしめることとなる。

シゲティンスキは、特にヘウモンスキが描く馬に特徴がなくなったと指摘し、無尽蔵の記憶力のみに頼って描くようになったために、ヘウモンスキ作品の最高の価値である個性がなくなったと批評している。またシゲティンスキは、観察も探求も努力も怠っているために、ただ手が勝手に絵を描いているようなものと酷評している[72]。

繰り返し描いてきた雪原と馬のモチーフを見てみると、例えば一八八二年の《ポーランドの冬》（**図19**）や同年の《狩への出発》（**図20**）では、馬の躍動感が欠如し、全体的に緊張感が感じられない。

ヴィトキェヴィチは、生と自然から引き離されたヘウモンスキは心に感じることも実際に自然を観察することもなくなり、ただ思い出のプリズムを通して見る形は醜悪になり、戯画風になったと述べているが[73]、上記二作はまさにこの指摘に該当する。またヴィトキェヴィチはヘウモンスキの特徴として、作品の出来ばえが一様ではないことを指摘しており、彼の才能は段階的、体系的に発展したので

図 19　ユゼフ・ヘウモンスキ《ポーランドの冬》（Zima w Polsce. 1882 年, 35.5×73.5cm, 米国ニューアーク美術館）

図 20　ユゼフ・ヘウモンスキ《狩への出発》（Wyjazd na polowanie. 1882 年, 60.2×100.5cm, ヴロツワフ国立美術館）

はなく、突然やってきてしばし留まったかと思えば、再び急に立ち上がって去ってしまうようだと形容している。[74] パリ時代の作品にはこの傾向が顕著に表れているように思う。

ヴィトキェヴィチは、偉大な才能にとってはアカデミーも外国留学も、その他人工的な手段は不必要であることをヘウモンスキは証明していると断言しているが、[75] ヘウモンスキ自身、パリでの一二年間について、真の芸術にとって絶望的な時期と晩年に振り返っている。一八八七年、ヘウモンスキはポーランドに帰国し、ワルシャワ近郊の小村ククルフカに落ち着き、以後、自然の神秘、宗教性を希求した純風景を描いていくこととなる。

(5) ククルフカ時代——開かれた空間に遍在する神への賛歌

①森羅万象に見る神の愛

ククルフカに落ち着いたヘウモンスキは、己のしがらみを最小限にまで捨て去って孤高を保つこととなる。そうした生活の中で、自然のあらゆる現象をどこまでも深く洞察し、自然の崇高さと威厳に対する賛歌を謳い上げたような情感溢れる絵画が多く生まれ、ポーランド内外での評価も再び高まっていった。徹底した反都会主義であり、あくまでもポーランド大地の人間であるヘウモンスキは、祖国の自然に回帰することにより、画家として再生を果たしたといえる。

このククルフカ時代の作品にあらわれる自然とヘウモンスキの一体感の基盤となっているものは何か。以下の一節はククルフカ時代の隣人であった画家であり作家のグルスカが回想録に記した、霧立つ秋の日の散歩の一風景である。ヘウモンスキの自然観の真髄そして芸術と神に関する考え方を垣間見ることができる非常に興味深い文章であるため、長文を引用してみたい。

ヘウモンスキは身をかがめ、一粒の小さな露が煌くライ麦の穂を手折った。

——「なんと美しい……」

しばらく佇み、その一粒の雫と戯れ、そして手にした穂を捨てて私のほうへ振り返ったのだった。「露のおりた野原。何の変哲もないように見えるけれど、こうした何でもない風景を再現するのはとても難しい。人間というものは馬鹿なものだ！　ただひざまずいて祈ることが神に仕えることと考えているのだから。私に言わせれば、こうした露のおりた野原を絵に描くことが神にお仕えすることであり、それはただひざまずいて祈ることよりも立派だと思うよ。」

「なんと美しい雫だろう……」と愛おしげにつぶやく。

そう言って、着古したコートにくるまって、先へ足を進めた。霧の中へと……。

私はヘウモンスキと森や野原を散策するのが大好きだった。絵の具を携えることもあったが、持たずに出ることのほうが多かっただろうか。鳥かごを飛び出したこの自由な鳥は実に身軽だった。雲を駆逐する疾風、穂波を奏でる風、垂れ込めた曇天、洗われたように晴れ渡った高い空、その全てをヘウモンスキは楽しんでいた。

ヘウモンスキは何度も立ち止まっては自然に耳を傾け、自然を見つめ、自然を吸収していた。タゲリの長いわびしげな鳴き声があたりに響いたかと思えば、松林の木立が刺激的な香りを漂わす。また矢車菊[76]やヒナギク[77]といった小さな野の花が草の中で瞬いていた。ヘウモンスキにとって世界は常に《自分を若返らせる》ものであり、天気は常に美しいものであった！　霜枯れの厳しい寒さでも、それは健康的であり、雨でも《気にすることはない、天から降っているものだから》、そして晴天であればこの上なくよろしく、それは太陽には力があるからだった。自然はヘウモンスキにとって万能薬であり、気分がすぐれないときや疲れているとき、《意味のないおしゃべりに興じて舌が腫れたときは》、家を出て、《人間からあらゆる裏切りの心を抜き取ってくれる》この野原に横たわり、またあるときは森に身を潜めた。〔中略〕森があるところはどこでもヘウモンスキにとって《魅惑的》であり、木が伐採されていたり、古木が《切り刻まれている》情景に出会うと、まるで戦場を目にしたかのような衝撃を受けていた。そんなときヘウモンスキの目には翳りが差し、表情は曇り、「いまどきの人間にはもう古木たちの言葉が理解できない」と語ったものだった。[78]〔《　》は原文ママ〕

自然の様々な現象をヘウモンスキはその豊饒な感受性によって心に感じ、読み取り、そして描いている。ヘウモンスキにとって自然とは創造主である神が創り給うたものであり、一木一草、そして一粒の露のようにどんなに微細なものであっても、そこに神の愛、恩寵を感じ、人間の手によっては成すことのできない至上の美を見出している。憂鬱になりがちな冷たい雨であってもそれは神から頂く慈雨であり、太陽に見出した力とはまさに神の力なのであろう。自然の森羅万象のひとつひとつが神の恩寵のあらわれであり、ただ祈りを捧げるだけではなく、神の愛を見出し受容し絵画として描くことがヘウモンスキにとっての祈りであり、神への真実の奉仕であり、宗教的な使命でもあった。神の手による美をどこまで再現することができるか、それがヘウモンスキの永遠のテーマだったのかもしれない。自然に回帰したククルフカ時代の孤高の生活の中で、天地万物の創造主であり、あらゆる存在の源である神を自然の中に探求することが、彼の生の核をなしていたのだろう。

　ヘウモンスキは早朝、薄暮、月夜という柔らかな光と静寂に包まれる時間を好んだが、ククルフカ時代の代表作の一つが《黎明》（**口絵11**）である。

　この作品は当初、浮世絵をはじめとする膨大な日本美術のコレクターであり、芸術批評家であったフェリクス・ヤシェンスキ（Feliks Jasieński 一八六一―一九二九）[79]が所蔵していた。中央に白い朝靄（あさもや）が羽衣のように漂い、大地に湿り気を与え、夜の余韻を画面上部に残しつつ空は薄い紅色、まさに「はねず色」に染まり始めている。はねず色は、万葉集にも歌われている日本の伝統色であるが、明け方の一瞬、空が薄く紅色に染まる様子で、命の生まれる瞬間を表すという。そのはねず色の空に、見逃してしまうほど小さな一羽の鳥がはるか彼方を羽ばたいている。グルスカに語ったように「何の変哲もない」極めてシンプルな明けゆく野原の一情景であるが、刻々と変化する空のグラデーション、肌にしっとりとはりつくような湿り気を帯びた空気、しんとした静寂、そして新たな一日の希望の胎動が見るものの五感に伝わってくる作品である。

　闇が終わり光の世界へと転換する境の時間である夜明けは、一日のうちで最も神聖なものを感じる

図21　ユゼフ・ヘウモンスキ《御加護あれ》（Pod Twoją obronę. 1906年，121×100cm, 個人所蔵）

時間である。ヘウモンスキは朝靄に、微妙なグラデーションを呈す空に、朝露にぬれる草一本一本に、神の御手による美を見出し、空間に縛られることのない無限の存在である神を感じていたのではないだろうか。天をも地をも満たす神、すなわち神の遍在性をヘウモンスキは表現している。

一九〇六年に発表された《御加護あれ》（**図21**）は、自然の中に神の存在のしるしを探求するヘウモンスキの姿勢を明確にあらわした作品である。月明かりに照らされた小村にチェンストホヴァ[80]の聖母像の幻影が雲となってあらわれている。

②開かれた空間に見る神　この時代のヘウモンスキの特徴がウクライナを描いた絵画にどのように表れているか、晩年の作品を中心にみていきたい。ヘウモンスキは一八八八年、一九〇六年、一九〇七年、一九〇九年にウクライナを旅している。

ククルフカ時代の作品は画面をほぼ二等分して空と大地を描き、風景を遠大にとらえたものが多数を占めているが、ウクライナについても広大無辺の地平線を意識した広闊な純風景が数多く、その代表が《墳墓》（口絵12）、《ポドレの風景》（口絵13）、《墳墓のあるステップの風景》（Pejzaż stepowy z kurhanem. 一九〇〇年以降、個人所蔵）、《道》（Droga. 一九〇八―一〇年、シロンスク・オポーレ美術館）である。それは、「自由、果てしない広がり、奇跡のなす技のような地平線」（ヘウモンスキ）、「無限の広がりが人を催眠状態に誘う。太陽が煌く夏の大平原。地平線がかすみ、地球の丸さが感じられない。」（ヴィチュウコフスキ）と形容された蕩々たる風景そのものであり、泰然とした大地と空の呼吸に満ちた作品群となっている。

《墳墓》はヘウモンスキが亡くなる二年前、最晩年の作品である。ステップに白い牛たちが草を食み、はるか藤色に煙る地平線を背景に墳墓が唯一の起伏をなしている。

題名の kurhan はトルコ系の語彙であり、青銅器時代のステップで活躍した遊牧民の特徴をあらわす墳墓である。アルタイ地方からコーカサス、ルーマニアにまでまたがる範囲に分布しており、このような墳丘墓は、内部に玄室をもつような複雑な構造が見られる。中央部にある玄室には、支配階級の人々が副葬品や捧げ物とともに葬られ、時折その副葬品には、馬や馬に引かせる構造の戦車なども見られるという。ドニエプル川の中・下流域やクリミア半島ではスキタイの墳墓が多数残されており、動物意匠の黄金の副葬品など極めて芸術性の高い数々の埋葬品が出土している。

果てしないステップにおいて墳墓は道標の役割を果たしているといわれる。チェーホフは『曠野』

の中で墳墓を寡黙な老人にたとえているが、広大なステップに座する墳墓を目にしたものは、「つわものどもが夢の跡」の感を抱き、果てしない歴史の流れの中で繰り広げられた遠い祖先の戦いに思いをはせたのではないだろうか。ヘウモンスキの《墳墓》はそうした悠久の時の流れを感じさせ、穏やかさの中に、草々の佇まいが切なさを醸し出している。

本作品の情感を織り成しているのが、藤色（ポーランド語で siny）の地平線である。ヴィトキェヴィチのヘウモンスキに関する評論の中に次のような一節がある。

——ウクライナのステップを眺めつつ、ヘウモンスキは遥か彼方へ続く大地の起伏だけを見ているのではない。藤色にけむる無辺の遠景、そこに目が吸い込まれるようであり、行き着くことができないからこそ憧れの気持ちが募る遠景を目にしたときに、心に目覚める感情の全てをヘウモンスキは感じ取っていた。(81)

また、後述するポルの『我らが大地の歌』には藤色の景色が次のように歌われている。

穂波がやわらかく揺れ、
藤色の彼方には
物憂げな白樺が風にそよぎ、

古い樫の森が見える。[82]

藤色にけむる遠景は、チェーホフの『曠野』においても、「それらの丘は、ひしめきあい、たがいに顔をのぞかせあって台地をかたちづくり、街道の右手、地平線までつらなって、遠く紫いろにかすんでいる。[83]」、「褐色がかった緑の丘には、遠目には影のようにおだやかな調子の藤いろで、平野は遠く霞み……[84]」「眼に入るものは、昼まえに見たものと少しもかわらぬ平野、丘、大空、それに紫いろにけぶる遠方だった。[85]」「丘のつらなりは相かわらず紫色のかなたに沈み、その果ては見えなかった。[86]」、「もうあのやさしい紫いろは、夕靄につつまれてかき消され、曠野全体が靄のなかにすっぽりとかくれていた、……[87]」、と度々登場しているように、藤色の地平線はウクライナに欠かすことのできない景であり、人間の心を魅了してきたことがわかる。その藤色を眺めつつ、決して到達することのない果てに対する憧憬の念と言い知れぬ侘しさ、虚しさなど様々な感情をヘウモンスキは描き出している。

《ポドレの風景》（**口絵13**）、《墳墓のあるステップの風景》も藤色の遠方への思いを造形した作品である。これら一連の作品には、ミュンヘン時代に繰り返された曇天とぬかるみのウクライナの面影はない。ヘウモンスキがグルスカに語ったように、ウクライナのある種「何の変哲もない」あるがままの遠景を再現したククルフカ時代の作品群は、ウクライナ大地の遠大な空間に捧げる賛歌であるといえよう。辺境のウクライナに広がる開かれた世界をヘウモンスキは絵画で再現し、それにより広漠たる大地を満たす神に仕えるという使命をヘウモンスキは果たしていたのである。

ヘウモンスキは今あるがままの広闊なウクライナ大地の生命力に溢れた呼吸を造形し続けた。ヘウモンスキを絶えず魅了し、その創作人生に多大な影響を与えてきたウクライナは、永遠に開かれた空間として集大成され、その空間に遍在する神への祈りを晩年のヘウモンスキは描きあげているのである。

ウクライナに神を感じた詩人がスウォヴァツキである。『ベニョフスキ』第五章に登場する次の場面は、極めて難解ではあるが、作品全体の中でも圧巻の迫力をもつ。

神よ！　ウクライナにて汝を感じない者があろうか
　青い曠野のウクライナにて
連々と連なる平原を魂が通り抜けるときかくも物悲しい曠野――
　風の頌歌とともに、幾枚もの翼をもって
タタールによって血にそめられた粘土質の土埃が動きだせば、
　遺骨の中では黄金の太陽を濁らせ
曇らせ、赤く染め、そして天空では
血ばしった眼を持つ黒い盾のような太陽を離さない

汝を一度も目にしなかった者があろうか、偉大なる神よ！
　広大なステップにて、息絶えたような太陽のもと
十字架が連なる墳墓のふもとで。
　そこは血と陽炎でゆがんで見え、
どこか遠くで草々の海鳴りが響き、
　数多の墳墓が凄まじい声をあげて叫ぶ
トノサマバッタ[88]が喪の虹々を広げ、
墳墓に捧げられた花が何処かに去っては姿を消す

自然の恐怖の中で汝を感じなかった者があろうか、
　広大なステップにてあるいはゴルゴタの丘で、
屋根のかわりに月と無数の星々を掲げた
　あまたの柱の間にも
若さの感覚の香りの中にも汝を感じなかった者があろうか
　ヒナギクを摘みながら汝を
ヒナギクの中にも忘れな草[89]の中にも見出した
そして祈りと善き行いの中に捜し求めるものだ

人は神を見つける、人は神を見つけると私は思う、
　そして小さき心臓の民に、控えめな信仰と
穏やかな死を願う。――エホバの稲妻のごとき面の
　偉大なこと！
地層を念入りに数えれば
　骨が見えるだろう、失われた軍隊の御旗として
地層の上部に
横たわる――そして神の証となる――骸骨が

私にはわかる、彼が虫たちだけの神ではなく、
　地を這う生き物だけの神ではないことを
彼は巨大な鳥のとどろく飛行を好み、
　暴れだす馬の動きを止めることはしない……

彼は――誇り高きエボシドリ(90)の尾の羽
　彼を多々静めるのは偉大なる行いであり、

教会の敷居の前でいたずらに流された涙ではない
彼の前にひれ伏す――彼は神[91]！

無量無辺のどこまでも続く青い曠野を通り過ぎるとき、魂が悲しいとスウォヴァツキは語る。それは「幾山河越えさりゆかば淋しさの果てなむ国ぞ今日も旅ゆく」と歌った若山牧水の境地と重なってくる。そしてウクライナではその悲しみとともに神を体感するのだという。神は巨大な鳥の飛行を好むとし、最終連においては神を「誇り高きエボシドリの尾の羽」と称しているように、スウォヴァツキは鳥と神を結びつけ、鳥に聖なるものを見ていたように思われる。わが国において、『日本書紀』の神代下では天稚彦（あめわかひこ）の葬儀に鳥、雀、ミソサザイなど様々な鳥が登場して各々役目を負う場面が登場し、当時、人間の魂は死後、鳥に移るという信仰が存在していたと考えられている[92]。『万葉集』巻第二の山上憶良の歌、

飛ぶ鳥の有がよひつつ見らめども人こそ知らね松は知るらむ　（一四五[93]）

においては、有馬皇子（ありまのみこ）の御霊が空をゆき通う鳥となって、自らが結んだ磐代（いはしろ）の結松（むすびまつ）を見ていらっしゃるだろうと詠まれている。

また古代のメキシコ、北アメリカ、ブラジルなどの種族の間でも、死者の霊魂が鳥に化すと信じら

れていたといわれており、[94] 鳥は死者の魂を他界へと運ぶ聖なる生き物とみなされていた。

鳥に神の姿を重ねたスウォヴァッキは草々の海鳴りが轟き、墳墓が凄まじい声をあげるステップでは誰もが神を目にし、自然に神を感じたと歌い上げている。ヘウモンスキも全ての支配者である神の存在をウクライナの空間で体感し、ウクライナの景物の一つ一つの中に神を目にしていたに違いない。

3 ヤン・スタニスワフスキ

(1)ウクライナの自然の声を伝える画家

ポーランドの様々な芸術分野におけるモダニズム運動「若きポーランド」[95]の代表的な画家であるヤン・スタニスワフスキ（Jan Stanisławski 一八六〇―一九〇七）は、ウクライナの中心部に位置するオルシャナ（Olszana）という地に生まれた。それは地図に見つけることが困難なほど小さな町であるが、一六四八年のフミエルニツキの乱[96]においてポーランド軍とコサックとの戦闘が繰り広げられたコルスン（Korsuń）近郊の町である。人類学者で墳墓の発掘を行っていたユリアン・タルコ゠フリンツェヴィチ（Julian Talko-Hryncewicz 一八五〇―一九三六）[97]によれば、オルシャナは静かで小さく侘しいユダヤ人の町だという。[98]

このウクライナ大地のまさに心臓部で生を受けたスタニスワフスキは、小サイズ（約二〇×三〇センチ）のキャンバスに、ウクライナのシンボルといえる風景を様々に映し出している。例えば繰り返し描かれたステップに佇むヒレアザミは切々と何ごとかを語りかけ、無限の大空を席巻する雲は、威風堂々と表情豊かに芝居を演じているかのような景色をなしている。詩人であり文芸評論家であったゼノン・プシェスミツキ（Zenon Przesmycki 一八六一—一九四四）[99]は、「スタニスワフスキの風景は歌う。曠野の何処にか姿は見えぬ少女の透き通った愛らしい歌声のように……スタニスワフスキの風景は歌う、ささめきのように、ウクライナの哀歌のように。」と語っている。[100]スタニスワフスキの作品を通じて、ウクライナ大地の様々な声を体感していくこととしたい。

（2）スタニスワフスキの生涯

スタニスワフスキの父親アントニ（Antoni）は法律家であり、ウクライナのハルクフ（Charków. ハルキフ）等の大学で教授をつとめたが、同時に文学に造詣も深く、ダンテの『神曲』をポーランド語及びロシア語に翻訳したことで有名な人物である。もともとスタニスワフスキはワルシャワ大学で数学を学び、その後サンクトペテルブルクの技術研究所（Instytut Technologiczny）に留学する。しかしこのサンクトペテルブルク滞在中のエルミタージュ美術館との出会いがスタニスワフスキを画家へと導くこととなり、数学者としての道を捨て、ワルシャワ絵画教室においてゲルソンに師事する。一八八三〜八四年にはクラクフ美術学校（Szkoła Sztuk Pięknych）においてヴワディスワフ・ウシチキェヴィチ（Władysław Łuszczkiewicz 一八二八—一九〇〇）[101]のもとで学ぶ。その後パリに渡り、カロリュス＝デュラン（Charles E. A. Carolus-Duran 一八三七—一九一七）[102]のアトリエで研鑽を積み、パリには一八九五年まで滞在した。この間、母の住むキエフを中心にウクライナを度々訪れ、一八九〇年に初めてウクライナの風景画をパリのサロンに出展して好評を博した。またウクライナの他、ドイツ、イタリア、オーストリア、スペインなど欧州各地を巡り、その経験がもととなって初期には写実主義、その後、印象主義、象徴主義の風景画を描くこととなる。

帰国後、一八九七年にパリ時代に知り合ったヘウモンスキとともにポーランド芸術家協会「芸術」（Towarzystwo Artystów Polskich "Sztuka"）を設立する。一八九七年から亡くなる一九〇七年までクラクフ美術アカデミーの教授として風景画を担当し、野外実習を重視した情熱溢れる懇切丁寧な指導は多くの学生を引きつけ、スタニスワフ・チャイコフスキ（Stanisław Czajkowski 一八七八―一九五四）[103]、タデウシュ・マコフスキ（Tadeusz Makowski 一八八二―一九三二）[104] 等の画家を輩出する。プシェスミツキはスタニスワフスキの指導姿勢について以下のように述べている。

――教授として、若き画家たちの指導者として、スタニスワフスキに匹敵する者はほとんどいない。学生たちの心に自身の熱情を蒔き、一人一人の感受性に熱心にふいごで風を送り込み、作品の制作にあたっては不屈の誠実さ、活力、感情の高揚を求めた。他方、あらゆる気取り、誇張、美辞麗句は断固として排除した。知識と芸術に関する幅広い教養を生徒たちと分かち合い、自分本位なところは微塵もなかった。その代償として求めたものは、情熱、創作に対する愛情、勇気、描く喜びのみ。彼は生徒たちの目だけでなく、魂も涵養していたのである。巨匠は厳しかったが、同時に同志であり、親友であり、心温かな保護者であった。[105]

（3）自然が綴る詩の造形

「風景のための風景画ではなく、自然を歌った本物の詩」とヤン・クレチンスキ（Jan Kleczyński 一八七五―一九三九）[106]はスタニスワフスキの作品を形容している。[107]またクレチンスキは以下のようにスタニスワフスキの作品を解説している。

――太陽、花、春、広大なステップ、ヒレアザミがわずかに見えるだけの茫漠たる平原の広大な空間、物憂げで静まりかえった月夜、これらがスタニスワフスキの絵画の主題である。彼の作品にはけばけばしいものや、効果をあてこんだものはいっさい存在しない。スタニスワフスキは風景画の貴族と呼ぶにふさわしい。あらゆるメロドラマ的なるものとポーズを入念に最大限回避し、自然の中の捉えがたくかそけき情趣にかくも深く身を沈めた。[108]

プシェスミツキが指導姿勢の特徴として「あらゆる気取り、誇張、美辞麗句は断固として排除した。」と指摘しているように、作品自体の中にも効果をあてこんだ装飾や作為的なものは一切排除されている。スタニスワフスキは自然が発する気を体感し、自然が物語る一語一句をキャンバスに再現している。それは「ゾフィア・ボブルヴナのアルバムに」（W pamiętniku Zofii Bobrówny. 一八四四年）の中でスウォヴァツキが語った言葉に通じるように思う。

ゾフィア・ボブルヴナのアルバムに

ゾシカよ私に詩を乞うことなかれ
ゾシカが故郷に帰れば、
花一輪一輪がゾーシャに詩を語り、
星一つ一つが歌を口ずさむことだろうから。
花がうつろい、お星様が流れ落ちるその前に
耳をすませてよくお聞き、彼らにまさる詩人はいないのだから

青い星々、赤い花々
おまえにあまたの詩を綴ることだろう
私はといえば、星々と花々が物語ることをそのまま口にしただけ
私は彼らから話すことを学んだのだから
イクファ川[109]の銀の波濤のゆくところ
かつて私もゾシカのような幼子であったのだから

そして今、過客の旅路はるか遠く
幸薄き運命にさらに遠くへ追われるわが身
ゾシカよ、かの星々からきらめきを私に運んできておくれ
ゾシカよ、かの花々から香りを私に運んできておくれ
私は今ひとたび若返らねばならないのだから
そうやって私のもとに故郷から戻ってきておくれ、天から帰るように(110)

一八四四年三月、スウォヴァツキがパリに亡命中、ポーランドへ一時帰国することになった友人の次女の求めに応じて、そのアルバムに書きつけた詩である。脱線や哲学に満ち、異次元への飛翔を思わせるスウォヴァツキ独特の難解な世界とは趣を異にする作品である。神秘主義に傾いたとされる時期の作品でありながら、幼い少女に語りかける平易な言葉と文体で綴られ、子守唄の情緒さえ感じられる。

詩聖と称される詩人は言う、「私に詩を乞うことなかれ」と。祖国の花々、星々こそが最高の詩人であるのだから、彼らの綴る歌に耳を傾けるようにと少女を諭す。ゾシカは初めて祖国の地を踏もうとしているのだろう。祖国の自然が紡ぐ詩をそのまま感じ取り、それを祖国の言葉にうつしては言霊として再び自然に返す……。自然と詩人と言葉をめぐる環が見えてくる。スウォヴァツキが星々と花々から話すことを学んだように、スタニスワフスキはウクライナの自然景物から描くことを学び、ステッ

プの花々、雲、太陽などが綴る詩を絵画として造形している。それはアダム・グジマワ＝シェドゥレツキ（Adam Grzymała-Siedlecki 一八七六―一九六七）[111]の以下の言葉からもうかがうことができる。

――スタニスワフスキの作品の底辺には自然に対する信念があった。それは自然の中ではほとんど全てが詩的であり、自然であるからこそ詩的であるという信念。スタニスワフスキには自然そのものがすでに作品であり、作品のための土台ではない。スタニスワフスキのこの信念への感謝のしるしとして、自然はいわば他の者に対するよりもはるかな誠意をもってスタニスワフスキに語りかけている。[112]

スタニスワフスキの「自然であるからこそ詩的であるという信念」は、花々や星々にまさる詩人はいないというスウォヴァツキの言葉と重なる。その信仰にも近いスタニスワフスキの自然に対する信念に対して、自然は誰に対するよりもひときわ深い誠意をもって語りかける。その言葉をスタニスワフスキはそのままキャンバスに再現し、自然という至上の詩を絵画として造形している。自然とスタニスワフスキとの間に存在する信頼関係、それがスタニスワフスキの風景の根幹をなしているのである。

（4）ウクライナのもの言う花々

まず、スタニスワフスキの花々の声に耳を傾けることとしたい。ヒレアザミ、ヒマワリ、アオイ、モウズイカがよく取り上げられているが、特に繰り返し描いたヒレアザミとヒマワリの作品を見ていくこととする。

①ヒレアザミ　スタニスワフスキはウクライナの花の風景を数多く描いており、中でもステップに佇むヒレアザミ(113)を特に好んでキャンバスにおさめ、ヒレアザミはスタニスワフスキのいわば分身といえよう。ヒレアザミはヨーロッパから東アジアに分布し、荒地などの草原に生育するキク科の植物で、背丈は一メートルほどになり、茎に棘のついたヒレがあるところからヒレアザミとよばれている。アザミに似ているがアザミ属ではなく、ヒレアザミ属を構成している。

スタニスワフスキのヒレアザミはどれも人間の姿を連想させる点が特徴であり、強い太陽の日差しにさらされながら乾きにあえぎ孤独に佇む姿を呈しており、その呻き声や切々たる訴えが聞こえてくるような感を覚える（**口絵14〜18**）。

太陽に焼かれながら何事かを哀訴するスタニスワフスキのヒレアザミは、チェーホフの『曠野』の一節と見事に重なる。

――あたかも曠野の上を眼に見えぬ精霊がさまよって歌っているかのようだった。エゴールシカはあたりを見まわしたが、この奇妙な歌がどこから聞こえてくるのかはわからなかった。だがやがて、じっと耳をすましているうちに、これは草が歌っているのだ、というような気がしてきた。その歌で、枯れかけた草、もう枯れてしまった草が、言葉にこそ出さね、あわれぶかく、せつせつと、自分にには何の罪もないのだ、太陽がいたずらに焼き焦がすのだということを何ものかに訴えていた。草は、心の底から生きたいのだ、まだ若いのだから、この炎暑と日照りさえなければまだまだ美しくしていられるのだ、とかきくどいていた。おかした罪もないのに、それでも草は何ものかにむかって許しを乞い、たまらなく痛く、悲しく、みじめなんだとぶちまけているのだった……。[114]

また、**口絵17、18**のヒレアザミは茎も葉も白く、まるで白骨化したように描かれている。ステップでは誰のものかわからぬ野ざらしが景物の一つをなしており、チェーホフの『曠野』では、「単調をやぶるものとして、雑草のなかに、白いしゃれこうべやごろた石などがちらりと見える。[115]」という描写が見られる。また後述するようにウクライナをテーマにしたポーランド文学においても野ざらしの風景は頻出しており、スタニスワフスキの描いた白く枯渇したヒレアザミは、ステップに転がる野ざらしを象徴していると考える。

ヒレアザミは、かつてステップで繰り広げられた幾多の戦いに斃れたものたちの化身のように目に映る。今はただ炎暑の凝固した空気の中、何事もなかったかのように自然が営みを続ける大地に、ヒ

図22　カジミエシュ・シフルスキ《ヒレアザミ》（Bodiaki. 1904年，クラクフ国立美術館）

レアザミは遥か遠い戦物語の哀歌を声なき声で歌う。まさに「スタニスワフスキの風景は歌う」のである。

なおスタニスワフスキの風景画に大きな影響を受けたとされるカジミエシュ・シフルスキ（Kazimierz Sichulski 一八七九―一九四二）[116]も白いヒレアザミを描いている（**図22**）。白化した珊瑚のたたずまいを見せるシフルスキの作品は、スタニスワフスキのヒレアザミよりもさらに人間に近く描かれており、行進のようにも、列をなして踊る姿にも見える。

口絵15の《ヒレアザミ》は画面中央に描かれた不気味な黒い物体が特徴的な作品である。正体は古木の名残であろうが、見るものはそれに生きものの姿を投影してしまう。チェーホフはステップではすべてのものがあるがままの姿をしてはいないと述べている。

――こうして馬車で走って行くと、いきなり見えてくることがあるものだ、道の行く手に僧侶のようなシルエットの立ちつくしているのが。身じろぎもせずに、手に何かを持って待ち受けている……。追いはぎか何かではなかろうか。その影は近づいてくる。大きくなってくる、そしてもう馬車と並ぶところまでやってきた。見るとそれは人間ではなくて、ぽつんと生えた灌木だったり、岩だったりする。こういうじっとして、だれかを待ちうけている影は、丘の上に立っていたり、古墳のかげにひそんでいたり、丈の高い雑草のなかからうかがっていたりするが、どれもこれもみな人間そっくりなので、まどわされてしまうのだ。(117)

スタニスワフスキが描いた黒い物体は、チェーホフが形容するように僧侶にも、追いはぎにも見える。人影のないステップだからこそ、そこに足を踏み入れた者は無意識のうちに人の姿をどこかに捜し求め、その潜在意識が植物や岩といった自然の景物に人間の姿を映し出させるのだろう。スタニスワフスキが描いた古木の名残は、哀訴するヒレアザミたちを威嚇する魔物の姿を具現している。

②ヒマワリ　「若きポーランド」時代の芸術家たちに最も好まれた花がヒマワリ(118)である。夏には黄金のかんばせで太陽を謳歌し、みなぎる力をもてあますかのように咲き誇るのに対し、秋には見る影もなく妖怪のごとくなり果てた頭をたれる。その姿は世紀末の悲観的な雰囲気とあいまって終末の象徴となり、芸術家の心をとらえたと思われる。

スタニスワフスキが描くヒマワリは、「若きポーランド」時代の代表詩人であるヤン・カスプロヴィチ（Jan Kasprowicz 一八六〇―一九二六）[119]の詩「向日葵のバラード」（一九〇八年）の一節を造形しているといわれている。[120]

老いさらばえた盲の向日葵
私のもとに最後までたった一人残った
私の親友である全ての花々の中でたった一人残った
この雑草に覆われた庭において[121]

（第一連より）

一九〇五年の《ヒマワリ》（**口絵20**）はまさにこのバラードを具現した作品といえよう。無残に秋枯れの姿をさらしたヒマワリは、背中が曲がり、闇しか映らなくなった一つ目の老人の姿に似ている。夏を謳歌した花々の仲間たちが倒れていくなか、老いさらばえた姿となりながら残ったヒマワリは、ヒレアザミと同様にウクライナの大地を背景にして、恨み言なのか、悔恨なのか、何かを言い残したげな風情で佇んでいる。

一九〇三年に描かれた群れなすヒマワリ（**口絵19**）は特に人間と見まがう姿であり、忍び寄る夏の終わりの気配をわざと気づかぬようにして、あくまでも太陽に顔を向けるヒマワリたちの物悲しさを感じさせる。スタニスワフスキの花々には声がある。シェドゥレツキが指摘したように、スタニスワフスキの自然に対する信念に応えて、自然の景物はスタニスワフスキにその心中を打ち明け、画家はその吐露を絵画にうつしかえている。

一般的にヒマワリはウクライナのシンボルとして扱われる場合が多い。国旗に使われている黄色は、ステップに実る小麦を表すという説もあれば、ヒマワリであるという説もあり、肥沃な黒土地帯には現在でもヒマワリ畑が広がっている。第二次大戦時には、ウクライナのヒマワリ畑でソビエト軍とナチス軍との激戦が繰り広げられた。兵士たちはヒマワリの群れに身を隠し、ヒマワリの種で飢えをしのぎながら戦い、斃れた兵士たちのポケットからはヒマワリの種が必ず出てきたという。

ヴィットリオ・デ・シーカ監督の映画『ひまわり』(一九六九年)において、夫の消息を求める妻の旅路の果てに広がったむせかえるようなヒマワリ畑はあまりに有名であり、それは様々な国籍の兵士、老人や子供が眠る黄金の海であった。その一本一本が、「祖国に帰りたい、帰りたい」と叫び声をあげながら、動けぬ悲しみに身を捩じらせているかのように風に揺れるシーンが心に焼きつく。また、デヴィッド・リーン監督の『ドクトル・ジバゴ』(一九六五年)では、ジバゴとラーラがともに過ごしたウクライナ戦線の野戦病院で、壺に活けられたヒマワリがやむことなくはらはらと花弁を落とす場面が印象的である。

スタニスワフスキがヒマワリを描いた時代から数十年後、ウクライナのヒマワリ畑には死者が累々と横たわることとなった。ウクライナのヒマワリは悲壮な歴史の上に根を張り、斃れた者たちの化身のように咲き、ヒレアザミと同じく声なき声を伝えているのである。

(5)雲

スタニスワフスキが切り取ったステップの風景の中で、ヒレアザミやヒマワリとともに物語を感じさせるのが雲である(口絵21〜23)。そのほとんどが、どこまでも続く大空を舞台に威風堂々と表情豊かに芝居を演じているような雄大な夏雲の姿である。広闊な大地と空の呼吸をスタニスワフスキの筆は見事に体現しており、見るものの目はその小さな小サイズの画面から果てしないステップへと吸い込まれていく。

雲の景色は、人の心を真空にする。あまりに身近な存在でありながら、全てを忘れてその圧倒的な美に心身をゆだねる一瞬を誰でも経験しているだろう。

雲をめぐる忘れえぬ場面といえば、V・E・フランクル著『夜と霧』の一節である。自然は人間の所業全てを凌駕し、その美はあくまでも決然としている。

——そしてわれわれはそれから外で、西方の暗く燃え上がる雲を眺め、また幻想的な形と青銅色から真紅の色までのこの世ならぬ色彩とをもった様々な変化をする雲を見た。そしてその下にそれと対照的に収容所の荒涼とした灰色の掘立小屋と泥だらけの点呼場があり、その水溜りはまだ燃える空が映っていた。感動の沈黙が数分続いた後に、誰かが他の人に「世界ってどうしてこう綺麗なんだろう」と尋ねる声が聞こえた。(122)

米原万里著『オリガ・モリソヴナの反語法』では、カザフスタンのステップ地帯での収容所時代をある女性が回想する場面がある。

——鉄条網の向こうはステップ。見渡す限りステップが広がっていたんですよ。春になるとステップは緑色に染まり、夏になると赤茶けてくる、冬になると白くなる。でも、いつも無反応で無表情、いつも鉄条網越し。だからアルジェリアで一番素晴らしいのは、空だったのよ。空だけが表情豊かで、悲しんだり喜んだりしてくれた。(123)

そしてこの女性にとって雲は亡くなった人々の悲痛に満ちた顔となり、ある日、夫の顔を雲に見てとりその死を悟る。

スタニスワフスキの雲も見る側の心によって様々なものの形と化しながら、広大な大地を、川を悠然と過ぎていくような感覚にとらわれる。

スタニスワフスキの雲を描いた作品に共通するのは、極めて勇壮かつ劇的に描かれた雲の景色と、まどろむかのように穏やかな地上の景色とのコントラストである。ざわざわと音をたてながら湧き上がるような群雲は、ウクライナの大地の気が形をなしてざわめいているかのように見え、ウクライナの漠たるステップを支配する「もの」が雲となってその姿をあらわしているように思える。スタニスワフスキの一連の雲の作品は、「自然であるからこそ詩的であるという信念」をもつ彼の絵筆により再現されたステップの雲のバラードといえるだろう。

(6)ドニエプル川

スタニスワフスキを魅了したウクライナの景物の一つがドニエプル川である。全長二二〇一キロ、モスクワ西方のバルダイ丘陵を水源に、ベラルーシを経てウクライナの中央を大きく蛇行し、黒海に注ぐドニエプルをスタニスワフスキは繰り返し訪れ、季節ごと、一日のうちの様々な時間に移り変わる岸辺、蛇行する川路、入り江の姿を眺めては描いていたといわれている。[124] スタニスワフスキのドニエプルは瑠璃色に輝き、豊かに水を湛え、堂々とした風格の川の面と中州が織り成す景色が妙である(口絵24)。湧き立つ雲との競演を描いている場合もあれば、蛇行する艶やかな川面の佳景を画面いっぱいに映し出す構図も多くみられる(口絵25)。

このような豊饒のドニエプルに対して、趣の異なる作品が《ドニエプルの岸辺で》(口絵26)である。川面には残照が映り、画面全体が夕暮れのセピアの憂色に包まれている。言い知れぬ空虚感と憂愁に満ちたこの作品についてプシェスミツキは、「無限のいくつもの深淵を自らの中に秘めている」と評した。[125] 深淵(otchłań)は「若きポーランド」時代の文学におけるキーワードの一つである。艶やかな光に満ちた豊かな流れとは対照的に、内に深淵をはらんだ憂愁のドニエプルの顔をスタニスワフスキの慧眼は捉えている。ドニエプルもまた豊饒と憂愁の二つの顔をもっているのである。

川というものは流れる土地の原点そのものであり、人の心の原点も故郷の川の流れにあるといっても過言ではないだろう。ミツキェヴィチのニエメン川[126]、スウォヴァツキのイクファ川、石川啄木の北上川、詩人がそれぞれ自分の川のうねりを体内にもっているように、スタニスワフスキの情感豊かな作風の根底には、ドニエプルの水の面の様々なゆらめきがあるのだろう。

（7）太陽と月

ステップの様々な自然景物を敏感に捉えるスタニスワフスキは、太陽と月の景色を繰り返し描いている。太陽は風車とともに表現されている点が実に興味深い。

《太陽》（口絵27）は、一一・八×二〇・八センチの小さな画面に広漠としたステップがおさめられ、地平線の中心に小動物を思わせる風情の微小な風車が配置されている。チェーホフの『曠野』では、ステップの風車は遠くからだと小びとが両手をふりまわしているように見えると形容されているが、まさにそれを髣髴とさせる風車である。風車の真上に掲げられた黄金の太陽に視線は集中し、この風景の全てが太陽に服従を強いられているような感を覚える。じりじりと太陽が容赦なく焼き焦がす炎暑の下、ステップの全てが麻痺して眠りに落ち、褐色に凝固してしまった空気がもたらす「血を吐くやうな　倦（もの）うさ、たゆけさ」、「血を吐くやうなせつなさ」に見るものは身体の自由を奪われ、そしていつしか、この太陽を凝視する我が身が、ステップにころがる野ざらしであるような感にとらわれていく。どこか恐ろしささえ感じさせるほど、スタニスワフスキの《太陽》は、中原中也（一九〇七―三七）が一九二九年に発表した「夏」と見事に重なり合うのである。

夏

血を吐くやうな　倦(もの)うさ、たゆけさ
今日の日も畑に陽は照り、麦に陽は照り
睡るがやうな悲しさに、み空をとほく
血を吐くやうな倦うさ、たゆけさ

空は燃え、畑はつづき
雲浮び、眩しく光り
今日の日も陽は炎(も)ゆる、地は睡る
血を吐くやうなせつなさに。

嵐のやうな心の歴史は
終焉(をは)つてしまつたもののやうに
そこから繰(たぐ)れる一つの緒(いとぐち)もないもののやうに
燃ゆる日の彼方(かなた)に睡る。

私は残る、亡骸（なきがら）として——

血を吐くやうなせつなさかなしさ。(127)


《風車のある風景》（**口絵28**）は画面右側に巨大な風車、左側に白々とした太陽を並べた興味深い構図を取っている。画面全体は、太陽の赤い光を受けた皆既月食のように赤銅色のベールに包まれている。風車は動く気配を見せず巨人のように座し、画面全体が魔法にかけられて凝固しているかのような感を覚える。スタニスワフスキが太陽とともに描いている静止した風車は炎暑に凝固するステップを象徴しており、太陽に全てが服従し、時間までもが歩みを止めてしまったステップを見るものに体感させている。『曠野』では、炎暑のステップで凝固した空気が随所に描かれており、それはいずれもスタニスワフスキが太陽と風車で表現した風景と呼応する。


——空気は炎暑と静寂とでいっそう凝固し、従順な自然は沈黙のうちに麻痺したようになった。(128)

——雲は影をひそめ、陽に焼けた丘のつらなりは顔をしかめ、大気はおとなしく凝固し、ひとり、おびえたタゲリだけがどこかで鳴き声をあげ、身の不運を訴えていた。(129)

——けれどもしばらくすると朝露は消え、空気は凝固して、たぶらかされた曠野は持ちまえのものうい七月の姿となった。草はうなだれ、生気は失せてしまった。(130)

太陽の炎暑の支配から解き放たれ、月光に包まれ眠りにつくウクライナの表情もスタニスワフスキは描いている。《月夜》（**口絵29**）は極めてシンプルな画面構成に煌々たる月光を表現しており、《太陽》と同じく画面上部の中央に掲げられた月が太陽に変わって大地を冷涼な光のベールで覆い、全てをしんとした深い眠りにつかせている。

《ウクライナの風景》（**口絵30**）の月夜は、雲間からのぞく月が太陽のごとく金色に輝き、熟睡している農家や花々、ポプラ、そして黒土を照らし出している。その月光は何か魔物の技であるかのようにあまりに燦然として、恐怖の念さえ感じさせる。

(8) 小世界から大世界へ

自然を歌ったスタニスワフスキの詩はほとんどの作品が小さなキャンバスにおさめられている。一号サイズほどの小品が多数を占め、大きなものでも《プストヴァルニアの庭》（**図23**）が四九×八一センチである。

小サイズの作品とは対照的にスタニスワフスキ自身は巨漢であるが（**図24**）、タデウシ・ボイ＝ジェレンスキ（Tadeusz Boy-Żeleński 一八七四―一九四一）[131]によれば、その体格が小さな作品を描いた原因であり、大きなサイズの作品を描くためにキャンバスに近づいたり離れたりする動作が苦痛であったからと解説している。[132]

ジェレンスキの言葉には多分に冗談が含まれていると思われるが、広大無辺のウクライナの風景を

図 23　ヤン・スタニスワフスキ《プストヴァルニアの庭》（Ogród w Pustowarni. 1903 年，49×81cm, クラクフ国立美術館）

あえて小サイズの画面に造形する手法には、小世界の断片的イメージをもって大世界を表現する正岡子規の写生理論に通じるものがあり、スタニスワフスキの絵画は俳句的な要素が強いと考える。子規はハーバート・スペンサーの哲学から、「最簡単ノ文章ハ最良ノ文章ナリ」（『筆まかせ』）という理論に到達するが、スペンサーの『文体論』を読んだ感想を子規は『筆まかせ』の中で次のように述べている。

スペンサーの文体論を読みし時、minor image を以って全体を現ハす、即チ一部をあげて全体を現ハし、あるハさみしくといはずして自らさみしき様に見せるのが、尤詩文の妙処なりといふに至て、覚えず机をうつて「古池や」の句の味を知りたるを喜べり、……[133]

スタニスワフスキは特定の景物を小さなキャンバ

図 24　カジミエシュ・シフルスキ《ヤン・スタニスワフスキと教え子たち》(Jan Stanisławski z uczniami. 1906 年，120×85cm, クラクフのカフェ・ヤマミハリカ)

スの小世界に造形しながら、ウクライナという広漠たる大世界全体を表現している。ヒレアザミはステップ全体に漂う憂愁や哀歌を象徴し、湧き上がる群雲は大地のざわめく気を可視化する。また、風車とともに描かれる赤銅色の太陽の風景は、太陽の支配に大地がひれ伏し、空気全体が麻痺して凝固するウクライナの炎暑を体感させる。スタニスワフスキの小さなキャンバスは、いわば茫漠たる大地に開かれた窓であり、描かれた断片的な景物のイメージは、ウクライナの森羅万象を映し出している。

第Ⅲ章　十九世紀ポーランド文学におけるウクライナ

1 『マリア──ウクライナの物語』（*Marja powieść ukraińska*）

（1）ポーランド文学史上の傑作

ウクライナ派の代表者であるアントニ・マルチェフスキ（Antoni Malczewski 一七九三─一八二六）が貧困のうちに三十三歳で亡くなる一年前の一八二五年に、『マリア──ウクライナの物語』（以下『マリア』）は出版された。彼の文学作品の全てであるこの長詩は、出版当時ほとんど注目されることはなく、唯一の批評もその芸術的価値を認めないだけでなく、読者の気をそぐようなトーンのものであったという。

しかしマルチェフスキの死後、ロマン派の文芸批評家であるミハウ・グラボフスキ（Michał Grabowski 一八〇四─六三）[1]とマウリツィ・モフナツキ（Maurycy Mochnacki 一八〇三─三四）[2]は、『マリア』は十一月蜂起以前のポーランド文学史における最高作品であり、詩聖ミツキェヴィチの作品に比肩すると絶賛した。チェスワフ・ミウォシュ（Czesław Miłosz 一九一一─二〇〇四）[3]も『ポーランド文学史』において、本作品のポーランド文学における地位はことのほか高く、その極めて多様な韻律、注意深く選び取られた押韻、そしてあらゆる人間的事件における悲観主義的色調のために、『マリア』はポーランド人にとってある忘れがたい経験となっていると評している。[4]またミウォシュは『マリア』の独特な調子がジョセフ・コンラッドの散文を思い起こさせると指摘し、コンラッドが『マリア』に影響を受けていたことを示唆している。

(2)マルチェフスキの生涯

ポーランド文学史上この特異な作品の作者マルチェフスキの生涯もまた波乱に富む。マルチェフスキは、一七九三年に富裕なシュラフタの家柄に生まれる。[5] 誕生の地についてヴォインの[6]クニアヒン(Kniahin)とワルシャワに説が分かれているが、幼少時代は父の領地であるクニアヒンで過ごした。[7] 一八〇五年から一八一一年まで、歴史家であり教育活動家であるタデウシュ・チャツキ(Tadeusz Czacki 一七六五—一八一三)[8] が設立したクシェミエニエツ中等学校(Liceum Krzemienieckie)[9] で学び、極めて優秀な成績をおさめる。一八一一年よりワルシャワ公国の親ナポレオン・ポーランド軍に勤務。ナポレオンの敗戦に失望したマルチェフスキは一八一六年に退役し、その後一八二一年まで欧州旅行に時間を費やし、英国、ドイツ、フランス、スイス、イタリアに滞在した。この間、一八一八年にマルチェフスキはポーランド人として初、世界では八番目にモンブラン登頂に成功している。また、この時期に尊敬する詩人ジョージ・ゴードン・バイロン、ウィリアム・スコットと知り合ったとされている。

一八二一年に帰国し、ヴォインに居住するが、その後の人生は不運に見舞われた。神経を病んだ既婚女性ゾフィア・ルチンスカ(Zofia Rucińska)に対し、欧州滞在中に知った動物磁気催眠術を用いて治療を試み、二人はヴォイン、ルブリン、そしてワルシャワでともに暮らす。しかしこの夫ある女性との関係のために、マルチェフスキのもとから旧知の友人たちが去り、貧困と失意のうちに一八二六年にワルシャワで三十三歳の生涯を終える。ワルシャワのポヴォンスキ墓地に埋葬されたが、墓の場所はわかっていない。

（3）史実に基づくストーリー

マルチェフスキが『マリア』の執筆に取りかかった時期は不明であるが、おそらくヴォインで書かれたとされている。ユリアン・ウルスィン・ニエムツェヴィチ（Julian Ursyn Niemcewicz 一七五七—一八四一）[10]に献呈されており、ワルシャワで一八二五年に自費出版された。

筋立ては十八世紀後半に実際に起こった事件をもとにしている。ウクライナに居住するスタニスワフ・シチェンスニ・ポトツキ[11]の妻ゲルトゥルーダ・コモロフスカ[12]が、二人の結婚に反対するポトツキの父の手により川で溺死させられる。マルチェフスキはこれをタタールの襲撃に悩まされていた十七世紀のウクライナに置換し、風ふきすさぶ陰鬱なステップを舞台に、暗澹たる渦の中に次のような物語をおいた。県主（Wojewoda）の息子ヴァツワフは老境の太刀持ち（Miecznik）の娘マリアを妻としているが、ヴァツワフと不仲の県主は胸に一物秘めている。太刀持ちとマリアはシュラフタの伝統的美徳にのっとって暮らし、勇猛果敢な騎士ヴァツワフはタタールとの戦いにいつでも臨む覚悟を決めている。しかし悲劇はヴァツワフと太刀持ちが戦場に出ている間に起こった。仮面姿の謎の一団が領地に侵入し、マリアは彼らの手にかかり池で溺死してしまう。帰還したヴァツワフは、最愛の妻の死を知り、絶望して馬に乗って姿を消す。そして太刀持ちは娘マリアと亡き妻の墓の横で息を引き取る。

(4)自然を読む――ウクライナの二面性

この絶望と憂愁に満ちた悲劇的ストーリーは『マリア』の核ではない。圧倒的な力をもって作品を支配しているのは、ウクライナのステップそのものであり、ウクライナの自然を読むおもしろさが本作品の醍醐味であろう。人間の所業、様々に交錯する感情はステップの懐での一幕に過ぎず、登場人物の心模様はステップの風景と重なり合い、ステップに響く様々な音は人間の感情や思惑を映し出している。『マリア』に描き出されているウクライナの風景描写を見ていきたい。

ウクライナという空間を端的にかつ極めて絶妙に言い当てた表現が『マリア』最後の一文である。

太刀持ちは武器に急ぐことはなかった――すでに眠りについた――永遠の眠りに
そして静寂――三つの塚が互いに寄り添うところ
そして空虚で物悲しく切ない、豊かなウクライナにて[13]
(圏点 小川)

「空虚で物悲しく切ない」は『マリア』全体を包む情であり、第一章末でも繰り返し使われている表現である。

静寂、心の中で死が己の輪郭を描くように
空虚で物悲しく切ない、マリアの思いのように
マリアは軽やかなその身で上へ上へと伸びをする
何も見えない――ただ風が灰色の雲の群れを追いたてるだけ
マリアの膝は崩れ、祈りの手を重ねる
天をじっと見つめた両目からは、哀しみが涙となって流れ落ちる
そして静寂――祈りが神の懐に流れるように
そして空虚で物悲しく切ない、幸福が過ぎ去るときのように[14]

（圏点　小川）

夫を戦場に送り出したマリアの目に映る景色は、風が灰色の群雲を追い立てるだけの空漠とした大地であり、有無を言わせぬ圧倒的な静寂が制している。しかしマルチェフスキが本作品の結びの言葉として選択しているように、ウクライナはあくまで「豊か」な存在であり、「空虚で物悲しく切ない」何ものかが豊かな大地に漂う。この一見、相反するような二面性がウクライナという空間の特徴なのである。すなわち生の力に満ちた美の極致と、寂寥、物悲しさ、凄絶感の相反する顔が常に寄り添いながら存在している。

チェーホフの『曠野』にもこの二面性を表す次のような一節が登場する。

——途中、寡黙な老人のような古墳や、だれにいつ据えられたともわからぬ石像にゆきあたったり、ひっそりと地面すれすれに夜鳥が飛びすぎたりするうちに、すこしずつ、曠野の伝説や、出会った人々の話しや、曠野そだちの乳母から聞いた物語や、この眼で見、心に感じたあらゆることが思いだされてくる。そういうときにこそ、虫の声、あやしい影や古墳、深い空、月光、夜鳥の飛ぶことのうちに、そして見聞きするあらゆるもののうちに、美の極致、若さ、力の充満、生への渇望を感じはじめる。心は、すばらしい、きびしい風土のふるさとに応えて、曠野の上を夜鳥にまじって飛んでいきたくなる。この美の極致、みなぎる幸福感のうちにも、人は緊張と寂寥とを感じるにちがいない。まるで曠野が孤独であることを自覚し、自分のゆたかさもインスピレーションも、誰にも歌われもせず誰にも必要ないものとしてむなしく滅びてしまうのを意識しているかのように。よろこばしいとどろきをとおして、人は曠野のものがなしい、絶望的なまでの、歌い手はないか、歌い手は、という訴えを聞くかのように。[15]（圏点　小川）

「豊かな」を意味するポーランド語の形容詞「bujny」は、植物が繁茂して生気に満ちた様子をあらわし、植物のほかに髪が多く豊かであることを表現する場合などにも使われる。『マリア』では、他に第二章第一八話において、ヴァッワフの形容に「bujny」があらわれ、「生気溢れる」若者の意味で使われている。

ウクライナに魅了された画家ヘウモンスキ、ヴィトキェヴィチ、ヴィチュウコフスキによるウクライナの形容をふりかえれば、リュウキンカやフトイなどの様々な植物が群生し、鳥たちが群れ、色鮮やかな衣装の民が集うまさに生気に満ちた自然が描写されている。特にヴィチュウコフスキの回想は、溢れ出る感動の水流を御しかねるように、様々な情景を短い言葉で畳み掛けるように連ね、ウクライナの繁茂する豊饒の美を表現している。ここでもう一度、彼の回想を参照しよう。

——至上の美の地。湿原（czahary）、樫、鳥の群れを擁するステップ。全てが水を求めて息遣いを荒くしている。湿原——涼しさ、木々、草地。湿原は五〇—六〇キロごとに広がる。小さな森には養蜂場があり、数十の蜂の巣箱がある。蜂を世話する者が腰をおろし、川は流れる。法悦の春。コリヤナギのそばに群れ咲くリュウキンカ。漁師たちが動き回る。花咲く木々。紺碧にそして群青に輝く空は南国を思わせる。その空を背景に花が咲きみだれる。色鮮やかな装いの民、ツゲ、リボン、御伽噺から抜け出たような美しい光景。［…］黄金の穂波が揺れる。それは最高の音楽。［…］スズランに覆われた湿原。リュウキンカが黄色のじゅうたんをしきつめたよう。黒を背景に木々は白く塗られた糸杉のよう。数十の巣箱のある養蜂場、蜂の世話をする者、小川、せせらぎ、魚とりの網、喜びに満ちた集落。氷結した海のようなステップ。海、塩、ヨード——ステップ、何か捉えがたいもの（coś nie uchwytnego）、人間の力では如何ともしがたい。

ヴィチュウコフスキはさらに「切なさ（Tęsknica）、夜、馬をだして遠くへと行きたくなる。」と綴り、繁茂する生の豊かな美の中には人間の力を超えた何ものかが存在し、言い知れぬ切なさに心が包まれる様子を記している。またヴィトキェヴィチは、「墳墓（mogiła）」、「タゲリ（czajka）」といったウクライナ独特の語から「切なさを帯びた魔力（czar tęskny）」がそこはかとなく漂っていると語っており、彼らの言葉からもウクライナには豊かな至上の美の中に存在する憂いの二面性が見て取れる。またヘウモンスキ作品にもこの二面性は明確に表れており、黒鶴を描いた一連の作品（口絵6、7）は寂寥と憂愁に満ち、他方《遊糸》（口絵8）は夢物語のウクライナを代表している。

また『マリア』において象徴的に対峙させられているのが、生気溢れる美と死である。マリアを殺害することになる仮面の一団が笛にあわせて大声で歌う歌では次の一節がリフレーンされる。

この世では、死が全てを掃いて捨てる
豊かに咲き誇る花にも虫が生まれるもの
（第二章第二話）

花の形容にここでもbujnyが使われており、いかに生命力に満ち、豊かに咲き誇る花であっても腐敗や死の予兆をはらんでいるものだと歌い、マリアの死を予感させるものでもある。生命力、豊かさと死は常にともに存在し、無常はこの世の不変の理であるが、自然が制するウクライナはこの生と死の二面性が特に際立って感じられる空間であるのだろう。

(5)ウクライナの風

静寂に支配された『マリア』のステップでは、風が吹きすさび唸りをあげ、過去のつわものどもの声が墳墓や草葉の陰からもれ聞こえる。

コサックと馬は駆ける――低い太陽の光の中で
彼らは天人からの伝令に似ている
そして長く、遥か彼方まで、蹄の音が聞こえる
広大無辺の曠野では果てしなく沈黙が広がっているから
陽気なシュラフタの声も騎士の声もない
ただ風が穂波をたわませて悲しげに唸るだけ
ただ墳墓から嘆息がもれ、草葉の陰からは
今やしおれた古き誉れの花冠をつけたまま
眠るものたちの声が聞こえるだけ
荒涼たる凄まじき音楽――その音楽に寄せる言葉はいよいよもって凄まじい
それはかつてのポーランドの精霊が子孫に伝えようとしている言葉
だが彼らの栄誉が今や一叢(ひとむら)の野バラに過ぎないとき
悲嘆にくれないものがいるだろうか。(16)

(第一章第二話)

コサックと馬は『マリア』において「ステップの兄弟」(第一章第一話)と形容されている。背の高い草が繁茂するステップでは、歩兵による戦は不可能であり、馬は必要不可欠なる存在であった。「ステップの兄弟」はステップを疾走する馬とコサックの絆を巧みに表現している。

また第一章第三話では、「ステップ、馬、コサック、闇――一つの荒くれの魂」という表現があり、馬とコサックが闇のステップと野生の魂を一つにして疾走する様子があらわされている。遥か彼方までいつまでも続く馬の蹄の音に、ステップの寂寞感と無限の広がりを読者は実感するだろう。過去にこの地に聞こえていたシュラフタや騎士の声は今や聞こえず、広く静寂が流れ、ステップを吹きすさぶ風が唸り声をたてるだけである。マルチェフスキはそれを「荒涼たる凄まじき音楽(dzika muzyka)」と表現している。

なお「風」という漢字を辞典で調べれば実に二〇以上の意味があり、『詩経』の六義の一つ、地方の民謡をいう場合もあり、また一般的にうた、歌謡も意味するという。マルチェフスキが風の唸りに荒々しき音楽を聞いていることと、「風」という文字がもつ意味とが重なり合って興味深い。この吹きすさぶ風はウクライナの風景の重要な構成要素の一つであり、『マリア』の冒頭にも風が登場する。

駿馬に乗ってお前はいったい何処へ急ぐのだ、コサックよ
ステップで飛び跳ねる野兎を見たか?

物思いに戯れ、自由を楽しみたいのか？
ウクライナの風と競うつもりか？
それとも物悲しい哀歌を紡ぎながら
曠野で待つ恋人のもとへ
待ちきれぬとばかりに先を急ぐのか？[17]
（圏点　小川）

コサックと風の関係を表す次のような妙味のある表現も登場する。

彼の身のこなしは敏捷で、足取りは軽やか
それは手足をステップの風で燻(いぶ)しているから[18]
（第一章第十三話）

「燻す」はまさに食品を燻製にするという意の動詞 wędzić が使われている。ハムや魚が燻製にされることによって絶妙の風味が出るように、コサックもステップを吹きすさぶ風に身をさらし、鍛えあげられる様子を見事に表現した描写である。その生涯のほとんどを馬とともにステップで過ごすコサックは、ステップの風の様々な力を体内に取り込んだ風の申し子といえよう。

また、第二章第一話には以下の表現が見られる。

墳墓の平原には、墳墓以外には何もない
あとはウクライナの風が吹き散らして跡形も無い[19]　（圏点　小川）

「ウクライナの風」と形容されるウクライナ独特の風、それはコサックの駆る駿馬も及ばぬ速さで吹き抜ける疾風であり、墳墓のみを残してステップを席巻し、空虚なウクライナを創造していることがうかがえる。そして時には悲痛な唸り声をあげてステップに荒涼たる音楽を奏でるこの風は、多分に魔的なものをはらんだ存在と考えられる。

日本の風の名前を収集・分類した関口武氏の『風の事典』によれば、日本には実に二一四五にのぼる風の名前があり、また吉野正敏氏の『風の世界』によれば気候に関する日本の地名で「日」に次いで多いのが「風」であるという[20]。それだけ風は日本人の生活に多大な影響を及ぼす存在であり、いかに日本人は風に対して鋭敏な感覚をもっていたかがうかがえる。

そして「腥風（せいふう）（なまぐさい風、殺伐とした風）」、「凄風（せいふう）（不気味ですさまじい風）」、「天狗風（てんぐかぜ）（にわかに高みから吹き下ろす不気味な旋風）」、「魔風（悪魔が吹かせる風、おびき寄せられそうになる恐ろしい風）」といった風の名前にあらわされるように[21]、日本人にとって風はある種畏怖の対象でもあり、風には何ものかの霊が宿っており、時に人にさわりをもたらすものとも考えられていた。谷川健一氏によれば、九州では山野を歩いていて急に寒気がしたり、頭痛を覚えたりして病気に罹ると、それはカゼに会ったからだという。また不遇な死、非業の死を遂げた人物の霊が悪い風となって人々に祟るという例が日本全国にみられるという[22]。八十八夜の頃に吹く西寄りの暴風である「東尋坊」などその顕著な例である[23]。柳田國男は『風位考』の中で「タマカゼ」について、「タマ」は霊魂のことであり、悪霊の吹かせる風を「タマカゼ」と言うらしいと考察している[24]。このように日本において風はときに悪霊と同一視されて畏れられていたのだが、マリアにあらわれる「ウクライナの風」もウクライナの大地を司る何ものかを宿した畏怖の対象として扱われている。それが明確にあらわれているのが、次の表現である。

鶏が鳴く前に、手紙をお渡しできたはずだった、宵の口から馬を飛ばしたのだから
しかしステップの魔物が濛々たる砂煙を起こした[25]　（第一章第十三話）

『マリア』の原文を参照した Biblioteka Narodowa 版の解説によれば、ウクライナでは魔物が夜に強風を起こして道を迷わせると信じられているとあり、風が魔を宿した畏怖の対象として見られていることがうかがえる[26]。まさに「魔風」、「タマカゼ」がウクライナの夜を吹き荒れるのである。画家のヤツェック・マルチェフスキ（Jacek Malczewski 一八五四—一九二九）[27]は、この「タマカゼ」が立ちあがらせた砂煙を絵画に可視化している（**図25**）。砂煙の中に描かれているのは、後ろ手に縛られた女性と、彼女の後を追って鎖に繋がれながらも必死にしがみつこうとしている少年たちである。自由を奪われ

図25　ヤツェック・マルチェフスキ《砂煙の中で》（W tumanie. 1893-94年, 78×150cm, ポズナン国立美術館）

囚われの身となっている女性は三国分割されたポーランドを象徴し、その息子であろう少年たちはポーランド民族をあらわしているのだろう。魔物が引き起こした一陣の風によって湧き起こった砂煙の中に、当時のポーランドとポーランド民族の過酷な状況をマルチェフスキは映し出している。

（6）墳墓

ウクライナの風とてもけして吹き散らすことのできない存在が墳墓であるということが興味深い。今はただ空なる大地に墳墓だけがたたずみ、そこに眠るものの嘆息がもれ聞こえ、草々の間からは呻き声が響くという。それは悠然と座す墳墓と草々の風景を描いたヘウモンスキの《墳墓》（**口絵12**）を彷彿とさせる場面である。栄枯盛衰の歴史の大河の中で斃れていった祖先の魂は、消え果てることなくウクライナの大地に留まり、荒涼たる風よりも一層凄まじさを増して、子孫に語りかける。祖霊と過去が漂うステップはタタールとの戦いをはじめとする悲劇の歴史の産物であり、輝ける栄光も今や曠野の一叢の野バラにすぎない無常観を墳墓は象徴している。

(7) ステップに漂うもの

画家のヴィチュウコフスキがウクライナの魅力について、「何か捉えがたいもの、人間の力ではどうしようもない」と述べているように、ウクライナの魅力をなす重要な要素として、無限の広がりをもつ空間に漂う、人間の力を超えたものの存在がある。『マリア』にはそうしたウクライナに関する興味深い表現が多々見られる。

広がる畑地に陽が斜めに射す
カラスとその影が飛び過ぎる
時折背の高い草々の中でコオロギが鳴く
そして静寂――ただ空中に思案が漂うだけ
なんと？　この土地全土に浮遊する過去への思いが
いかなる祖先の像にも優しく流れ落ちることはない
憂いにみちた感慨の重荷をどこにおさめるというのか
いいや、おそらく渦を巻いた飛行は地面に沈むだろう

そこには錆ついた古い甲冑があるだろう
そして誰のものかわからぬ野ざらし
そこには灰の中に丸い穀粒があるだろう
あるいはいまだみずみずしい肉体に虫を見つけることだろう
しかし曠野をよりどころなく彷徨う
絶望のように、よるべなく、あてどなく、限りなく[28]

（第一章第八話より）

静寂が支配する空虚なステップの空気には思案が漂い、過去への思いがウクライナ全体に浮遊しているという。そしてその憂愁に満ちた思いは鳥をイメージさせてくるくると渦巻きながら飛行し、地に沈む。そこに待つのは錆び付いた甲冑と野ざらし。ここにも繰り返された戦いの過去は現存し、ステップの一つの景物として誰のものともわからぬ白骨が転がっている。絶望がウクライナを彷徨うように、過去への思いもあてどなくこの茫漠とした空間を彷徨い続けている。

またヴァツワフがマリアを残して戦いに出る場面では、次のような描写がみられる。

ヴァツワフが去った場所には
嘆息をもらしつつ静けさを呼び起こしながら
物思いにしずんだ青白い孤独が座す

幸福の荒地には憂愁が
芯を虫に食われた棘のある茎を根付かせる[29]

（第一章第十八話）

孤独がステップに腰を下ろし、憂愁が腐敗の兆しをはらみつつ大地に根を張るという神秘的な独特の表現により、ステップに満ちる孤独と憂愁の情を極めて印象的に表している。憂愁が地面に根を張り、静寂のうちに幸福をそしてステップをじわじわと制圧していく様子は、茎に棘のある植物にたとえられているが、これはステップの代表的な植物であるヒレアザミであると考えられる。茎の芯、すなわち生命の髄にすでに虫がとりつき、死に侵食されつつあるヒレアザミが荒地に根を伸ばしていく姿が憂愁として捉えられており、ヒレアザミは不可視のエレメントである憂愁、そしてステップに漂う「もの」の姿を可視化しているのである。この憂愁のヒレアザミは、スタニスワフスキが描いたどこか人の佇まいを持ち、何かを訴え続けているように見えるヒレアザミたちの姿と重なり（**口絵14〜18**）、スタニスワフスキは『マリア』のこの憂愁が根を張る描写を反映しながら、ヒレアザミを繰り返し描いていたのではないかとさえ想像させる。スタニスワフスキのヒレアザミも、どれも焼け付く太陽の下で生命が侵食され、今にも枯れ果てなんとする風情がある。『マリア』にはヒレアザミの印象的な場面が第二章にもみられる。

大きく花開くヒレアザミたちの中に身を潜め

馬を下りた騎士たちはすでに赤い水面の中
胸から下を血の色に染まった水底に沈めて彷徨う(30)

（第二章第五話）

成人の胸辺りまでの高さになって群れ咲く赤いヒレアザミを水面にたとえ、赤い海に半身を沈めながら騎士たちが彷徨う様子は、神秘的であるとともに陰惨な恐ろしささえ感じさせる。このヒレアザミの海の赤は、幾多の戦いが繰り広げられた悲劇の歴史の色であるのかもしれない。

『マリア』には絶望が漂い、大地に孤独が座し、憂愁が根を張るという独特のステップの世界が描かれているが、絶望（Rozpacz）、孤独（Samotność）、憂愁（Zgryzota）といった抽象名詞が大文字で表記され、人格化されている。同様の例として他に、精霊（Duch）、勝利（Zwycięstwo）、未来（Przyszłość）、過去（Przeszłość）、愛（Miłość）、眠り（Sen）、幸福（Szczęście）、死（Śmierć）、怒り（Złość）、羨望（Zawiść）、友情（Przyjaźń）、夜（Noc）、真昼（Dzień）、時（Czas）、貪欲（Chciwość）、労働（Praca）、誉れ（Sława）、義務（Powinność）、不幸（Nieszczęście）、死（Śmierć）、勇気（Odwaga）、存在（Obecność）、復讐（Zemsta）、名誉（Chwała）の単語があげられる。『マリア』におけるウクライナとは目には見えぬ様々な姿なきものたちが、漂い、時に渦を巻き、自然の景物と寄り添う空間なのである。

2 『カニュフ城』(*Zamek kaniowski*)

(1)ゴシチンスキの生涯

一八〇一年十一月、ゴシチンスキ(Seweryn Goszczyński 一八〇一―七六)はポドレの貧しいポーランド人家庭の一一人兄弟の長男として生まれる。父親が大貴族の荘園の管理人など職を転々として、一家は一つ処に落ち着くことなくウクライナ周辺を移動していた。幼い頃からウクライナの農民たちとともに過ごしてきた経験が、貴族階級嫌い、急進的な社会観、自然への愛といったゴシチンスキ作品の特徴の土台になっているといわれている。一八二〇年にワルシャワに出たゴシチンスキは、秘密革命組織に加わる。ギリシャで蜂起勃発を知ると、これに参加すべく、海路でギリシャに入るために所持金もないまま徒歩でオデッサを目指すが、途中ウクライナにて断念を余儀なくされる。それからウクライナでの放浪と地下活動の日々が一八二八年まで続くこととなるが、この間に詩作への情熱が高まり、『カニュフ城』もここで誕生した。

一八三〇年にワルシャワに戻ったゴシチンスキは、十一月蜂起において武器だけでなくペンでも戦い、彼の詩は蜂起側の新聞に掲載されていた。蜂起の敗北後、親友の詩人ユゼフ・テトマイェル(Józef Tetmajer 一八〇四―八〇)の助けでガリツィアに移るが、ワルシャワでの欠席裁判で死刑を宣告されたために、ゴシチンスキは偽名での活動を余儀なくされた。この時期、タトリの山々と山岳民俗に魅了され、それは文学にも反映される。また文芸批評の分野でも活発な活動をはじめ、例えば、喜劇作家アレクサンデル・フレドロ（Aleksander Fredro 一七九三―一八七六）[31]を辛辣に非難し、これが十数年にわたってフレドロが文学活動を休止する原因となったという憶測もでた。

一八四一年にパリ亡命。同地でミツキェヴィチ、スウォヴァツキと親交を結び、ミツキェヴィチが信奉していたアンジェイ・トヴィアンスキ（Andrzej Towiański 一七九九―一八七八）[32]の教説に傾倒することとなる。一八五〇年には、当時クラクフのヤギェロン大学地理学教授であったポルより同大学文学部への招聘の申し出があったが、ゴシチンスキはフランスに残ることが義務と考えこれを断る。ゴシチンスキのフランスでの亡命生活は常に貧困の中にあり、一八七一年のプロイセンによるパリ包囲の際には、餓死寸前の状態にあったという。これをみかねた友人たちが彼の帰国を援助し、ジャーナリストであり作家であったアガトン・ギレル（Agaton Giller 一八三一―一八七）に伴われてガリツィアの土を踏んだ。同地では長年の文学活動と愛国活動に対して敬意をもって迎えられ、一八七六年二月にルヴフにて隣人であった詩人のヴワディスワフ・ベウザ（Władysław Bełza 一八四七―一九一三）[33]らに見取られて亡くなる。

（2）「自然の和解の宴に参集した」地――多様性のウクライナ

ゴシチンスキは『カニュフ城』のあとがき「ウクライナとフマインの虐殺に関して」の中で、『カニュフ城』の背景説明としてウクライナについて以下のように記している。

──主にいわゆるポーランド・ウクライナ（polska Ukraina）について語ることとする。それは東をドニエプル川に、西をブク川に囲まれ、北にヴォイン、南にヘルソンのステップが広がる土地である。

ウクライナの数十マイルにわたる地域はこの上なく好ましい多様性を擁している。ブク川側から広がるこの地方のほとんどを占める平原には森や谷あいが見られ、フマイン、ボフスワフ、コルスンの周辺には花崗岩の岩山が列なる。モシニィとスミワの間には松の深々とした森、森に覆われた丘に沼地の川。ドニエプル川とブク川、無数の池、そして点在する湖がたたえる水の堂々たる群れ、ステップの海のはじまり。一言でいえば、砂地と世界で最も肥沃な耕地、最も透明度の高い水と近づきがたい沼地、朗らかな森と太古の原生林、静寂の谷と巨大な丘、人跡未踏の深い森と広大無辺のステップ、それらが自然の和解の宴に参集したかのように、この地に集まったのである。このような土地を古のポーランドにおいて最も美しい地と私が考えるのはごく当たり前のことであり、このような大地がそこで生を営むものたちに影響を及ぼし、最も勇敢なものたちと比肩することができる民族を育んだのである。私の考えを受け入れるのには、この民族の言い伝えや歴史哀歌を耳にし、墳墓に覆われた曠野を眺めれば足るだろう。(34)

このあとがきの冒頭でゴシチンスキは、ある優れた詩人の一人が『カニュフ城』はコサックのごたごたに満ちた作品であるとしてこきおろしたと書いている。その詩人にはウクライナについての知識がないことを自分はわかっているから、そうした意見がでることに驚きはしないが、一人の詩人を理解しようとするならば、その故郷について知ることは義務であると断言している。そして物語の背景として上記の描写が続くのである。それは簡潔でありながら、読むものにおのずと映像を浮かべさせる力を持ち、ウクライナの新たな一面を知らしめる非常に興味深い文章であり、ゴシチンスキという人物の慧眼を実感させる。

登場する川や地名を地図上に確認しながら見てみれば、現在のウクライナの中央、まさに心臓部にあたる地域であることがわかる。そこは溢れるばかりの彩り豊かな多様性の地であり、一見相反するような性質の景物が一堂に会した、まさに「自然の和解の宴に参集した（zgromadziły się tu, jakoby na pojednawczą przyrody ucztę）」風景なのである。『マリア』において「空虚で物悲しく切ない、豊かなウクライナ」と歌われているように、相反する二面性が同時に存在する空間であることがウクライナの特徴であると述べてきたが、ゴシチンスキの風景からは、両極に位置するような対照的な景物や自然の様々な力が実に堂々と参集し、意外性に満ちた景色が妙なる調和のもとに息づいていることがうかがえる。ウクライナとはあらゆる意味において境なき空間なのだ。

そしてこの多様性の宝庫である威風堂々とした至上の美の地に育まれた民は、勇猛果敢でどの民族にも引けを取ることなく、彼らの歴史を綴る哀歌を耳にし、墳墓が列なる曠野の景色を目にすれば、それはおのずと理解できるだろうとゴシチンスキは語る。自然風景、大地は、そこに生きるものの性

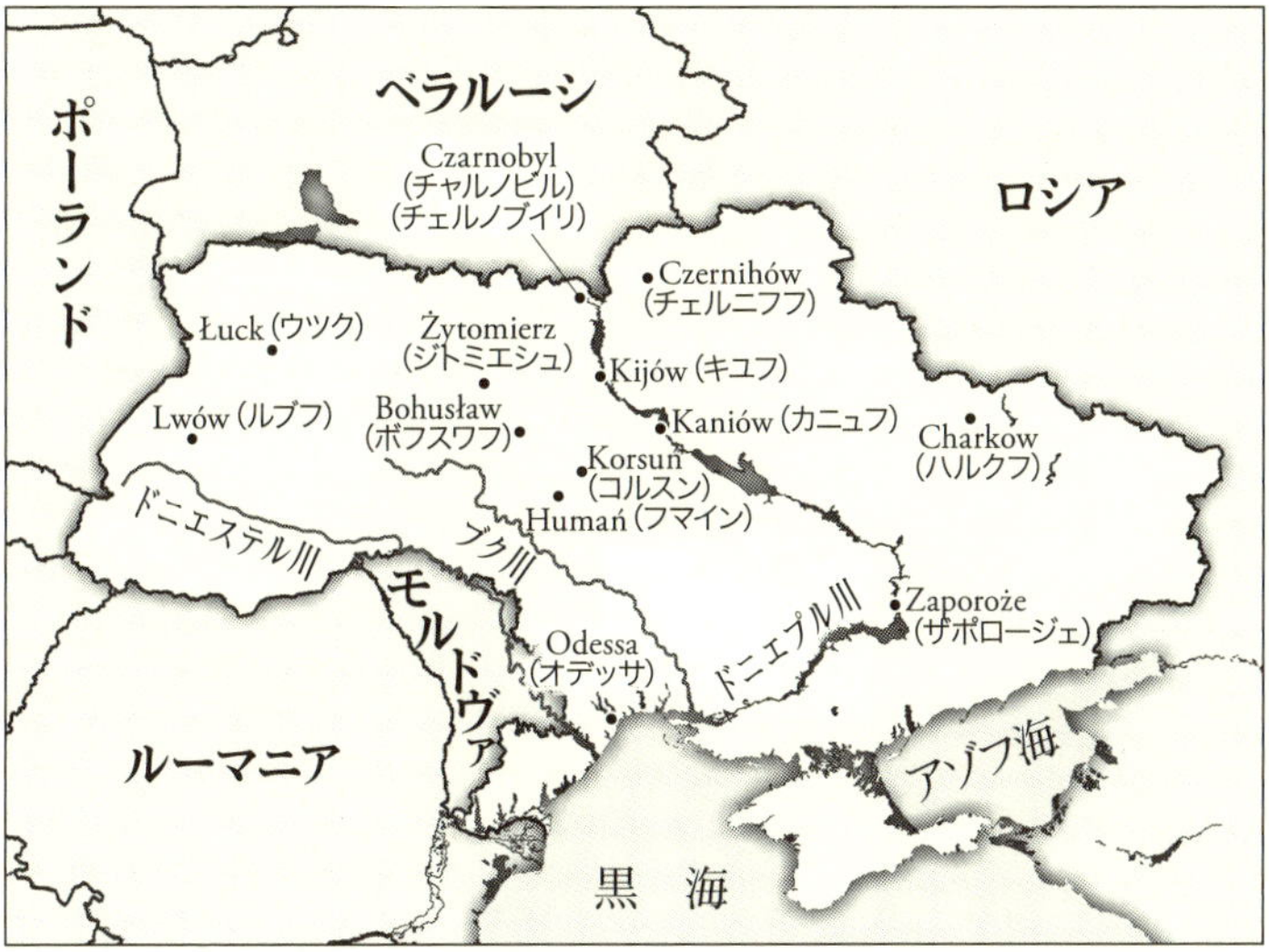

地図　現在のウクライナ　地名表記はポーランド語によるカタカナ表記。

格や言葉を形成する最も基本的な要素といえるだろう。

（3）カニュフ（Kaniów）の歴史

タイトルに掲げられたカニュフはドニエプル川沿いに位置し、現在のウクライナのほぼ中央に座す町である。「カニュフ」という不思議な響きをもつ語の語源については、ポーランド語で「カニァ」（kania）はトビ（Milvus）を意味し、またウクライナ語源の「カニゥク」（kaniuk）はツバメトビ（Elanoides forficatus）を意味することから、トビに何らか関係あるものと思われる。カニュフの名が最初に登場したのは一一四九年の年代記であるが、十世紀にはすでに存在していたとも考えられている。十二世紀半ばよりコンスタンティノープルへのドニエプルルートの重要な貿易拠点となっていた。

一五六九年にポーランド領となるが、十六世紀から十八世紀にかけてのカニュフはコサック文化の重要な拠点のひとつであった。フミエルニツキの乱の際には、一六四八年にフミエルニツキによって攻略され、また一七六八年に西ウクライナ一帯で勃発した農民コサックの蜂起では、蜂起の頭領の一人であったマクシム・ジェレジニァク（Maksym Żeleźniak）の手中に入り、カニュフ城は焼き討ちされたが、これが『カニュフ城』の背景となっている。この農民コサックの蜂起では各地でポーランド・シュラフタの館が襲撃され、またユダヤ人が経営する旅籠屋に対する焼き討ちが相次いだが、カニュフでもほとんどのポーランド・シュラフタとユダヤ人が殺害されたという。またゴシチンスキがザレスキらとともに学んでいたフマインでは、住民と同地に逃れてきたユダヤ人とシュラフタの大量虐殺が行われ（フマインの虐殺）、犠牲者は二万人にのぼるとされている。ポーランド分割時代にはカニュフはロシア領となり、一七八七年にはエカテリーナ二世が訪れ、五月六日にこの地でスタニスワフ・アウグスト・ポニャトフスキ（Stanisław August Poniatowski 一七三二―九八）と会談した。[35]

（4）『カニュフ城』のストーリー

十八世紀を通じてドニエプル右岸のウクライナで行われたウクライナ農民とコサックによるポーランドに対する大規模な反乱、いわゆるハイダマキ運動を背景にして『カニュフ城』の物語は展開する。主人公であるコサックのアタマン（指導者）、ネババ（Nebaba）は、コサックの娘オルリカ（Orlika）と愛し合っているが、オルリカはカニュフ城の主であるポーランド人に計略により奪われてしまう。

ネバババは精神薄弱の娘クセニィア（Ksenia. よそ者という意味）を誘惑し池に沈めるという過去をもつが、クセニィアは死なずに森や川、池をさまよいながらネババを追い求める。恋人を奪われたネババは、シヴァチュカ（Szwaczka）率いるハイダマキ運動の部隊に加わり、カニュフを目指す。一方、オルリカはポーランド女になるよりも死を選ぶとして夫である城主を刺し殺す。シヴァチュカによって占領されたカニュフ城は火を放たれ、オルリカもシヴァチュカもその瓦礫の下に斃れる。ネババはポーランド軍との戦いの末に惨殺され、クセニィアがその亡骸に接吻し、クセニィアも永遠の眠りにつく。

陰鬱で血塗られたウクライナを舞台に、民間信仰などが散りばめられた作品であり、語り部が竪琴をかき鳴らしながらクセニィアの物語を紡ぎ、またクセニィア自身も独特の歌を口ずさみながらネババを追う場面がみられ、物語全体が民謡の響きを放っている。あくまでコサックの視点にたってのストーリー展開が興味深い。

（5）吹きすさぶウクライナの魔風

『マリア』においてステップを席巻していた「魔風」は、『カニュフ城』において凄まじさをいっそう増して物語全体に吹き荒れ、風を操る魔物の姿をはっきりと感じさせる。冒頭の一場面をみてみよう。

吹きすさぶ秋の夜が遠くから唸り声をあげた。
つむじ風が乱れた床でたぎる
そして雲が渦を巻き空が波立つ
悪しき狂気が辻で戯れる。
旅人が祈りをささやきながら
葦が鳴る谷を通り過ぎる。
飢えた獣の血に染まった爪につかまれて
息の詰まった家畜が谷間で唸り声をあげる。
山を烈しく吹きつける風の強襲のもとで
絞首台が軋む音が聞こえる。
死体が揺れ、犬が気味悪く吠えている
死んだような眠りが城の一帯を占めていた。
時おり曲がった剣を鳴らしながら、
死体の見張り番がなだらかな丘に沿って
ひげを丸めながらぶらぶら歩いている。
夜の静寂に男は物思いに沈んでいるが、
絞首台の軋む音にはっと我に返るだろう。

ぼんやりとした視線を死体に投げやれば
死体が蘇りでもしたかのように恐れおののくことだろう。
勇気をかきたてるために、
城の列なる塔の護星である
見張りの火が塔のてっぺんから見守るところへ視線を向ける。
草々がかさかさと音をたてる。鳥が巣から飛び去ったのか？
何かが遠くで瞬いている、何かが道を疾走する。
ぺっ！　なんたることだ……それは魔物の砂煙。
夜の闇々に全てが散った。
コサックは銃と剣を手入れし、
そして昔からの道を勇敢に進んだ。(36)

時折顔を出す月の光の中で
何ものかが白く光り、灌木の中に消えた。
乙女の歌声が風とともに飛び去った。
耳に覚えのあるこの歌声はコサックに戦慄を覚えさせる。
奇妙なことに娘が口にした言葉が

（第一章第二話）

（娘がくちずさむ美しいメロディーを聞けば娘が誰だかわかるのだ）
ウクライナの申し子の嵐のごとく騒ぐ心に
荒れ狂う感情を俄かに目覚めさせたとしても何の不思議があろう。
なんと！　もうコサックの姿は丘に見えず。
そして月は再び霧の中に隠れ、
湿った砂煙で夜を打ち叩き、
絞首台が軋み、犬が遠吠の声をあげ、
辻では渦巻くものが戯れ
烈風が唸り声をあげて城壁に吹きつける。[37]

（第一章第三話）

なんとも不気味で背筋の凍る風景である。ミウォシュは『ポーランド文学史』の中で、「最悪のロマン派風趣味によるぞっとする事柄の寄せ集めのせいで、この作品は今日ではほとんど読むに耐えない代物となってしまった。」と酷評しているが、[38]全編を通じてこの陰惨な空気から逃れることはできない。上記の場面は絞首台の軋む音、犬の遠吠え、獣に襲われた家畜の断末魔の声、草々の鳴る音、剣の音など、これでもかというほど不気味な音に満ちた描写であり、その中でも唸り声をあげて吹きつける秋の凄風は、この陰鬱な風景を支配しているかのような迫力である。『カニュフ城』の注釈によれば、ウクライナに遍在する魔物は旅人を追い回し、様々な方法を駆使して旅人を辻においてさらおうとする。そして『マリア』の解説にもあったように、夜に吹きあれる強風は魔物が道を迷わせるための最初の手段であるという。『カニュフ城』に登場する風の主な場面をまとめてみてみたい。

①コサックはそのとき自分のマントを少し持ち上げ、
恋人を脇に抱き寄せた。
城壁の中を不快な烈風が音を立てて吹き荒れ、
そして渦巻いた霧のようなものが立ち上がり始めたからだった。[39]

（第一章第四話七二行〜七五行）

②大地が眠りに落ちている間は、月が見張り役をつとめる。
そして夜風が静寂の周りを飛び、
眠りが抑圧者の警戒心を寝かしつける。
そのとき抑圧者の目をぬすんで
安らかな喜びが溌溂とした若者を呼び寄せる
幸福な自由が待っている場所に
町の下手では、川の岸辺に
ドニエプルの水の番人であるシナノキ[40]の老木たちが

黄葉した顔で威厳をもって佇んでいる。
そこでは賑やかな夜の宴に
活発な作男たちと器量よしの娘たちが集まる。
そして明るい藤色の水の流れのほとりでは
丘々が岸辺を取り囲むように座し、
ドニエプルの風がささめく歌声を送り、
時を移さずフルートやバンドゥーラ(41)を奏でる
そのとき様々な魔法の力が夜会を催したのだと
信じずにはいられない。(42)

（第一章第九話）

③宵闇に砂煙が
ザポロージェの曇のかかった側から立ち起こるやいなや、
霧のようなぼやけた白いものに覆われた夕焼けが、
悪しき運命の灯のように見える彗星の小枝とともに
ゆっくりと雲の中で消え始めた。
カニュフの町では今までにないほどの恐怖が倍にも膨れ上がった。
ドニエプルのさざめきがより音を増したようであり、

ウクライナの烈風がいよよ凄まじい呻き声をあげ、
樫の森の丸天井はいよよ不気味に暗くなった。[43]
（第二章第十三話四七三行〜四八一行）

④長い間、長すぎるほどに物思いにふけりながら、
領主のうら若き妻は窓辺に立っていた。
悪しき烈風がお前にささやいたのではないか、オルリカよ？
お前の目は喜びに輝いている、しかしそれは凄まじき喜び。[44]
（第二章第十五話五三五行〜五三八行）

⑤馬の群れはいななきながら曠野に向かって疾走し、
ザポロージェに生まれしものは、自由な馬にまたがり、
その思考のように、平原を駆け巡る。
ステップの烈風の如く、その歌はかくも凄まじい。[45]
（第三章十一話四一七行〜四二〇行）

ウクライナの烈風（wicher）は、悪しき運命へと誘う魔物がマントを翻すかのように吹き荒れ、凄まじい唸りをあげてはあたりの風景を魔の支配から逃れられぬものとしている。

日本の古典においても風は怨霊がこの世に現れる前触れとして吹き荒れ、『太平記』において楠正

成の怨霊は、「雨一通降過テ、風冷吹騒ギ」雷が鳴る晩に後醍醐天皇や新田義貞らの怨霊とともに現れた。また「月陰風悪シテ、怪シキ気色」であったところに大きな寺蜘蛛が姿を現すという場面もあるが[46]、これらは『カニュフ城』の悪しき風が吹き荒れる場面に通じるものがあるように思える。

①の場面では、烈風とともに何か白いものが渦巻く様子が描かれている。『マリア』に登場し、ヤツェック・マルチェフスキが絵画に可視化した魔物が起こす砂煙が、『カニュフ城』においても主人公のコサックの眼前にその運命を予感させるかのようにたち現れている。ウクライナでは曠野を渦巻きながら吹き荒れる風はこの上なく不吉なものとみなされており、この風に出会った者は姿を消してしまうと信じられているという。また、風の渦の中心に剣を投げ入れると、剣は血をしたたらせてその場に落ちるとも考えられている[47]。

④では烈風が魔物そのものと化してオルリカにささやき、ウクライナの魔性をその目にともしている。オルリカの目にあらわれた「凄まじき喜び（radość dzika）」の「凄まじき（dziki）」はウクライナに関して頻繁に使われる形容詞であり、⑤ではステップの烈風の如く、主人公のコサックの歌は凄まじい（jego pieśń tak dzika）と描写されている。また『マリア』においては、ステップを吹きすさぶ風の唸りを「荒涼たる凄まじき音楽」と呼び、この音楽に寄せる言葉、すなわちポーランドの精霊が子孫に伝えようとしている言葉はさらに凄まじいと歌われている。dzikiは、動物や植物が野生である状態や、森などが未開である状態を形容するほか、性格が荒々しいことをいう場合にも使われるが、人の手が施されていない自然のままの状態をあらわし、自然が本来もつ制御不能の荒々しさを表現す

る形容詞である。

他方、②は月に見守られ、全てが束の間の解放に酔いしれる夜の耽美な風景であり、スタニスワフスキが描いた月夜（**口絵29**）を髣髴とさせ、陰鬱な物語の中でひとときの安らぎを与える場面である。この風景にあらわれる夜風は静寂のまわりを飛ぶように吹きわたり、ドニエプルをそよいでささめくように歌い、フルートやバンドゥーラを奏でる。ゴシチンスキはこの景色を魔法の力による宴と称しているが、ヴィトキェヴィチやヴィチュウコフスキが語るウクライナにも魔法（czar）という言葉が登場する。魔法の技としか言いえぬほどの特異な美しさ、それは背後に危険や恐怖を隠し死と隣り合わせた美であり、ウクライナという大地に宿命づけられたものではないだろうか。ゴシチンスキがウクライナについて、自然のなす多様な美が自然の和解の宴に参集したかのような至上の美の地と語る一方で、『カニュフの城』という陰鬱な魔風が吹き荒れる闇を舞台にした血なまぐさいウクライナを描いた背景には、「美とは恐ろしきもののはじめなり」とリルケが語ったように、美と恐怖が一体となったウクライナの自然の本質があるからではないかと思えてならない。

（6）自然と人間の心の照応

わが故郷に帰れる日
汽車は烈風の中を突き行けり。
ひとり車窓に目醒むれば

汽笛は闇に吠え叫び
火焰(ほのほ)は平野を明るくせり。
まだ上州の山は見えずや。
夜汽車の仄暗き車燈の影に
母なき子供等は眠り泣き
ひそかに皆わが憂愁を探(さぐ)れるなり。
嗚呼また都を逃れ来て
何所(いづこ)の家郷に行かむとするぞ。
過去は寂寥の谷に連なり
未来は絶望の岸に向へり。
砂礫(されき)のごとき人生かな！
われ既に勇気おとろへ
暗澹として長(とこし)なへに生きるに倦みたり。
いかんぞ故郷に独り帰り
さびしくまた利根川の岸に立たんや。
汽車は曠野を走り行き
自然の荒寥たる意志の彼岸に

人の憤怒（いきどほり）を烈しくせり。(48)

「上州」、「利根川」という言葉を伏せれば、ウクライナのステップの風景を思い浮かべてもけして違和感のないこの詩は、萩原朔太郎の「帰郷」である。『風の文化誌』において木村正明氏は、この作品の「烈風」は荒んだ己が日常生活の状況、己がうちなる心の象徴としての「烈風」であり、風は近代詩において単なる自己を取り巻く状況描写である以外は、何より、心の裡の、己が本質に関わるものとして吹きすさぶと述べている。(49)

烈風以外にも、闇に吠え叫ぶ汽笛、平野を燈す火焔、寂寥の谷、絶望の岸は、全て人の心の景色に重なり合うのである。それはまさに『カニュフ城』において顕著にあらわれており、ゴシチンスキが浮き彫りにした闇に包まれた烈風吹きすさぶ恐ろしきウクライナの風景は、人間の凄まじい心の風景と照応し一体化し、そして自然が人間の心に寄り添う。大きく深い森（bór）の陰鬱な闇は主人公ネババの魂を映し（第三章第十一話三七一行）、森のざわめきが人の思いを揺すぶる（第二章第七話二〇六行）。原生林は不穏なひゅうひゅうと響く声をあげてネババに歌いかけ（第三章第二話五二行）、話好きの樫は大地の敗北の哀しき物語を彼の耳にささやく（第三章第十話三〇二行〜三〇三行）。そして現れぬオルリカをひたすら待つネババは静謐な泉に身をかがめ、泉の中に深く深く思いを沈める（第一章第十四話三六五行〜三六七行）。

さらに随所に登場するのがドニエプル川であるが、川はときに歌い、ときに暗澹たる運命を予告するかのように不気味な音をあげ、爆発的な破壊力を発揮するものである。このような水のもつ美や豊かさと破壊の両義性はそのまま人の心の両義性を映し出している。そしてウクライナ大地の中央を刻むドニエプルの蛇行は、人の内面のうねりを象徴しているように思えてならない。

こうした作品を残したゴシチンスキという詩人は、キリスト教以前の原始の民に通じるかのような感覚で、自然というものを実に身近に生き生きと体感していたのであろう。自然の声、唸り、鼓動を体内に刻みこんだゴシチンスキは、『カニュフ城』において人間の内なる闇の領域をウクライナの凄まじき風景を通じて眼前にあらわし、「自然の荒寥たる意志の彼岸」にある人間の姿を描き上げたのである。

3　ザレスキの詩に生きるウクライナ

(1)ザレスキの生涯

一八〇二年二月十四日、ユゼフ・ボフダン・ザレスキ（Józef Bohdan Zaleski 一八〇二―一八八六）はキエフに近い村ボハティルカ（Bohatyrka）に、貧しい小シュラフタの一三人兄弟の末子として生まれた。生後まもなく母を亡くし、カニュフ近郊に住む伯母のもとで育つことになるが、ドニエプルのほとりでウクライナの自然と民と深く結びついた経験が、後の作品に大きな影響を及ぼすこととなる。

一八一二年からフマインの学校に通い、ここでゴシチンスキ、グラボフスキと親交を深める。一八一九年に詩作デビュー。一八二〇年にはゴシチンスキとともにワルシャワへ出て、秘密革命組織に加わった。この頃保護を受けていた詩人のカジミエシュ・ブロジンスキ（Kazimierz Brodziński 一七九一―一八三五）[50]を崇敬し、青年時代のザレスキの作品はブロジンスキの感傷主義的な作風の影響を受けていたといわれている。

家庭教師をして生計を立てていたザレスキは、十一月蜂起が勃発すると戦いに加わる。蜂起が敗北に終わるとガリツィアに向かい、一八三二年にはフランスに亡命し、その後の人生を同地で過ごすこととなる。フランスではミツキェヴィチと親交を深め、政治に関与するが、一八三六年からは文学活動に専念した。

一八四六年にショパンの弟子であったゾフィア・ローゼンガルト（Zofia Rosengardt）と結婚。なおショパンはザレスキの詩に曲をつけた歌曲を四曲残している（「美しき若者」（Śliczny chłopiec）、「二人の死」（Dwojaki koniec）、「あるべきものはない」（Nie ma tego trzeba）、「哀歌」（Dumka））。晩年はフランスのヴィルプルーの娘のもとに身を寄せ、同地で一八八六年に八十四歳で亡くなった。

（2）アルカディアとしてのウクライナ

マルチェフスキ、ゴシチンスキとともにウクライナ派の三詩人に数えられているザレスキの詩には、ほぼ全編にウクライナの調べが流れている。それはゴシチンスキがあらわした闇に魔風吹き荒れる凄惨を極めた景色とは対照的に、あくまでもアルカディア（理想郷）としてのウクライナである。ミウォシュは『ポーランド文学史』において、「彼がドゥムカ、及びシュムカと呼んだウクライナの幼年時代についての牧歌風の、歌に似た詩は、自身が育ったウクライナの農民生活を描いてはいても、心を傷つける外部の現実にはいささかも関心を向けようとはしない。」と解説している。[51]

ザレスキは八四年の長い生涯のうち、十一月蜂起後の半世紀以上をフランスで過ごしており、実際にウクライナで過ごした日々は人生の四分の一に満たない。しかし、ウクライナのいわば心臓部で過ごした幼年期の記憶がザレスキの作品の基盤をなしており、異国の風景及び社会の向こう側に、ザレスキは生まれ育ったウクライナの豊饒な自然と民を常に見ていたのだろう。そしてまた遠く離れていたからこそ、ザレスキにとってのウクライナは永遠の理想郷であったのかもしれない。

(3)遥かなる理想郷

①「黒鶴のこだまに寄す」 そうした遥かなる理想郷への思いを歌った詩の一つが「黒鶴のこだまに寄す」(W oman żurawi. 一八六二年)である。

黒鶴のこだまに寄す

お前が私の目の前からかき消えて久しい
我が愛しき遥けし故郷よ！
だが思いの中で、この息苦しき透明な広がりの中で、永遠にお前は類なき美しさで照り映えている。

トルバンをたずさえ、かくも年若き頃に
私はむせび泣きながらお前に別れを告げた。
髪の雪は今やはらはらとこぼれ落ち、
寂しげなこめかみは皺だらけ、だがトルバンはこの手にある。

ブジャクの黒鶴よ、春とともに
連隊をなして空に輝けよかし、
そのあとについて私は高みへ、泣きぬれながら、
トルバンを奏でる、我が故郷よ！　お前に奏でるのだ。

そして私はこの目で見る――高草が繁茂する豊かなステップが
緑なして雲へ広がるのを、
若返り草のツルニチニチソウ(52)、惚れ草のラベッジ(53)、眠り草のモウズイカ(54)に
広がるのを。

そして私は墳墓からあたりを見つめる、
若かりしとき、至福に満たされいつまでも物思いにふけっていた場所を。
なじみ深い町や村が列なり、
なじみ深い湿原や谷がある。

遥か彼方の帯は銀色をなしている、それは長い長い帯——
父なるドニエプル川、ステップの隠士、
色とりどりの湿地にくるまれ、
岩壁や島へと続いている。

墳墓の列なりを一瞬のうちに目で追えば、
それは戦時のコーカサスの巡礼者たちに似ている
番人は鷲や鷹といった兄弟を手につかんでいる——
鷲と鷹は声をあげ、野生の馬の群れはいななく。

なんという煌き！　なんという美しさ！　なんという芳しさ！
なんという鳥たち！　ざわめき！　喧騒！

ほら！　歌がなじみの旋律を奏でている、
谷から谷へ声をあわせながら。

コサックの行進に向かって
美しい乙女たちが踊っている――
それは私とともに戦場に赴いた父親たちの
娘と息子たち。

神よ、陽気な民を許したまえ！
静かにおし、娘さんよ、静かにおし、天上の小鳥さんよ
あっちに行け！　鷲たち、鷹たちよ！
馬のところへ、武器のところへ、ポーランドの若者のもとへ！

お前が私の目の前からかき消えて久しい
我が愛しき遥けし故郷よ！
だが思いの中で、この息苦しき透明な広がりの中で、
永遠にお前は類なき美しさで照り映えている。(55)

一八六二年、ザレスキ六十歳の年に書かれた作品である。十八歳で別れを告げた故郷ウクライナはザレスキの思いの中に常に至上の美の地として照り映え、黒鶴の群れ、緑なす豊饒のステップ、銀色の帯のようなドニエプル、墳墓、湿原、谷などの風景が鮮やかに浮かび上がる。まさにザレスキにとっての永遠の理想郷ウクライナを歌った作品である。

遠く異国の地で老いさらばえたとしてもけして手放すことのない楽器トルバン（torban）とは、十七世紀後半から二十世紀初頭まで主にウクライナに見られたリュートの仲間であり、鶴首がリュートよりも長く、低音がでるのが特徴である。トルストイ『戦争と平和』では、作戦命令書を携えてエルモーロフ将軍を訪ねた若い士官をトルバンの音が迎えるという一節がある。

――士官は前哨戦の向こうのエチキン村へ馬を向けた。彼が屋敷へ近づいてゆくと、まだ遠くから兵士たちの踊りの歌の演奏と合唱が聞こえてきた。

「草原で……草原で！……」ときどきにぎやかな掛け声にかき消されながら、口笛とトルバンの音にまじって歌声が聞こえてきた。士官はこのにぎやかな音を聞くと心がうきうきしだしたが、同時に、委任された重大な命令の伝達にこんなに長い時間を浪費してしまった自分の落ち度を思うと、そら恐ろしくなった。(56)

十六世紀に現われてバロック末期まで使用されていたリュート族のテオルボが三十年戦争を機にウクライナに入ってきたのが、トルバンの由来とも言われており、ユゼフ・ブラントの作品《コサックの婚礼》（四九頁、**図3**）において、画面右側のコサックが奏でているのがトルバンと思われる。

ロシア帝国の支配に対するウクライナ・コサック最後の大反乱を起こし、ウクライナの英雄として称えられているヘトマンのイヴァン・マゼパ[57]（Iwan Mazepa 一六三九―一七〇九）がトルバンの名手であったと伝えられており、ウクライナの魂を歌う際には欠くことのできない楽器であったと思われる。若くして故郷に別れを告げた詩人にとって、このトルバンは故郷の形見であり、何処にあろうとも共に歩み、無常の風に誘われようともトルバンだけは寄り添い、変わらぬ音色を奏でたのだろう。ロシア軍に敗れた後、オスマン帝国へ敗走してベッサラビア（Bessarabia）で没したマゼパも生涯トルバンを離さなかったといわれている。トルバンはウクライナに生まれし者の魂を遠い異国の地から故郷へとつなぐ役割を果たしていたのだろう。

詩人はドニエステル川下流と黒海の間の地域、かつてのベッサラビア南部のブジャク（Budziak）の黒鶴が連隊をなして空に輝く様を思い、詩人の魂は黒鶴たちのあとに従い、トルバンの音色に乗って故郷へと飛翔する。ミツキェヴィチがアッケルマンの曠野で耳にした列なる鶴たちの声が重なってくる。そして詩人は御伽噺のような懐かしきウクライナの風景を次々と色鮮やかに目にするのだ。ザレスキは黒鶴を自らの象徴として作品の中に度々登場させている。「ボヤンの息子」（*Bojanicz.* 一八三八―四〇年）では、伝説の詩人ボヤン（Bojan）が黒鶴の歌い手を送り出すという一節があるが、黒鶴はザレスキ自身であり、ボヤンの継承者としての自覚をもっていることを物語っている。ボヤンはドニエプル川のほとりに生まれた十一世紀後半の詩人と考えられており、『イーゴリ遠征物語』においては、「神人ボヤーン」、「遠い昔の鶯」と讃えられている。(58)

ザレスキと同様に黒鶴に自分自身の姿を重ねていたのが画家ヘウモンスキである。寂寥に満たされた晩秋の暁に佇む手負いの黒鶴は、芸術の都に羽ばたいていく仲間を見送りながら、貧困の中で孤独と戦っていた若きヘウモンスキであり（**口絵6、7**）、穏やかな暖かい光に包まれて太陽を迎える黒鶴たちは、祖国の自然に回帰し再生を果たしたヘウモンスキの姿である（《黒鶴　太陽を迎える黒鶴》（Żurawie. Powitanie słońca. 一九一〇年、ウッジ美術館））。このザレスキとヘウモンスキはパリで親交を深め、ヘウモンスキの長女が誕生した際には、女優のヘレナ・モヂェイエフスカとともにザレスキが洗礼の保証人をつとめたというエピソードが残っている。

②「我が郷は違う！」　またフランスに亡命して、本格的に文学活動に専念し始めた時期に書かれた「我が郷は違う！」（U nas inaczej! 一八三六年）では、わびしい異国生活から、ウクライナへの永遠の思いが狂おしいほどに吐露されている。もともと一五三〇年頃にコサックの台頭とともにドニエプル川両岸に広がるコサック地帯がウクライナと呼ばれるようになったのだが、ドニエプル川のほとりで生まれ育ち、まさにコサック魂が宿るザレスキの永遠の理想郷ウクライナの姿が描かれている。各連、錦絵を繰るような艶やかさがあり、連のはじめと終わりに繰り返される「我が郷は違う！」の

断固たる響きがそれらを縁取っている。そして最終連での詩人の祈りは、読むものの心に痛みさえ覚えさせる。

我が郷は違う!

わびしい、ここはわびしい、ドゥナイの水の向こう側の兄弟たちよ、
目は涙に濡れる、心に秘め事があるから
人々は我らを苛み——世界全体が退屈だ
よそよそしく——ああ、むなしい——この世界と人々の中は
コサック魂にはどうしようもない
我が郷は違う——違う——違う!

我が郷は違う! ああ、ポーランドよ
全スラヴの女王であり我らが女王!
兄弟よ、合図があれば、かの女王のために命を捧げよう
しかし私は己のウクライナを夢見るだろう
コサック魂にはどうしようもない、
我が郷は違う——違う——違う!

我が郷は違う！　豊かで美しい
おい、道をふさぐな、墳墓よ！
影でおおうな！　草原の中に目を沈め、
それでも広く見通すことができるように、影でおおうな！
コサック魂にはどうしようもない
我が郷は違う――違う――違う！

我が郷は違う！　ウクライナは
一面藤色に輝く
神の歌い手である鳥の声が様々な方向に続く
耳の中で手を叩くような感じがするほどの騒がしさ
コサック魂にはどうしようもない
我が郷は違う――違う――違う！

我が郷は違う、哀歌に歌うこと
頭の中で秘かに思い巡らすこと――それを我が兄弟の馬はわかってくれる

自分の流儀でいななく、馬の群れを覚えているのか？
ああ！　自由が恋しい、双子の兄弟よ
コサック魂にはどうしようもない！
我が郷は違う——違う——違う！

我が郷は違う！　哀悼の調べが絶えず
墳墓の間で父祖の霊魂に見事に寄りそっている
父祖のはるか昔の戦い、誉れを歌いながら
コサック魂にはどうしようもない！
我が郷は違う——違う——違う！

我が郷は違う！　乙女は考える
自分の思いから男たちが何を顔に映し出したかを
軽やかなルサウカ——風にそよぐしなやかな姿
美しく、いとおしい——物憂げで、涙にぬれる
コサック魂にはどうしようもない！
我が郷は違う——違う——違う！

我が郷は違う！　我らの美女
黒い眉毛、愛の視線を投げかける女
ルーシ風にひとたびくちづけすれば
炎の中の蝋のように溶けてしまう
コサック魂にはどうしようもない！
我が郷は違う――違う――違う！

我が郷は違う！　どことなくここより軽やかで、明るい
血が湧き立ち躍る――ああ、もう酒はたくさんだ！
だから空気ひとつで酔って生きていける
大騒ぎするときは――一目散に逃げる
コサック魂にはどうしようもない！
我が郷は違う――違う――違う！

我が郷は違う！　愛とあくがれ
それは我らの人生の糸を紡ぐ二人の女

神よ、神よ！　涙で祈る
命果てたとき、ウクライナを我に与えたまえ——天上で！
コサック魂にはどうしようもない！
我が郷は違う——違う——違う！[59]

（4）ウクライナの語り部、預言者詩人としての自覚

自らをボヤンの後継者とみなしていたザレスキの作品には、ウクライナの語り部、預言者詩人（wieszcz）としての自覚が散りばめられている。当時の親友ミツキェヴィチに献呈された一四八四行からなる一八三六年の大作「ステップからの精神」（Duch od stepu）は、次のような神秘的な描写で幕を開ける。

母なるウクライナは我を
母は息子である我を
その胸に歌でくるむ。
魔法の力を携えた女は——輝く光の中で
空に漂う鳥の人生を
一族に予感し、

そして心を震わせて叫んだ。

「わが子の子守をせよ、ルサウカよ！
哀歌の乳で――そして花の白い乳で
はかなき小さな身体が飛べるように養えよ！
百年も続くほどの我が美しき栄光を
わが子が眠る前に見せよ
金色と空色で眠りを彩れ
半円の虹となるように花開かせよ
我が民の全ての御伽噺を！」

（一行〜一五行）(60)

詩人は母なるウクライナの懐で歌にくるまれて育ったという。この世に産み落とされた赤子が初めて袖を通す産着たる歌。ウクライナに誕生したその瞬間からザレスキは歌をまとい、歌に守られていたのだ。しかし母ウクライナはわが子を手放さねばならないことを予感する。母の心に見えた空に漂う鳥の人生とは、若くして故郷を離れたザレスキの漂泊の人生を象徴しているのだろう。ザレスキは自らのシンボルとして鳥を度々登場させているが、スウォヴァツキはステップにおいて鳥の視点で神を体感し、鳥と神を結びつけ、またマルチェフスキはステップに漂う憂愁に満ちた思いが鳥のように飛行し地に沈む様を歌った。無量無辺のウクライナを飛行する鳥たちは、詩人たちに特別な感慨を抱かせずにはいられなかったことがうかがえる。

母はひな鳥のようなわが子をその懐からルサウカ（rusałka）の手にゆだねる。ルサウカはウクライナやベラルーシにおいて信じられている美しい娘の姿をした精であり、森や川底、湖に住んでいるとされている。地域によっては水死した娘や洗礼を受けなかった子供の霊がルサウカに変じるという。月夜に岸辺に出てはその妙なる歌声で人間の男をおびき寄せるともいわれている。オデッサ近郊で生まれた画家ヴィトルド・プルシュコフスキ（Witold Pruszkowski 一八四六―九六）[61]が月夜に現れたルサウカの姿を描いている。

母ウクライナがルサウカに与えた言葉は非常に謎めき神秘的である。子供が眠る前に、ウクライナの美しき栄光を画集をめくるように見せて、その眠りを金と空色に輝かせ、そしてウクライナの御伽噺を虹のように花開かせよと命じるのだ。金と空色は、金を黄色と考えれば、現在のウクライナの国旗と国章に使われており、ウクライナを象徴する二色である。国旗の配色の由来については説がいくつかあり、空色は空を表し、黄色（金色）はステップに実る小麦を表すという説の他、空色は水、黄色は火、あるいはヒマワリを象徴しているともいわれている。さらに黄金の輝きは、古代の黒海北岸地域に隆盛を誇ったスキタイ人を想起させる。この勇猛果敢な遊牧騎馬民族の建国神話では、天から降ってきた黄金の器物が王権の象徴となったと伝えられており[62]、墳墓からは贅をつくした動物意匠の黄金の装飾品が出土している。一一九九年から一三四九年まで続いたガリツィア・ヴォルイニ公国時代の国旗・国章にもこの二色は使用されており、空色の地に坂を駆け上がる黄金の獅子が描かれている。また、ヘトマン国家の軍旗のひとつにもこの黄色と空色が鮮やかに使われていた。

赤子の夢はこのように古くからウクライナを象徴する金色と空色で彩られ、ウクライナの栄誉と誇りで満たされる。「百年の栄光」とは百年を文字通りに受け取れば、一六四八年から一七八二年までの百年余続いたウクライナ・コサックのヘトマン国家の時代を暗示しているのだろうか。

金色と虹は「我がゲンシルの五の糸」（Kwinta w mej gęśli. 一八四〇年頃）にも登場する。ゲンシルはスラヴ全体に古代から伝わる弦楽器であり、ザレスキは同詩において、ゲンシルの五本の弦をそれぞれ神、世界、スラヴ、ポーランド、ウクライナにあてはめてザレスキの宇宙をあらわし、最高音の五の糸をウクライナにたとえている。そして三の糸スラヴを語る以下の連において、ウクライナは虹の中に輝く黄金の光と讃えている。

スラヴ！　永遠の若者
広く知れ渡った種族の言語において！
曇り空の虹は、
七つの光り輝く美貌として映える。
そしてウクライナは――この虹の中の黄金の光！
ウクライナの預言者詩人ボヤンは

巨人の姿をした名高き先祖は、小さな墳墓から
全スラヴ世界に向かって――ゲンシルを手にしている。

（三三行〜四〇行）[63]

ウクライナにかかる虹はスタニスワフスキが筆に留めており（**口絵31**）、またスウォヴァツキは『ベニョフスキ』の中で虹色を度々登場させている。虹もまたウクライナの魔法がなす技の一つなのであろう。

ルサウカに委ねた赤子によって、ウクライナの数多の御伽噺をこの虹の如く花開かせよというのが、母ウクライナの最大の願いであろう。歌という産着にくるまれ、哀歌の乳で育ったザレスキ。ウクライナの虹の如く豊かな御伽噺の語り部として生きていくという詩人の強い自覚がこの「ステップからの精神」の神秘的な冒頭二連にこめられていると考える。ミツキェヴィチは『コンラット・ヴァレンロット』（*Konrad Wallenrod.* 一八二八年）の第四章において、民衆が伝えてきた語り（wieść gminna）を契約の箱（arka przymierza）と呼んでいる。[64] それはすなわち、聖櫃ともよばれる十戒が刻まれた石板を収めた箱であり、この至上の宝箱に喩えられた民の語り、そこに納められた至上の宝とは民族の歴史にほかならない。詩人はこの宝箱の守り手として、生涯詩を綴る。

語り部ザレスキが語るウクライナの伝説として一例をあげれば、タタールの侵攻から東部国境地帯を守るコサック軍を率いたダシキェヴィチ（Eustachy Daszkiewicz 一四五五―一五三五）を歌った「サヴォルの墳墓から」（Z mogiły Sawor. 一八四〇年）には、ウクライナの守護聖人聖ミハウ（ミカエル）

にまつわる話が語られている。神の怒りが叩きつけられ、タタールによる襲撃によってウクライナが荒廃すると、白い天使聖ミハウが奇跡を行う聖パヴェウと聖パズィリに荒野を分け与え、二人の聖人が神に哀れみを請い、ウクライナは再び甦ったという。

また、「ウクライナの民の歌からの哀歌」（Duma z pieśni ludu ukraińskiego. 一八二五年）では、ゲンシルを手にした語り部としての詩人の姿が次の一節に浮かび上がる。

そのとき私は女々しき哀しみを抑え、
ゲンシルの弦を調弦し、
荘厳で雄々しい哀歌に
祖先の名だたる戦いを再現する。

（八九行〜九二行[65]）

さらにザレスキは「我がゲンシルの五の糸」では自らを預言者詩人と明言している。

ポーランド！　諸民族の中で唯一、
おお！　偉大な殉教者——彼女のために諸民族は涙す。
その聖なる岸辺から、自由の小舟が
再び流浪の旅へと水面を進んでいったから！……

若き預言者詩人である私は、墳墓が並ぶ地より、ポーランドへ拍手を送った。
今日、彼女は血と絶望で恐怖に陥れられた。
私は歌をもって過去の罪を償いたい、
しかし、つねに母なるウクライナの声に合わせるように！

（四一行〜四八行）[66]

極めて興味深いことに、「我が郷は違う」の中でも歌われているように、ザレスキはスラヴの女王たるポーランドに添うかたちのウクライナという意識を持っている。ザレスキの歌はつねに母なるウクライナの声と調べを同じくするものでなければならないのだ。ザレスキには、ポーランドの預言者詩人であるミツキェヴィチとの違いを意識して、あくまでもウクライナの預言者詩人、語り部として一生ウクライナの歌を歌い上げていくのだという強固な決意があるように思われてならない。

（5）歌の中に生きる！

墳墓の樫（Dab mogilny. 一八六七年）

苔むし、沈黙する人骨のような樫、
かの地で大枝を揺さぶっている。
年老いた占い師が
恐ろしき狂風の唸りをせき止めている。

人骨のような樫の周りには、
ステップがひゅうひゅうと荒々しき音をたて悲嘆にくれている。
波のごとくうねるマントのように足元から
無数の木の葉が舞い上がる。

神秘の夢を見ているのか？
年老いた無二の友は哀歌を歌っているのか？
過ぎ去りし年月に愕然としているのか？
辛苦や名高き戦いを数えているのか？

預言者詩人の樫よ、竹馬の友よ、
吹雪の中にあろうとも溌剌と立とう！
何百年も悪夢にうなされてきたが、
墳墓から讃えよう！

楽しかりし頃を私は思い起こす。

ここで薄絹のような霧を紡ぎながら、
親友のルサウカと手に手を取って
おまえの大きな腕めがけて駆けてきたこともあった。

おまえは全身緑だった。
鳥の巣を何度も揺すり、
鷲たちが戦闘から戻れば、
自分の天幕の中で癒したものだ。

おまえの緑陰の下で、あの春に、
馬の名手であった先祖たちを歌う詩人の私は、
ドニエプルに向かって——砂煙の柱に向かって、
「ウラ！　ウラ！」と大声で叫んだ。

心楽しく歌いながら、
日ごと司令官に花冠を編み、
いくつの哀歌、いくつの春歌を紡いだことだろうおまえの陰で私が夢見ないときがあっただろうか。

朝な夕なに常におまえとともにあり、
若木のまだ葉をつけていない枝であった我々は
二人とも影をなすまでに成長した——
樫と詩人を人々は「兄弟」と呼んだ。

しかし間もなく、おお！　不意に突如
雹（ひょう）が音をたてて降ってきたのだ。
私は隠れ家から追い払われた
運命、我がポーランドの運命。

そのときから私は世界に出た——そしてより遠くへ！　遠くへ！
激流となって駆けよ、
兄弟が一つになる前に！
雷鳴よ、とどろけ！　嵐よ、荒れ狂え！

同い年の二人――血を分けた二人、
我々には雷の刻印がある。
葉のない切り株――弦のないゲンシル
今や朽木となり、髄だけになったけれども。

血を分けた二人――同い年の二人、
一面の雲の中で果てよう。
もう一度雷が轟けば
我々は跡形もなくなる――だが歌の中に生きる[67]！

ザレスキはテオフィル・レナルトーヴィチ（Teofil Lenartowicz 一八二二―九三[68]）に宛てた一八六八年三月三十日付けの手紙の中で、ウクライナには自分と同い年で兄弟のような樫があったが、最近になって雷に打たれて朽ちてしまった旨を記している。齢七十に届かんとするザレスキが、ウクライナ時代をともに過ごした一本の樫とともに人生を振り返る同詩をもって、ザレスキの章を締めくくることとしたい。

詩人たちはウクライナの樫に語り部の姿を見ており、ひどく話好きな人間という意味の名詞 gaduła をあてている場合が多い。ゴシチンスキの『カニュフの城』では、前章で引用したように、話好きの樫がネババの耳に大地の敗北の哀しき物語をささやくという表現が登場する。またスウォヴァツキの『ベニョフスキ』第三章では、鳩と幻を追っていたベニョフスキは古い樫に出会う。

鳩たちと幻を追っていたベニョフスキは、
一本の樫がぽつんと座しているのを目にした。
それはかの名高き樫、話好きの年老いた樫、
魔法使いのように腰が曲がり青白く、
干からびた幹には焔のような裂け目がいくつもあり、
太い枝からは大半の葉が落ちたが、
枝に残った葉は——いずれもしおれ、風に打たれ、
血に染まったぼろきれのようにざわざわと鳴っていた。(69)

ベニョフスキの目にした老木の樫は青白いと形容されているが、ザレスキの分身である樫も人骨のようと歌われている。白い人骨に見まがう古木、それはスタニスワフスキとシフルスキが描いた野ざらしに似た白いヒレアザミの姿を髣髴とさせる(**口絵18、図22**)。老境のザレスキは、遥かウクライナに、老いて人骨の姿になった我が兄弟の姿を思い、二人でともに故郷の歌を紡いだウクライナの日々に思いをはせる。若木が枝を伸ばし、緑を茂らすが如く成長した二人の詩人。影をなす大樹の樫の姿

はスタニスワフスキの作品に見ることができる（**口絵32**）。

だが夢まどろむ牧歌はポーランドの運命という雹の嵐ににわかに打ち破られてしまう。二人の預言者詩人を雷が打つ。もう髄のみを残すような身となり、もう一たび雷鳴轟けば二人の姿かたちは跡形も消えてなくなるだろう。しかしザレスキの最後の言葉は金剛石の輝きを放つ。歌は口から口へ歌い継がれ、二人はその中に永遠の命を得る。歌の力は、時も武器も権力も全てを凌駕するのだ。ミツキェヴィチは『コンラット・ヴァレンロット』において、歌とは何か、歌にしかできないこととは何かを問いかけ、声によって継承される歌の無限の力を訴えている。彼はリトアニアの老いた吟遊詩人にこう歌わせている。

歴史が絵画に描かれていたとしても炎によって燃えてしまう、
宝物殿も剣もつ侵略者どもに空にされてしまう、
しかし歌は無傷で生き延び、群衆の周りを駆け巡る。
民の卑しい魂が
歌に悲しみという乳を与える術も、希望で乾きを癒す術も知らなければ、
歌は高みへ逃れては、廃墟にぴたりとはりついて、
そこから古(いにしえ)の時を物語る。
夜鳴き鶯のごとく、炎に包まれた建物から

飛び立ち、しばし屋根の上にとまるだろう。
屋根が次々に崩れ落ちれば、森に逃れ、
共鳴する胸で数々の焼け跡と墓に向かって
旅の空から挽歌を紡ぐ。

（第四章一八七行〜一九八行[70]）

夜鳴き鶯（ナイチンゲール）はポーランド語で słowik だが、その中には słowo すなわち言葉が存在している。言葉が紡がれた歌は鳥になり、いかなる災禍に見舞われようともその翼で逃れ、永遠に生き延びるのだ。

4　呼吸する大地――ヴィンツェンティ・ポルの見たウクライナ

(1)民族の不可侵の財産

詩人であり地理学者でもあったヴィンツェンティ・ポル（Wincenty Pol 一八〇七―七二）は、ポーランド諸地方を実地調査でめぐり、地理や習俗に関する紀行文、論文を残している。その代表的な作品である『我らが大地の歌』（*Pieśń o ziemi naszej.* 一八四三年）には、ポーランドの広闊な大地の生命力に溢れた呼吸が歌われ、詩人のコルネル・ウイエイスキ（Kornel Ujejski 一八二三―九七[71]）は、「民族の不可侵の財産」と賞賛した。地理学者の目を通して今まさに生きているポーランドの地形、風景が描かれた同作品におけるウクライナは、ポルの観察力豊かで真摯な視線によって、その空間的広がりや地形の特徴が細密にとらえられており、読者はおのずと映像としてウクライナ大地を目に浮かべることさえできる。

(2)ポルの生涯

ガリツィアでオーストリア官吏を務めていたドイツ人の父(フランチシェック・クサヴェリ・ポル Franciszek Ksawery Pohl)とポーランドに移住したフランス人の母との間に、ポルは一八〇七年四月二十日にルブリンで生まれた。一八二七年にルヴフ大学哲学科を卒業し、一八三〇年にヴィルノ大学ドイツ語学部の講師となっている。一八三〇年十一月に勃発したロシアからの独立を目指した十一月蜂起に参加して負傷し、蜂起の失敗後は蜂起参加者の亡命援助に携わり、ユゼフ・ベム(Józef Bem 一七九四―一八五〇)[72]の使者として、ドレスデン、フランスで活動した。一八三二年にはガリツィアに戻り、再び愛国運動に従事している。ドイツ人とフランス人を両親にもつポーランド帰化人であるポルが貫いた愛国心が注目に値する。

ドレスデンにおいて知り合ったミツキェヴィチは、詩作を続けていたポルの作品を評価して歌曲にすることを薦め、これが後に一八三五年にパリにて匿名で発表された『ヤヌシュの歌』(*Pieśń Janusza*)となる。同作品は十一月蜂起中から書き始められたものであり、十一月蜂起に捧げられた内容となっている。ガリツィアではゴシチンスキとも親交を結んでいる。一八三三年にポルはウクライナを旅し、一八三五年に『我らが大地の歌』を書き上げた。

一八三六年には農民に対する社会教育活動を試みるが成果を挙げることはできなかった。これに落胆したポルは、この時期から地理学に没頭し、山をテーマにした詩やポーランドの民族学や地理学に関する論文を書いている。一八四一年から四四年にかけてはポーランドの山岳地帯やウクライナなどの実地調査を幅広く行い地理学研究に従事した。しかし一八四六年の農民暴動であるガリツィアの虐殺において、ポルは農民たちに誘拐され、さらに屋敷を焼かれてそれまでの研究関連資料が全て灰と化してしまう。これをきっかけにポルの思想は反農民、反民主主義に変わったといわれている。

一八四七年にはクラクフ蜂起の準備に関わった疑いで逮捕され、ルヴフに強制移住させられてしまうが、一八四九年にはクラクフに戻り、ヤギェロン大学の地理学教授に就任。しかし一八五三年に当局に対する非忠誠を理由に解雇され、同大学の地理学科も閉鎖される。晩年をクラクフで過ごし、一八六八年には視力を失ったとされており、一八七二年十二月二日にその生涯を閉じた。

(3)『我らが大地の歌』について

一八三五年に書かれた『我らが大地の歌』は、一八四二〜四三年に部分的に発表され、全体としては一八四三年にポズナンで初版が刊行された。リトアニアから西ガリツィアまでの様々な自然風景、習俗などを描いた作品で、辺境地域における領主の重圧による農民の過酷な生活も浮き彫りにしている。一八五九年にワルシャワで出版された際には、検閲の関係でタイトルを〝我らが〟を外して『大地の歌』に変え、また内容もポル自身の手により変更が加えられた。同作品を「民族の不可侵の財産」と賞賛していたウイエイスキは、このポルによる内容変更を厳しく批判した。

ユリウシュ・コサックが挿絵を描いており、また作曲家のボレスワフ・デンビンスキ（Bolesław Dembiński 一八三三―一九一四）が作品の一部をカンタータに作曲して、一八七五年に初演されている。[73]

（4）ポルのポーランドに対するアプローチ

ニエムツェヴィチが『歴史歌集』（*Śpiewy historyczne.* 一八一六年）において、またマテイコが絵画において、歴史や過去の英雄、君主たちを通して時間軸に沿いながらポーランドを表現したのに対し、ポルは地理学者の視点で、ポーランドの地形的特徴、自然、そして民の習俗を織り込みながら、ポーランドの風景を如実に表現し、空間軸を通してポーランドにアプローチした人物といえるだろう。

ポーランドの三三人の君主及び英雄について一篇一篇綴られたニエムツェヴィチの『歴史歌集』はポーランド人にとっての歴史教科書となり、民族的ロマン主義の精神をポーランド人の中に培う役割を果たし、またマテイコの描く劇的な歴史大作は、ポーランド人の歴史観を形成するほどの多大な影響力を発揮した。両者ともポーランドの君主の業績や輝かしい歴史的事件を再現することにより、ポーランドのゆるぎなき根幹である歴史を通して、三国分割時代のポーランド人を鼓舞したのである。

他方、ポルは過去ではなく今まさに生きるポーランドの姿を自らの足で歩き、目で見て筆にとどめ、ポーランド人の愛国心に祖国の大地の生命力に溢れる呼吸を送り込んだ。

こうしたポルの作品を愛読し、大きな影響を受けた画家がヘウモンスキである。何の変哲もない自然風景を情感豊かに描写し、祖国のありのままの農村風景と自然を描き続けることを通じてポーランド精神の永遠性を造形したヘウモンスキには、ポルと共通したポーランドに対するアプローチが見られる。

激情を露にした人物や様々な表情の登場人物を多数描きこんだマテイコの歴史画は、演劇的でときに悲劇性が強調され、またクラクフという、分割時代にあっても自治が獲得されていたオーストリア領を活動基盤としていたこともあり、当時の政治状況に対し批判的に描くこともあった。これに対し、ポルとヘウモンスキは自然をたゆみなく学び、現在の時間を生きる大地の姿を忠実にとらえ、大地が発する声と息遣い、そして大地が育む生命を詩と絵画に造形しており、ポーランドのあるがままの生命力を伝えている。

マテイコの研究家であるヤロスワフ・クラフチク（Jarosław Krawczyk）は、著書『マテイコと歴史』（*Matejko i historia*）においてマテイコとポルを比較し、演劇性と悲劇性の強い作風のマテイコと、素朴さと叙情性を特徴とするポル及び画家のコサックを対比させている。

（5）地理学者の目がとらえたウクライナの姿

『我らが大地の歌』はリトアニアのジュムジ地方から下ってピンスクを経て、ウクライナに入る。地理学者としての観察力豊かな視線による地形の描写から、読むものはおのずと映像として風景を思いうかべることができる。そして開かれた空間、大地の呼吸、南を目指す大河などの様々な自然景物、そしてウクライナに生を受けたものたち、総じて言えば、豊饒のウクライナに対して愚直なまでに実に素直にあらわされたポルの賛嘆に、読むものはおのずと満たされていく。

また、随所にウクライナ語由来の語がちりばめられ、その響きが独特の情緒をかもし出し、それらの音を口から発することにより、読むものにウクライナの空気を体感させる働きがあるように思える。(例：**czajka** タゲリ、**burzan** ステップの背の高い草々、**oczeret** フトイ、**poroh** 早瀬、**tabun** 馬の群れ、**czahary** 湿原、**maże** 荷馬車、**donieczka** 娘、**czereńce** 修道士、**sioło** 村、**chata** 苫家、**mołojec** コサックの若者、**caryna** 放牧地、**budny** 平常の)。

ポルの見たウクライナの風景から興味深く思われる部分を抽出して、詳しくみていきたい。

①パノラマ的に風景をとらえるポルの目

　馬車が幅の広い黒々とした道に出て
疾走すれば、
眼前にはヴォインが横たわり、
それを目にすれば貧しき土地を忘れるだろう。

　左には黒々とした耕地が流れ

豊かなウクライナが横たわる
正面にはドニエステル川までポドレ、
ドニエステル川沿いに広がるのがポベレジエ。[74]

そこには名水があり、
泉に樫の森、
清麗な白樺の森があり、
民は黒々とした大地を耕す。

ゆったりと丘々が連なり、
川の流れはより猛々しく、
畑地が終わるところには
池が続く。[75]

まずパノラマ的に各地を捉えており、その素朴で率直な語り口が空間の雄大さを効果的に表現している。「黒々とした道」、「黒々とした耕地」、「黒々とした大地」と繰り返し使われる黒の形容には、ポルが実際に歩いて目にした風景の現実味があり、読むものは豊饒なウクライナ黒土のイメージを自然と膨らませることができる。ヴィチュウコフスキの連作であるビートの収穫風景に描かれた（口絵1〜3）、むせかえるような生命力を発し、その匂いが画面から溢れんばかりの黒土と重なり合う。『マリア』において頻出した「豊かな（bujny）ウクライナ」の表現をポルも選んでいる。ここではウクライナが複数形（Ukrajiny）になっており、広大に横たわる地方の土地の広がりを示している。また、丘々が列なる様子を表している語として kopanie（kopań の複数形）が使われているが、kopań は山の丸い頂きを表す kopa からのポルの造語であり、丸い稜線の丘々がゆったりと列なっている様子が目に浮かぶ。

また黒土に恵まれた豊かな穀倉地帯であるポドレについても、パノラマ的に臨場感溢れる描写がなされている。

ポドレの明るい太陽よ！
谷に向かって土地が傾く
大きな弧や半円を描きながら
ドニエステル川が海に向かって蛇行する……

積荷や牛にしたがって、谷また谷を行こう
牛たちの後ろにまだ耕作されていない土地が広がり、

羊たちの後ろに続く道ならぬ道
ポベレジェを通ってポドレへ
穀物倉のようなポドレよ！

　なんと広大な大地、
次から次へと耕地を駆け抜ける
全世界をまわり、海を渡れ
ポドレ以上の土地はない！
目に映るのは
どこまでも遠く広大に
穂波がただただ揺れる世界
その広がりに目が吸い込まれる

　ここは一面に広漠たる畑地が広がるところ
そして自然のあらゆる産物に恵まれている
乳と蜜の流れる地
民はみな豊かに生きる！[76]

太陽が降り注ぐ穀倉地帯のポドレはドニエステル川とブク川の間に位置する地域であり、蛇行を繰り返しながら黒海へと注ぐドニエステル川の描写から始まっている。ポルはここでもパノラマ的に地形をとらえ、積荷や牛、羊の後ろに雄大に景色が広がる描写に臨場感が溢れている。目が吸い込まれるほどに穂波が果てしなく広がる無量無辺のポドレに匹敵する地は、世界中のどこを探しても存在しないとポルは断言する。

そして豊かな土地に豊かに民が生きるポドレを「乳と蜜の流れる地」と賞賛している。「乳と蜜の流れる国」はエジプトを脱出して荒野を放浪するイスラエルの民が「約束の土地」を形容するものとして、旧約聖書に登場する。ポーランド文学において、「乳と蜜の流れるウクライナ」という表現はミコワイ・センプ＝シャジンスキ（Mikołaj Sęp-Szarzyński 一五五〇―八一）[77]、シモン・シモノヴィッツ（Szymon Szymonowic 一五五八―一六二九）、ユゼフ・バルトゥオミェイ・ジモロヴィッツ（Józef Bartłomiej Zimorowic 一五九七―一六七七）[79] 等の作品の中ですでに登場する。[80] 十六世紀、十七世紀を通じて、ポーランドはウクライナにおいてタタール、トルコ軍との戦いを繰り広げ、またコサックの反乱に対応せねばならず、ウクライナは敗北と喪失の場でもあった。戦いによって踏みにじられた理想郷、失われた楽園としてのウクライナに対する郷愁の思いが、十六世紀、十七世紀に頻出する「乳と蜜の流れるウクライナ」という表現にこめられているのではないかと思われる。

②ポルのステップ　現ウクライナの北西部にあたるヴォインを過ぎるとポルを乗せた馬車は広漠たるステップ地帯に入る。

　ヴォインの畑地を打ち捨て
東に馬を向ければ、
何の抵抗もなく目が吸い込まれていく
辺境のウクライナに。
そこは馬、猟犬の世界、
広闊なステップ、開かれた世界！

　馬車が辻にはいると、
海からの風が歓迎する。
血が踊り、
馬は注意深く耳をそばだてる。
墳墓の数を数えれば
静まりかえるステップで旅路の距離がはかれるだろう。

そこは敏捷で研ぎ澄まされた感覚に満ちている、
武器のきらめきに目を光らせるように、
若さの豊かな知性のように、
かくも広々としたステップの呼吸よ！

谷では川に向かって土地が落ち込み、
大地が低い声で唸き、
哀歌が過去を語り、
風が野ざらしを白くする。

ああ、海へ、黒海へ、
広大な入り江に向かって
南に向かってドニエプル川が流れる！
修道院よ！　神に讃えあれ！
馬よ、ステップを駆け回れ！
我らはウクライナだけに生きる！

早瀬の水がささめき、
早瀬から一羽のハヤブサ[81]が飛び立つ、
墳墓の間を突風が吹きぬけ、
夜になれば狼[82]の目が光る、
野生のヤギ[83]がステップの背の高い草々の間を
狐[84]がフトイの中を駆け抜ける。
狼があらわれると馬の群れが疾走する、
霧の中に静かな谷があえぐ
湿原を幻が疾走し、
泉が湧く。
ステップと森を急ぐ、
コサックは手紙を携えて領主が命じるところへ
そして農民は荷馬車を引く
湖から馬車で外の世界へ
辻では魔物が先導し、
夜のもうもうたる砂煙を生み出す。[85]

辺境のウクライナに存在する無限に開かれた世界に対する賛美でステップの描写は始まっている。その果てのない遠大な空間においては、唯一の道しるべが墳墓であり、ステップに点在する墳墓を数えることでようやく進んできた旅路の距離を推し量ることができる。人間の距離感も機能しなくなるほどステップの広がりは全てを圧倒するのである。ポルが賛嘆するステップの広がりは、ヘウモンスキがククルフカ時代に描いたステップの風景と重なり合い（口絵12、13）、両者ともウクライナの荘厳な開かれた世界に捧げる賛歌を詩と絵画によって織り成している。

またドニエプル川を歌ったポルの風景はスタニスワフスキの絵画と重なり合う（口絵24、25）。ポルは南に向かって流れるドニエプル川に感嘆の声をあげる。ポーランドでは川は北のバルト海を目指して流れるが、ウクライナの大河ドニエステル、ドニエプルは逆に南の黒海を目指す。地形の違いといえばそれだけのことではあるが、ポルはこの南へと向かう大河に豊饒と広く開かれた自由を見ているのではないだろうか。繰り返し描かれたスタニスワフスキのドニエプルは誇らしげにその瑠璃色の艶やかな面を天に向け、威風堂々と大地をうねり、南へと向かう。この豊饒の流れを目にしたポルの高揚は水かさを増し、「我らはウクライナだけに生きる！」という至上の理想郷に対する心の叫びに達している。

③ステップの緊張感、辻にたつ魔物　ウクライナに存在する何か捉えがたい、人間の力を超えたものの存在は、ウクライナに魅了された画家の言葉に頻出し、また『マリア』においてはステップに過

去への思いや思案が漂い、憂愁が大地にじわじわと根を張る様子が描かれている。ポルもまたステップに敏捷で研ぎ澄まされたなにものかを感じ、それを武器のきらめきに神経を研ぎ澄ますような感覚と、若者の豊かな知性にたとえている。ステップに入ると馬が注意深く耳をそばだてるのも、そうしたステップに存在するある種の緊張感に対する反応であろう。この緊張感はステップの動物たちの描写にもあらわれている。早瀬からハヤブサが飛び立ち、ステップの草々の間を野生のヤギや狐が駆け抜け、狼の目が光る。墳墓の間を吹きぬける突風のごとく、動物たちにも緊迫感をはらんだ俊敏な動きが満ちている。

『マリア』においてステップに漂う絶望、孤独、憂愁などが人格化されて描写されているが、ポルが映し出したステップの風景もステップ全体が一つの生命体のようにその広々とした胸で大きく呼吸している。このステップの呼吸を絵画に取り込んだのがヘウモンスキであり、ヘウモンスキとポルはともに鋭い慧眼によりこの大地の闊達とした生命力をとらえ、自らの作品に再現している。

さらにポルは大地が唸き声をあげ、谷があえぎ、風、水、植物がささめきあうものとしてステップを描写している。チェーホフの『曠野』においても全般にわたってステップの草々、雲、せせらぎ、丘、大気などあらゆる自然の景物が人間のように様々な感情を表現している。またポルはポドレについての描写において次のように述べている。

静寂　しかし人でひしめく感がある、

あたり一面穀草、いたるところに十字架
バッタが歌に耳をそばだて、
墳墓も数え切れぬほど[86]
(圏点　小川)

ステップでは人間の姿は稀であり、大自然と魔的なものを含めた様々な「もの」が席巻する空間である。人間が不在だからこそ、おのずとそこに人の姿を予想し、人の感情を求めるのではないだろうか。『曠野』にも「こういうじっとしていて、だれかを待ち受けている影は、丘の上に立っていたり、古墳のかげにひそんでいたり、丈の高い雑草のなかからうかがっていたりするが、どれもこれもみな人間そっくりなので、まどわされてしまうのだ」という描写がみられ、ステップに足を踏み入れた者が人間の姿を無意識に追い求め、感じ取っている様子がうかがえる。

『マリア』には過去への思いが浮遊するステップが描かれているが、ポルの描写にも過去を物語る哀歌の調べがステップに流れ、風が誰のものとも知れぬ野ざらしをいっそう白くしている様子があらわれる。それはステップがタタールやトルコ軍などとの激しい戦場であったことを彷彿とさせ、今は何事もなかったように静寂に包まれた草々の間に、過去が現存していることがうかがえる。

ポルのステップにも魔がひそみ、この世のものならざるものが存在する空間としてのステップの顔が描かれている。なにものかの幻が湿原を疾走し、また『マリア』にも登場し、ヤツェック・マルチェフスキが絵画に造形しているように、魔物（czort）が風を起こして砂煙を生み出している様子が描かれている。その登場の場が辻（rozdroże）であり、しかも魔物が先導するとしている点が興味深い。

日本においては、道が交差し境をなしている辻には、道祖神や地蔵が祀られており、様々なものや神が往来する辻において悪霊や悪疫の侵入を防ぐものと考えられてきた。日本神話において、皇孫が日向の高千穂に降臨する際、道案内をしたとされるのが、天八達之衢、すなわち天上界の道が多く分かれる所にいた猿田彦大神である。サルダは、先立つ意の琉球古語サダルが音韻転倒したもので、前駆する神の意である。[87] 皇孫降臨の場面の猿田彦大神は『日本書紀』において次のように形容されている。

其の鼻の長さ七咫、背の長さ七尺餘り。當に七尋と言ふべし。且口尻明り耀れり。眼は八咫鏡の如くして、艶然赤酸醤に似れり。[88]

（『日本書紀』神代下　第九段）

鼻の長い巨神で、口と尻が明るく光り、眼も大きな鏡のようであり、照り輝く様は赤いほおずきのようだという猿田彦は天狗の原型ともみなされる異形の神である。日本もウクライナも辻では魔的な存在が道を先導すると考えられている点が注目される。

④動物たちの生に満ちたウクライナ　動物たちの生に満ち溢れた大地の姿をポルはヴォインの風景に発見している。

タゲリが湿地の上空で声を上げ、
コウノトリ[89]がオモダカ[90]のほとりに立っている、
アジサシ[91]たちが円を描きながら、
土手や水の上を飛んでいる……

もし猟をするなら、
ヴォインの池に行ってみたまえ。
野生の鳥たちのこのように活気ある
ざわめきを聞いたことはないだろうから。
水草の茂みに小舟を出してみたまえ、
そこは鳥たちの愉快な会議、
セイム[92]が開かれ、喧騒渦巻き、
求愛に、大宴会も！
鳥たちの叫び声や荒々しいざさめきを耳にし、
鳥たちのいざこざを目にしていると、
思いが奇妙にもつれ、

鳥たちの喧騒の中に沈み込んでいくような心持になり、
人は娑婆を忘れる。
恥ずかしくて、ほとんど悲しいくらいだが、
人間は鳥のことだけに専念して生きることができないのだ、
野生の動物たちのなんと幸福なこと！

そこでは生が胸いっぱいに呼吸しており
全てに満ち足りている。
魚、穀物、肉、
家畜、馬に様々な動物たち、
麻、蜂に蜂蜜、
そして民も少なからぬ(93)！

生に満ち足りたウクライナの声を体感できる描写である。様々な鳥が登場するこの場面はヘウモンスキの絵画と重なる要素が大きい。タゲリを表すczajkaはウクライナ語由来の語であり、ヴィトキェヴィチは哀愁を帯びた魔力が漂い、酔いしれるような香りが舞う言葉の一つにあげている。なおczajkaはコサックが主に戦闘用に用いていた小舟の意味ももつ。タゲリはチドリ科の三〇センチほど

図 26　ユゼフ・ヘウモンスキ《タゲリ》（Czajki. 1890 年，59×80cm, シロンスク美術館）

図 27　ユゼフ・ヘウモンスキ《夜明け。鳥の王国》（Świt. Królestwto ptaków. 1906 年，91.5×149cm, 個人所蔵）

図 28　ヤン・スタニスワフスキ《ウクライナの養蜂箱》（Ule na Ukrainie. 1895年頃，19×29cm, クラクフ国立美術館）

の鳥で欧州に広く分布し、アジアにも生息し、猫のような鳴き声をあげる。ヘウモンスキの描いたタゲリ（**図26**）は、ポルの目にした風景のように、水辺の空を悠然と飛翔している。

また、ポルがヴォインの池に垣間見た鳥たちの世界を髣髴させる作品として、ヘウモンスキの《夜明け。鳥の王国》（**図27**）がある。

ヘウモンスキは黒鶴をはじめ、タゲリ、ヤマウズラ、アオサギ、バンなど鳥を好んで描いており、ウクライナを旅しながらポルの見た風景と出会い、鳥たちの喧騒の中に思いを沈ませていたのかもしれない。

ポルはステップが広々と呼吸していると表現したが、再び呼吸（oddech）という語を使い、生あるものの全てが胸いっぱいに呼吸していると賛嘆の声をあげている。野生の動物たち、植物、生きとし生けるものの呼吸に満ち、衣食に満ち足りた民の生活があるまさに豊饒のウクライナを賛美している。ポルは蜂と蜂蜜も豊富であると述べているが、スタニスワフスキがウクライナの養蜂場の風景を光溢れる画面におさめている（図28）。

⑤生気溢れる民　ウクライナの民に向けられるポルの視線もまた感嘆に溢れている。川のほとりの村の佇まいから、そこに生を営む民に画面が移る。

いくつもの川が谷を流れ、
川のほとりには村々が細長く列なる
木々に囲まれた場所や、果樹園の後ろに
生気溢れる民、養蜂箱の中のよう。
まるで松の木のような、まるで春のような
ウクライナの乙女
コサックの若者は誰もが戦い好き
溌剌として誇り高い、それは顔から溢れている！
その勇猛果敢な心臓と丈夫な血管には
コサックの血が脈打っている。

彼らの血管に血が脈打つように、
歌には彼らの記憶が生きている。
ドニエプルのさざめきがステップを流れるように
古い哀歌の調べが村を流れる……[94]

『マリア』において頻出し、ポルもウクライナ全体の形容に用いている形容詞bujnyが、民の表現に使われている。「生気溢れる民」の意と考えるが、ヘウモンスキやヴィチュウコフスキが彩り鮮やかな民と賛嘆するある種の艶やかさをも表象していると思われる。ポルはウクライナの民を養蜂箱の中のようだとたとえている点が興味深い。スラヴでは古くから養蜂が盛んに行われ、ウクライナは現代においても蜂蜜主要生産国の一つである。[95]

キリスト教のシンボルの観点では、蜜蜂は勤勉と共同生活への適応性を表し、また蜂蜜がキリストの優しさと慈愛を示すことから、蜜蜂は救い主であるキリストの表象とされている。さらに、蜜蝋が蝋燭を作る原料となることから、蜜蜂は世の光キリストを表すとされ、その知恵は神の知恵の片鱗とも考えられている。[96]また神話では、ゼウスは乳児期に蜂によって蜜で育てられたとされている。[97]

ポーランド文学における蜂に関する表現では、ツィプリアン・ノルヴィッド（Cyprian Norwid 一八二一—八三）[98]とウイエイスキの作品に興味深いものが見られる。ノルヴィッドの代表作である「ショパンのピアノ」[99]の第五連において、ショパンの音楽には、感嘆の虹から降臨するような絶頂期の光り輝く最高のポーランド（ピアスト朝）が存在していることを述べている中で、「ポーランドは金、蜂」という一節が登場する。解釈が難解な表現であるが、この場合の蜂は世の光を象徴しており、燦然と輝くポーランドはどこにあってもその存在がはっきりとわかるという意につながると考える。またウイエイスキの『マラトン』[100]には、次のような一節がある。

民族とは小さきもの、なれど養蜂箱の蜂のごとく
それぞれが己の家について話し合い、
必要とされる所あらば、全員が集まる

Naród to mały, lecz jak pszczoła w ulu
Każdy z osobna o swym domu radzi,
A gdzie potrzeba, wszystek się gromadzi.[101]

これは古代ローマ帝国の宮廷詩人ウェルギリウス（前七〇～前一九）が、蜜蜂の生態を歌いあげた『農耕詩』（小川正広訳）の中の、「また蜂だけが、祖国と、定まった家を知っている。」という一節に通じるものがある。[102]民族は蜂のように小さき存在ではあるが、祖国のために一致団結して知恵を結集し、大きな力となって光り輝く豊饒を生み出すとウイエイスキは歌っているのだろう。これらを総合してみれば、ポルは養蜂箱の中のようとたとえたウクライナの民に、知恵の結集と生気溢れる光を見

るとともに、父祖の大地にしっかりと根を張り守る力強さを見ていたのではないだろうか。

⑥哀歌の調べ　さらにポルはウクライナの若者には誇り高く勇猛果敢なコサックの血が脈打ち、それと同じように、彼らが口ずさむ歌には過去の記憶が生きているとしている。そしてステップ全体にドニエプル川のさざめきが流れているように、村には哀歌（duma）の調べが流れているという。哀歌は戦いや歴史上の英雄等をテーマにしたウクライナの伝統的な民衆詩で十五世紀から十七世紀にかけて起こり、バンドゥーラやリュートにあわせて歌われたものである。コサックとタタール、トルコ、ポーランドとの戦いをテーマにしたものや、伝説的な英雄を歌ったものが多く、口伝えで受け継がれた。

哀歌をあらわすポーランド語 duma は物思いにふけるという意の動詞 dumać からきており、duma とは過去の出来事に様々思いをはせて、過去の思いにふける歌という意味があると思われる。『マリア』において過去への思いが浮遊するステップが描かれ、また草々の間に野ざらしがころがる様子が様々な作品に繰り返し登場するように、哀歌の調べにのって、過去がウクライナの空気に現存していることがここでもうかがえる。ドニエプルの水が歌う声、民が口ずさむ哀歌、そして『マリア』に描かれていたように穂波をたわませながら風が奏でる「荒涼たる凄まじき音楽」、そうした様々な調べが存在する空間がウクライナであり、それが世界的に著名な音楽家を多数輩出している土壌になっているのではないだろうか。

スウォヴァツキの『ベニョフスキ』にも哀歌がステップを舞う様子が劇的に描写されている。

墳墓の列なる暗く物憂げな街道を
　夜を日に継ぎ黒い馬がベニョフスキを運ぶ
地底では騎士の遺骨をおさめて
　埋められた壺の鼓動が響き
天空ではサタンたちの陰鬱な群れ群れのようなワタリガラス(103)が羽ばたき
　湿原では騎士の甲冑がきらめき
そして鐙についた血が光る。
墳墓が並ぶそこには物憂げな語り部たちが
腰をおろして古（いにしえ）の哀歌を奏でる。
　哀歌は広大な曠野に出ると
その悲しげな調べは樫の森のさざめきに注ぎ落ちる。
　そしてそこから再び、エオルの竪琴のように、
葉のさざめきと混じりあい、
　ステップに出る、そして哀歌に歌われる人間の不幸は
泣きすさぶ強風に吹かれて飛ぶ、

人ならぬ口に歌われるように。[104]

ウクライナの風景が圧巻の『ベニョフスキ』第五章の冒頭である。この凄まじい景色はウクライナの空間を層としてとらえ、すなわち、天、地、地下、そして天と地の間の空間をパノラマ的に見て、それぞれに存在するものを浮き彫りにしている。墳墓が立ち並ぶ地面の下では過去の戦に斃れた騎士の骨をおさめた壺が、生きているもののように鼓動をうち、天空では、ワタリガラスが羽ばたく不吉な音が響き渡っている。スラヴではワタリガラスは死を予告し、不幸や病をもたらす不吉な鳥として考えられており、[105]ここでもサタンに形容されている。

そして地面には、甲冑と血のついた武器がころがる。このおぞましく陰惨な天、地、地下の風景の中、空中を漂い舞う哀歌の描写には圧倒的な美しさがある。語り部の口から紡ぎだされた哀歌は曠野の広がりに出て、樫の森のさざめきに注ぎ、葉のさざめきと混じりあい、再びステップという無限の空間に出る。それは、『コンラット・ヴァレンロット』において歌が夜鳴き鶯となって災禍を逃れ飛ぶ光景とも重なってくる。そして哀歌は泣きすさぶ風に受け渡され、『マリア』の「過去の思いが浮遊するウクライナ」を髣髴させるように、風が古の人の不幸を歌う。「風」という漢字はうた、歌謡の意も有するが、まさに風と歌が一つに重なる描写であり、語り部の口をかりて紡ぎだされた哀歌の真の歌い手は「ウクライナの風」であることを物語っている。

終章

1　もの言う自然

大昔、森羅万象が霊魂をもって、動植物、岩石までもが人間と同じように喜怒哀楽の感情をあらわにして生き生きと動いていた時代があった。『日本書紀』では神代下の冒頭で葦原中国について以下のように記している。

然も彼の地に、多に蛍火の光く神、及び蠅聲す邪しき神有り。復草木咸に能く言語有り。[1]

わが国には、自然の景物が言葉を話し、炎のように音を立ててざわめく神、稲の害虫であるウンカのように騒がしく湧く神、すなわち悪しきものが存在した時代があったのだ。十九世紀ポーランドの美術と文学の中におけるウクライナを巡る一つの旅を終え、『日本書紀』とは時代も土地も全く異なる〝外つ国〟ポーランドの画家や詩人が描いたウクライナに、そうしたわが国の太古の風景があるように思えてならない。

ウクライナの森羅万象には言葉や色鮮やかな感情があり、また人間もそれを受け取る術を知っていた。スタニスワフスキは自然が綴る詩をそのまま造形し、ヒレアザミの哀切、湧き立つ雲の雄たけび、炎暑に凝固した大気の嘆きを俳句の如くに小さなキャンバスに再現している。ザレスキはウクライナの語り部として、至上のアルカディアの姿を歌の中に永遠にとどめた。ウクライナによって画家として覚醒したヘウモンスキは、ウクライナの広闊な大地の生命力に溢れた呼吸を描き続け、その広々とした胸で呼吸するウクライナを言語で表現したのがポルである。ゴシチンスキの『カニュフ城』では、原生林や樫が人間に歌いかけ、思いを揺すぶり、あるときは烈風が女の目に自然がもつ「荒」の火をともす。ウクライナでは人間の目には見えぬ風までもが「ウクライナの風」という生き物としてステップを席巻し、ときに哀歌の真の歌い手となる。

さらにウクライナの自然は人間の心の景色と重なり合う。ゴシチンスキは人間の内なる闇の領域をウクライナの凄まじき風景を通じて露にした。また、ままならぬ状況から画家として飛び立てぬ孤独感をヘウモンスキは寂寥の風景に佇む手負いの黒鶴に映し、芸術にとって絶望的な時期と自身が振り返るパリ時代には、曇天とぬかるみのウクライナが繰り返し描かれることになる。

ヘウモンスキが晩年に広漠たる大地を満たす神への賛歌を描いたように、スウォヴァツキはステップに神を体感し、『ベニョフスキ』には神そのものとしてのステップが讃えられている。他方、『マリア』の主人公であるステップに神は存在しない。艶やかな無量無辺のステップは同時に孤独と憂愁が支配する空の世界であり、思案漂うその漠たる空間から何ものも逃れ出ることはできない。すなわち『マリア』のステップを制するのは死である。そして『カニュフ城』のウクライナに遍在するのは魔物である。ウクライナの民間信仰に根付いた魔物は魔風をあやつっては凄惨なウクライナの風景を演出し、その景色と同様の悪しき運命へと人を導く。境界地域であるウクライナは、このように様々な相反する要素が参集する境なき空間であったのだ。

2 ポーランド・ロマン主義とウクライナ

(1)詩が全てを凌駕するポーランド・ロマン主義

ポーランドにとって国家消滅という困難な時期であった十九世紀において、ポーランド文化史上最も重要なロマン主義時代が開花する。それは国家が存在しない時代であったからこそ、民族の伝統と深く結びついて誕生し、燦然と輝いた文化といえる。このポーランド・ロマン主義は、ミツキェヴィチの最初の詩集『バラードとロマンス』(*Ballady i romanse*)が刊行された一八二二年に幕を開け、二度の蜂起を経て、一八六五年頃までとする説もあれば、十九世紀いっぱいまで続いたとする考え方もあり、さらには現在までも継続しており、ポーランドはロマン主義に縛られ自由になることができないとさえする見方もある。それほどロマン主義はポーランドの文化史において鍵となる要素なのである。このロマン主義は詩が異常なほどの力をもってあらゆる芸術を支配し、ミツキェヴィチやスウォヴァツキをはじめとする預言者詩人が君臨した時代であった。

(2)詩聖に代わり民を導く

ポーランド美術におけるロマン主義は、十九世紀全般にわたって幅広く発展し、ロマン主義的な姿勢、ものの見方が十九世紀ポーランド美術を特徴づけている。三国分割という不条理な現実に対するロマン主義的な反目が、幻想的、民俗的、オリエンタルな内容や、郷愁に満ちた風景に表現された。そして、ポーランド・ロマン主義美術の円熟期は、文学におけるロマン主義の終焉とともに訪れる。一八五五年、ミツキェヴィチが亡くなり、ポーランド人は民族を導く精神的指導者を失ってしまう。新たな偉大なる詩人の出現は期待空しく、それまで詩人が占めていた場、役割を、今度は画家たちが担っていくことになる。こうして文学においては、ロマン主義からポジティヴィズム（実証主義）へ移行する時期に、美術におけるポーランド・ロマン主義はその頂点を極め、ポーランド人の歴史観を形成したマテイコ、武装蜂起など、ポーランドの現状をルポルタージュ的に描いたグロットゲル、そして自然や農村風景を通じて、ポーランド精神の永遠性を造形したヘウモンスキらが、ポーランド人の民族意識を形成し、詩聖に代わり民を導いた。

（3）ロマン主義の芸術家により発見されたウクライナ

ヨーロッパとアジアを隔てる辺境に位置するウクライナという特異な神秘の空間は、このロマン主義時代の芸術家たちのインスピレーションの源泉となって彼らを突き動かしたのである。ウクライナとはまさにロマン主義的な空間であると言うことができるが、ロマン主義の主な特徴と照らし合わせながらまとめてみたい。

まず三国分割下という状況においてロマン主義は民族主義色が極めて強く、民族の本質が問われる中、民族の起源が捜索され、民族固有の神話が取り込まれた。また地理的領域としては、十六世紀にポーランド王国とリトアニア大公国が合同して形成された共和国の範囲が念頭に置かれ、したがって現在のポーランドよりもかなり東方寄りで地方色が濃く、その豊かな民俗文化が織り込まれたという大きな特徴があげられる。中でもミッキェヴィチの『コンラット・ヴァレンロット』に代表されるように、民衆が伝えてきた言葉や語り（wieść gminna）の力や、民衆の歌（pieśń gminna）の価値が強く認識された。

さらに、自然との関係が近しいものとなり、民俗文化とともに地方の自然風景が取り込まれ、またアルプスやタトリ山脈などの大自然が発見されたのもこの時期である。またスウォヴァツキの『精霊王』（一八四五―四八年）に代表されるように、神秘性、超自然的現象に対する関心が極めて高まったという一面もある。

ポーランド・ロマン主義のこれらの特徴を網羅しているのがまさにウクライナなのである。ウクライナとは、ポーランド民族の揺籃の地であり、母であり、そのステップに列なる墳墓では「古き誉れの花冠をつけた」最古の祖先が嘆息をもらす。ウクライナとは生気溢れる豊饒の民が育む御伽噺の虹色の宝庫であり、この地に生を受けた赤子は歌の産着にくるまれる。ウクライナとは、様々な自然の景物と力が「自然の和解の宴に参集した」地であり、もの言う自然が全てを圧倒する。そしてその類まれな自然美の構成と無量無辺の空間を支配しているのは、人間の権力を凌駕する「ものの力」である。こうしたウクライナの発する力に感応し、応答する独特の力をそなえたロマン主義の詩人、画家により、ウクライナは発見されたといえるだろう。

あとがき

目に痛むダイヤモンドの挑みかかる輝きでもなく
掘り手の血に色どられた紅玉(ルビー)でもなく
これ見よがしの黄金の厚かましさもない
そは実り豊かな秋の穂波の上にかかる月の光か

これは、長編小説『ポーランド』(ジェイムズ・A・ミッチェナー著、工藤幸雄訳)に登場する詩である。十七世紀ポーランドの美貌の公女バルバラ・オソリンスカの胸元を飾った六つ玉の琥珀の首飾りを讃えて、詩人が朗誦したとされている。琥珀の妙を歌い上げたまさに珠玉の詩である。

北をバルト海に臨むポーランドは琥珀の産地である。日本では、琥珀は年を重ねた婦人が身に着けるものという印象があり、琥珀自体のデザインもかなり限られたものしか目にしない。しかし、ポーランドでは実に多種多様な琥珀と出会うことができ、古色蒼然としたイメージは一新される。細工は銀が中心であり、銀の奥ゆかしさが琥珀の色合いを引き立て、大胆なデザインが琥珀一つ一つの物語を演出する。

琥珀はポーランドそのものと私は思う。ポーランドには煌くような華麗さはない。だがエレガントで郷愁に満ちた素朴さに、旅人は魅了される。植物由来である琥珀には、鉱物の冷たさがない。肌に柔らかく、守られているような心地よさがある。

「琥珀の首飾りをしていると喉に良く、風邪をひかないよ。」

南部のザコパネ地方を旅していたとき、祖国を守る騎士の形をしたギェヴォント山を望みながら、見知らぬ老婦人が教えてくれた。ポーランド人もひたすら心温かい。そして、琥珀は内に地球の歴史を閉ざし、かの国の根幹をなすのは、悲壮を極める歴史である。『ポーランド』において、バルバラの首飾りは、スウェーデン軍によって、その血まみれの亡骸からもぎ取られた。

ポーランドの芸術も奥深い琥珀の味わいがある。その光に触れる一助になればというただその思いにかられて、本書の出版を目指した。

私がポーランド美術に出会ったのは、今から一六年ほど前のことである。外務省に入省し、ポーランド語を専門語とすることになった。それまで、ポーランド語に接したことはなかったが、ヴァヴェンサ（ワレサ）率いる連帯による民主化の激しいうねりに世界中が注目した頃、中学生だった私も異常な興奮をもって推移を見守った。以後、ポーランドは、一つの炎として私の中に存在していた。

ポーランドへ旅立つ前、当時ワルシャワに赴任していた先輩職員から、ワルシャワ国立美術館の画集をもらった。そこで目を奪われたのが、ヘウモンスキの《遊糸》である。画面から漂う郷愁感と素朴な温かさに魅了され、ポーランドでの生活が始まったとき、いの一番に国立美術館を訪ねた。そこで、《遊糸》をはじめとするポーランド美術を眼前にしたとき、まさに宝箱を開けたような感慨であった。

その後一〇年を経て外務省を退職し、社会人入学した東京外国語大学大学院において、ポーランド文学を中心に学ぶ。十九世紀の絵画と文学を関連させていくうちに到達したテーマが「ウクライナ」だった。

私はウクライナを実際に訪れたことはない。本書は、あくまでポーランドの絵画と文学から掬い取ったイメージによる私の「ウクライナ体験」の物語でもある。十九世紀ポーランドという遥か異国の画家や詩人の造形や言葉を通し、心に寄り添い、時に涙しながら、彼らの母なる大地ウクライナという土地そのものが発する声、広々とした呼吸、ものの力を体感し、ステップの風に吹かれる……それは、実に稀有な旅であった。

ウクライナは、チェルノブイリ原発事故から今年で二五年を迎える。もの言う自然が全てを圧倒し、「世にも美しいウクライナ」と讃えられた大地。人間の所業の恐ろしさをあらためて深く心に刻むとともに、一木一草の神々にただひたすら頭を垂れ、自然の声に耳を傾けながら、謙虚に生きるしかないと思うのである。

最後になるが、ポーランド美術との出会いを与えていただいた外務省の松本洋氏、並外れた叡智と教養で導いてくださった東京外国語大学の関口時正教授に心からお礼申し上げる。そして、この未熟な私に出版の機会を与えてくださった藤原書店の藤原良雄社長、編集を担当していただき、数多くのご助言を頂戴した刈屋琢氏、小枝冬実氏、そして携わってくださった藤原書店の全ての皆様に心から感謝申し上げる。

二〇一一年八月吉日　　　　小川万海子

本書関連年表（一七七二〜一九一八）

西暦	本書に登場する主なポーランド人芸術家の生誕年等	ポーランド史
一七七二		ポーランド第一次分割
一七九三	詩人アントニ・マルチェフスキ誕生（〜一八二六）	ポーランド第二次分割
一七九四		コシチューシコの反乱
一七九五		ポーランド第三次分割、ウクライナはロシア、オーストリアに分割される
一七九八	詩人アダム・ミツキェヴィチ誕生（〜一八五五）	
一八〇一	詩人セヴェリン・ゴシチンスキ誕生（〜七六）	
一八〇二	詩人ユゼフ・ボフダン・ザレスキ誕生（〜八六）	
一八〇六		ナポレオン軍、ワルシャワを占領
一八〇七	詩人ヴィンツェンティ・ポル誕生（〜七二）	ワルシャワ公国創設（〜一五）
一八〇九	詩人ユリウシュ・スウォヴァツキ誕生（〜四九）	
一八一〇	フレデリク・ショパン誕生（〜四九）	
一八一五		ウィーン会議でポーランド王国（会議王国）とクラクフ共和国を創設
一八一六		ワルシャワ大学開校
一八二一	詩人ツィプリアン・ノルヴィッド誕生（〜八三）	

一八二二	ミツキェヴィチ『バラードとロマンス』刊	
一八二三	ミツキェヴィチ、秘密結社との結びつきを問われ逮捕	ヴィルノにて、青年達の政治活動が弾圧
一八二五	マルチェフスキ『マリア』刊	
一八二六	ミツキェヴィチ『クリミアのソネット』刊	
一八二八	ゴシチンスキ『カニュフ城』刊、ミツキェヴィチ『コンラット・ヴァレンロット』刊	ポーランド銀行設立
一八三〇		十一月蜂起（〜三一）
一八三二	ザレスキ、仏亡命	ポーランド王国での自治、制限される
一八三七	画家アルトゥル・グロットゲル誕生（〜六七）	
一八三八	画家ヤン・マテイコ誕生（〜九三）	
一八四一	スウォヴァツキ『ベニョフスキ』刊、ゴシチンスキ仏亡命	
一八四三	ポル『我らが大地の歌』刊	
一八四六	画家マクシミリアン・ギエリムスキ誕生（〜七四）	クラクフ蜂起とガリツィア農民蜂起、クラクフ共和国の消滅
一八四八		ヴィエルコポルスカ蜂起
一八四九	画家ユゼフ・ヘウモンスキ誕生（〜一九一四）	
一八五一	画家スタニスワフ・ヴィトキェヴィチ誕生（〜一九一五）	
一八五二	画家レオン・ヴィチュウコフスキ誕生（〜一九三六）	
一八六〇	画家ヤン・スタニスワフスキ誕生（〜一九〇七）	ワルシャワで大衆デモ始まる
一八六二	ザレスキ「黒鶴のこだまに寄す」	

一八六三		一月蜂起（〜六四）
一八六四		ワルシャワ美術学校講義停止（六六年閉校）
一八六五		ワルシャワ絵画教室開校
一八六六		ロシア領の中等学校でロシア語での授業強制
一八六七	ザレスキ「墳墓の樫」	ガリツィアの自治
一八七一	ヘウモンスキ、ミュンヘン留学（〜七四）	
一八七三		クラクフ美術学校発足
一八七五	ヘウモンスキ《遊糸》、パリへ出発	
一八八一	ヘウモンスキ《ステップを疾走する四頭立て馬車》	
一八八五	スタニスワフスキが一連のヒレアザミ作品を描く	
一八八七	ヘウモンスキ、パリから帰国	
一九〇〇		クラクフ美術学校がアカデミーに昇格
一九〇三		キュリー夫妻がノーベル物理学賞受賞
一九〇五	ヘンリク・シェンキェヴィチがノーベル文学賞受賞	ロシア領ポーランド各地で労働者の革命運動起こる
一九一二	ヘウモンスキ《墳墓》	
一九一四		第一次世界大戦（〜一八）
一九一八		ポーランド独立

＊伊東孝之著『ポーランド現代史』（山川出版社、一九九二年）、ステファン・キェニェーヴィチ編、加藤一夫・水島孝生訳『ポーランド史1・2』（恒文社、一九八六年）をもとに著者作成。

てのノルヴィッドを象徴した傑作。その中でノルヴィッドは、ショパンの音楽には、感嘆の虹から降臨するような絶頂期の光り輝く最高のポーランドが存在していると絶賛する。そしてポーランドの最高の姿を歌い上げてきたショパンのピアノが石畳に叩きつけられて崩壊し、人間の気高い思考が人々の怒りによって踏みにじられるがごとく、八つ裂きにされて殺されたギリシャ神話のオルフェウスのごとく、千々に引き裂かれたと記している。

（100）*Maraton*, 1845年。ペルシャ人に対するギリシャ人の闘争を描いている。

（101）http://wiersze.annet.pl/w,,12625,,0,0より

（102）『朝日新聞』（2011年3月26日）掲載。高橋睦郎著「花をひろう」〈蜂〉。

（103）ポーランド語名 kruk, ラテン語名 Corvus corax.

（104）Juliusz Słowacki, *Beniowski*, Biblioteka Narodowa, Wrocław, s. 339-340.

（105）Władysław Kopaliński, *Słownik mitów i tradycji kultury*, Warszawa, 1985, s. 549.

終　章

（1）『日本書紀　上』日本古典文学大系67、岩波書店、1982年、134頁。

(81) ポーランド語名 sokół, ラテン語名 Falco.
(82) ポーランド語名 wilk, ラテン語名 Canis lupus.
(83) ポーランド語名 koza, ラテン語名 Capra hircus.
(84) ポーランド語名 lis, ラテン語名 Vulpes.
(85) Wincenty Pol, *Pieśń o ziemi naszej*, Klasyka Mniej znana, Kraków, 2002, s. 24-25.
(86) 同上 s. 28.
(87)『日本国語大辞典　6』小学館。
(88)『日本書紀　上』日本古典文学大系67、岩波書店、1982年、147-148頁。
(89) ポーランド語名 bocian, ラテン語名 Ciconia ciconia.
(90) ポーランド語名 żabieniec, ラテン語名 Alisma.
(91) ポーランド語名 rybitwa, ラテン語名 Sterna.
(92) ポーランドの身分制議会。
(93) Wincenty Pol, *Pieśń o ziemi naszej*, Klasyka Mniej znana, Kraków, 2002, s. 19.
(94) 同上 s. 25-26.
(95) 社団法人日本養蜂はちみつ協会ホームページ http://bee.lin.go.jp/bee/tokei/04.html
(96) ミシェル・フイエ著『キリスト教シンボル事典』2006年、白水社。
(97) Władysław Kopaliński, *Słownik mitów i tradycji kultury*, 1985, Warszawa.
(98) ワルシャワから北東に40キロの村で、零落したシュラフタの家に生まれたが、早くに孤児となり、親類に育てられた。ワルシャワのギムナジウムに数年通ったほかは、ほとんど独学で、歴史学、考古学、美術などを修得した。21歳で祖国を離れてからは、欧州を転々とした後、米国に渡り、最後はパリの貧窮院で生涯を閉じた。ノルヴィッドの作品群は、難解さもあって、生存中は理解されなかったが、死後、プシェスミツキが彼の原稿を収集して雑誌『ヒメラ』に発表し、次第にノルヴィッドの影響力が拡大していく。現在では、ロマン主義時代の最も偉大な詩人の一人とされている。
(99) Fortepian Szopena. ノルヴィッドはショパンの友人。ショパンが亡くなって14年後の1863年、一月蜂起が勃発する。9月には、ワルシャワにおいて、蜂起参加者によるロシア側に対する襲撃事件が生じ、失敗に終わる。ロシア側はその報復として、拠点となったザモイスキ宮殿（ショパンの心臓が納められている聖十字架教会の近く）を徹底的に破壊し、ショパンのピアノを窓から投げ落として燃やすという惨事が起きた。それをパリで知ったノルヴィッドがこの事件を題材にしてショパンとその音楽の完全無欠さをうたったのがこの「ショパンのピアノ」である。ギリシャ・ローマ芸術の知識や神話が織り込まれ、様々なシンボルや比喩が用いられた、日本語に翻訳することが不可能な域にある極めて難解な作品であるが、芸術家とし

（65）Józef Bohdan Zaleski, *Wybór poezyj*, Biblioteka Narodowa, Wrocław, 1985, s. 57-58.

（66）同上 s. 296.

（67）同上 s. 378-380.

（68）詩人、彫刻家。石工職人の親方の子としてワルシャワに生まれる。1851年より亡命生活を送り、1860年にフィレンツェに落ち着く。1879-83年にボローニャ大学のスラヴ文学教授をつとめる。フィレンツェで亡くなったが、遺体はクラクフで葬儀に付された。幼年時代を過ごしたマゾフシェ地方がレナルトーヴィチの詩の永遠の故郷であり、「マゾフシェ地方の竪琴弾き」と呼ばれた。主な作品に『竪琴抄』（1855年）、『イタリア・アルバム』（1870年）、『古き甲冑』（1870年）。

（69）Juliusz Słowacki, *Beniowski*, Biblioteka Narodowa, Wrocław, s. 311.

（70）Adam Mickiewicz, *Konrad Wallenrod powieść historyczna z dziejów litewskich i pruskich*, Biblioteka Narodowa, Wrocław, s. 57.

（71）ポドレ生まれ。ルヴフで学び、同地でポルと知り合う。1847年にはパリに渡り、同地でミツキェヴィチ、スウォヴァツキ、ショパンと知り合う。翌年ルヴフに戻り、農場主として暮らし、ウィーンの国会に代議士として選出されたこともあった。主な作品に『マラトン』（1845年）、『エレミアの嘆き』（1847年）。

（72）タルヌフ出身のシュラフタ。十一月蜂起ではオストロウェンカの戦いに参加する。その後フランスに亡命してフリーメーソン組織の民族統一同盟に参加。有能な砲兵士官としてチャルトリスキ派の対外工作活動に従事する。

（73）父はオルガン奏者で指揮者、姉妹はオペラ歌手という音楽一家に育つ。1854年に父の後を継いでポズナンの教会のオルガン奏者となる。1870年よりポズナンのポーランド劇場（Teatr Polski）の音楽監督をつとめる。

（74）Pobereże.

（75）Wincenty Pol, *Pieśń o ziemi naszej*, Klasyka Mniej znana, Kraków, 2002, s. 18-19.

（76）同上 s. 26-27.

（77）ルヴフ生まれの詩人。愛国的な叙情詩や宗教哲学的な作品を残した。人生の意義についての考察、懐疑が主題になっているものが多い。作品は死後になってはじめて出版された。

（78）ルヴフ生まれの詩人。ルネサンス期の詩人。アルメニアの血を引く。マグナートのヤン・ザモイスキとともにザモイスキ・アカデミーを組織する。1614年にザモシチで出版された牧歌が最も有名。

（79）ルヴフ生まれのバロック期の詩人。

（80）Jacek Kolbuszewski, *Kresy*, 1996, Wrcoław, s. 39.

（51）チェスワフ・ミウォシュ著『ポーランド文学史』未知谷、2006年、413頁。

（52）ポーランド語名 Barwinek, ラテン語名 Vinca.

（53）ポーランド語名 Lubiśnik, ラテン語名 Levisticum officinale.

（54）ポーランド語名 Dziewanna, ラテン語名 Verbascum.

（55）Józef Bohdan Zaleski, *Wybór poezyj*, Biblioteka Narodowa, Wrocław, 1985, s. 343-345.

（56）工藤精一郎訳『戦争と平和（四）』新潮文庫、2006年、141頁。

（57）ウクライナ・コサックの裕福な家庭に生まれ、ワルシャワのイエズス会のコレギウムで学んだ後、ポーランド国王に仕えた。1663年にウクライナに戻り、1687年にヘトマンに選出。北方戦争が始まると、マゼパは右岸ウクライナを含めたウクライナ国家の再建とロシアからの自立を模索し、ポーランド王とスウェーデン王と同盟した。これに対し、ピョートル大帝はマゼパの居所を襲い、ザポロージェ・コサックの本拠地も破壊した。1709年にマゼパとスウェーデン王の同盟軍のロシア軍がポウタヴァで会戦し、マゼパは敗北。オスマン帝国に逃亡し、ベッサラビアのベンデリで没。

（58）木村彰一訳『イーゴリ遠征物語』岩波文庫、1983年、14頁、21頁。

（59）Józef Bohdan Zaleski, *Wybór poezyj*, Biblioteka Narodowa, Wrocław, 1985, s. 184-187.

（60）同上 s. 107-108.

（61）ミュンヘンとクラクフで絵を学ぶ。伝説や御伽噺を題材にした作品や、肖像画、風景画を描いており、後期の作品は印象派の影響を受けている。スウォヴァツキの『アンヘリ』からインスピレーションを得た作品も描いている。

（62）スキタイ人の土地に最初に生まれたのは、ゼウスとドニエプル川の神の娘との間に生まれたタルギタオスという名の男であった。三人の子を残してタルギタオスが亡くなると、天から黄金製の器物（鋤、くびき、戦斧、盃）がスキタイの地に落ちてきた。長兄と次兄が近づくと黄金が燃え、最後に末弟のコラクサイスが近づくと火は消えて家へ持って帰ることが出来た。そこで二人の兄も末弟に王権を譲ることに同意した。この黄金の器物は歴代の王が大切に保管し、毎年生贄を捧げて神のごとく敬った。（黒川祐次著『物語　ウクライナの歴史　ヨーロッパ最後の大国』中公新書、2002年、4-5頁より）

（63）Józef Bohdan Zaleski, *Wybór poezyj*, Biblioteka Narodowa, Wrocław, 1985, s. 296.

（64）Adam Mickiewicz, *Konrad Wallenrod powieść historyczna z dziejów litewskich i pruskich*, Biblioteka Narodowa, Wrocław, s. 56.

以後亡くなるまでチューリッヒで過ごした。

(33) 詩人、文化活動家。『ポーランドの子供の問答集』(1900年) はポーランドの児童たちの愛国心を形成する内容となっている。

(34) Seweryn Goszczyński, *Zamek Kaniowski*, klasyka mniej znana, Kraków, 2002, s. 91.

(35) ポーランド最後の王。在位1764-95年。

(36) Seweryn Goszczyński, *Zamek Kaniowski*, klasyka mniej znana, Kraków, 2002, s. 6-7.

(37) 同上 s. 7.

(38) チェスワフ・ミウォシュ著『ポーランド文学史』未知谷、2006年、414頁。

(39) Seweryn Goszczyński, *Zamek Kaniowski*, klasyka mniej znana, Kraków, 2002, s. 8.

(40) ポーランド語名 lipa, ラテン語名 Tilia.

(41) リュート型のウクライナの撥弦楽器でチェンバロに似た音色。1441年のポーランドの年代記に、ジグムント三世がタラシュコという名のウクライナ出身のバンドゥーラ奏者を側においていたという記述がでてくる。トルコ風にコブザ (kobza) とも呼ばれた。現在では30弦、それ以上の弦をもつが、歴史的には10弦足らずのものから様々な変形があった。

(42) Seweryn Goszczyński, *Zamek Kaniowski*, klasyka mniej znana, Kraków, 2002, s. 15.

(43) 同上 s. 44.

(44) 同上 s. 46.

(45) 同上 s. 70.

(46) 長谷川端監修『太平記　巻第二十一〜第三十』新編日本古典文学全集56、小学館、1997年。

(47) Seweryn Goszczyński, *Zamek Kaniowski*, klasyka mniej znana, Kraków, 2002, s. 15-16.

(48) 三好達治選『萩原朔太郎詩集』岩波文庫、2007年、438-439頁。

(49)「風の文化誌」の会編 (梅花女子大学日本文化創造学科)『風の文化誌』和泉書院、2006年、117-118頁。

(50) 詩人、文芸評論家であるとともにワルシャワ大学の教授をつとめた。ポーランド南部マウォポルスカの村クルルフカ (Królówka) に生まれる。ドイツ語、ドイツ哲学に精通。1809-13年にはワルシャワ公国軍の陸軍中尉として任務についていた。十一月蜂起後も亡命せず、生涯ワルシャワで過ごした。1818年に『古典的性格とロマン的性格について、またポーランド詩の精神について』と題した長大な論文を発表。主な作品に牧歌『ヴィエスワフ』(1820年)。

Kraków, s. 5.
(17) 同上 s. 4.
(18) 同上 s. 24.
(19) 同上 s. 41.
(20) 高橋順子著『風の名前』小学館、2002年、174頁。
(21) 同上、165頁。
(22) 谷川健一著『日本の神々』岩波新書、2005年、2-3頁。
(23) 昔、平泉寺にいた東尋坊という名の怪力の悪僧が同僚に殺され、その怨霊の祟りの風だとして人々は恐れをなし、断崖と風を彼の名で呼ぶようになった。高橋順子著『風の名前』小学館、21頁。
(24)『定本　柳田國男集　第20巻』筑摩書房、1962年。
(25) Antoni Malczewski, *Marja powieść ukraińska*, Biblioteka Narodowa nr46, Kraków, s. 24.
(26) 同上。
(27)「若きポーランド」時代の代表画家。クラクフ美術学校でマテイコ等のもとで学び、パリ留学後、再びマテイコに師事。当初は農村を舞台にした風俗画を描いていたが、1880年代初めからスウォヴァツキやグロットゲルの作品にインスピレーションを得て、一月蜂起後の受難をテーマにした写実的な作品を発表した(《流刑者たちの聖夜》(1892年)、《鉱山の日曜日》(1882年))。スウォヴァツキの『アンヘリ』(1838年)からインスピレーションを得て、「エレナイの死」の連作を描く。1890年代から象徴主義の作品を描き、《憂鬱》(1894年)、《悪循環》(1895-97年)はその金字塔的な作品である。ミューズ、ヒメラ、メデゥーサ、人魚、ルサウカ(水の精)などが頻繁に登場する。
(28) Antoni Malczewski, *Marja powieść ukraińska*, Biblioteka Narodowa nr46, Kraków, s. 13-14.
(29) 同上 s. 37.
(30) 同上 s. 53.
(31) ミツキェヴィチとともにポーランド人気質を最も純粋に体現したと評される喜劇作家。ルヴフ南部の富裕な家の出身。ワルシャワ公国の親ナポレオン軍に加わり、帝政没落までナポレオンに仕えた。ロシアでは捕虜となり、フランスでは参謀幕僚の伝令として働いた。欧州のほぼ全土を馬で歴訪し、そうした経験をもとに約30篇の喜劇を残した。主な作品に『淑女と軽騎兵』(1826年)、『乙女の誓い』(1827年)、『復讐』(1833年)。
(32) 哲学者であり、カリスマ的な宗教指導者。リトアニアに生まれ、ヴィルノ大学で法律を学ぶ。1840年にパリ亡命。キリストに倣う必然性を説き、パリに亡命していたミツキェヴィチ、スウォヴァツキらポーランド知識人から熱狂的に支持された。1842年にスパイ容疑がかかりフランスを離れ、

(5) 父はポーランド分割時期の保守派であるタルゴヴィツァ派の将軍ヤン・マルチェフスキ（Jan Malczewski）。母はコンスタンツィア・ブウェシンスカ（Konstancja Błeszyńska）。

(6) プリピャチ川とブク川の間に位置するウクライナ西部の地域。

(7) 1800年に母が他界。その後遠縁の未亡人ユリアンナ・スキビツカ（Julianna Sukibicka）のもとで育てられる。1803年に同家族とともにクシェミエニエツに引越し、しばらくの間は個人教授で学んでいた。マルチェフスキの父は1808年に他界。

(8) 歴史家、教育活動家、法律家。1800年にワルシャワに学友協会（Towarzystwo Przyjaciół Nauk）を共同設立し、1805年にクシェミエニエツ中等学校を設立。国内経済に関する調査を行い、商工業の発展およびユダヤ人に対する権利制約を廃止することを目指した。

(9) クシェミエニエツはヴォインの都市でイクファ川のすぐ近くに位置する。スウォヴァツキの生まれ故郷。チャツキによって1805年に設立された中等学校の革新的な授業はチャツキ及びポーランド分割時期の改革運動に活躍したヒューゴ・コウォンタイ（Hugo Kołłątaj1750-1812）との緊密な協力により行われ、それは中等教育の模範となった。チャツキの尽力により、同学校はクレスィにおけるポーランド文化の最も重要な施設の一つとなる。マルチェフスキの他、スウォヴァツキ、劇作家のユゼフ・コジェニョフスキ（Józef Korzeniowski 1797-1863）らを輩出している。

(10) 詩人、小説家、翻訳家、回想記作者。1791年に書き上げた喜劇『代議士の帰還』（Powrót posła）は改革派のために書き上げた一種の政治的パンフレットで、大きな政治的効果を発揮した。1794年にポーランド最初の独立蜂起を指導したタデウシュ・コシチューシュコ（Tadeusz Kościuszko 1746-1817）の副官となり、マチェヨヴィツェの戦いでコシチューシュコがロシア軍の捕虜になった際には、ともに捕虜としてロシアへ送られペトロパヴロフスク要塞の独房で二年間を過ごした。解放後はコシチューシュコとともに米国へ渡り、11年間にわたり米国で過ごす。1807年に帰国し、ポーランド文壇の指導者的存在となり、1816年にはポーランド史上の優れた君主や指導者について綴った『歴史歌集』（Śpiewy historyczne）を出版した。

(11) Stanisław Szczęsny Potocki 1753-1803.

(12) Gertruda Komorowska 1754-71.

(13) Antoni Malczewski, *Marja powieść ukraińska*, Biblioteka Narodowa nr46, Kraków, s. 83.

(14) 同上 s. 39.

(15) 松下裕訳『チェーホフ小説集』水声社、214-215頁。

(16) Antoni Malczewski, *Marja powieść ukraińska*, Biblioteka Narodowa nr46,

（125）同上 s. 67.
（126）Niemen. ベラルーシに発し、リトアニア、カリーニングラードを流れ、バルト海の一部であるクルシュ海に注ぐ。全長937km。ミツキェヴィチは『パン・タデウシュ』の冒頭部分において、チェンストホヴァの聖母に捧げる祈りの中で次のように述べている。

その同じ奇蹟により必ずやわれらを祖国の胸へ返し賜わん
今はせめてわが憧れの魂を連れ去り賜え
空色のニエメン川の岸に跨る
あれら森繁き丘、あれら緑の牧場
あれらとりどりの穀物に彩られた畑へと。

（工藤幸雄訳『パン・タデウシュ』講談社文芸文庫　上、1999年、18頁）
（127）大岡昇平編『中原中也詩集』岩波文庫、80-81頁。
（128）松下裕訳『チェーホフ小説集』水声社、191頁。
（129）同上192頁。
（130）同上176頁。
（131）作家、文学・演劇批評家、仏文学翻訳家。
（132）Urszula Kozakowska-Zaucha, *Jan Stanisławski*, Kraków, 2006, s. 14.
（133）久保田正文編『正岡子規集』明治文学全集53、筑摩書房、昭和50年。

第3章

（1）文芸批評家、作家。ロマン派の文芸批評家の中でモフナツキと並び最も優れ、強い影響力をもった人物。ヴォインで生まれる。ウクライナ中央部のフマイン（Humań）の学校で学んでいた頃にザレスキ、ゴシチンスキと親交を結ぶ。主な著作に、『ポーランド文学に関する考察』（1825年）等。
（2）文芸批評家、政治ジャーナリスト。主な著作に『十九世紀のポーランド文学について』（1830年）、『1830-31年のポーランド民族の蜂起』（1834年）等。
（3）リトアニア生まれ。ヴィルノの大学を経てパリに留学。第二次大戦中はワルシャワで地下出版活動に参加した。戦後は駐米、駐仏大使館の文化アタッシェを務め、1951年パリで亡命、1958年に渡米し、カリフォルニア大学バークレイ校において、20年近くにわたってポーランド文学を講じた。『囚われの魂』（1953年）によって国際的名声を得た。1980年にノーベル文学賞受賞。詩集のほか、自伝風小説『イサの谷』（1955年）、評論『サンフランシスコ湾の眺め』（1969年）等。晩年にポーランドに戻り、2004年にクラクフで亡くなる。人生の半分以上をポーランドの外で過ごしてきたにもかかわらず、コンラッドとは対照的にあくまでポーランド語で作品を書き続けた。
（4）チェスワフ・ミウォシュ著『ポーランド文学史』未知谷、2006年、412頁。

画教室で学ぶ。その後クラクフに進学し、「若きポーランド」時代の代表作家スタニスワフ・プシビシェフスキ（Stanisław Przybyszewski 1868-1927）と出会い、刺激されて小説を発表する。1904年に結婚した妻アニエラ・ザヴァツカ（Aniela Zawadzka 1877-1948）と散文作家、劇作家であるステファン・ジェロムスキ（Stefan Żeromski 1864-1925）の妻が姉妹で、両夫妻はともにワルシャワに住んでいた時期がある。1896年より雑誌に芸術評論を発表し、若い芸術家を援助した。

（107）Wiesław Juszczak, *Malarstwo polskiego modernizmu*, Gdańsk, 2004, s. 376.

（108）同上 s. 375.

（109）Ikwa. 全長155km、スティル（Styr）川の支流。スウォヴァツキの故郷クシェミエニエツ（Krzemieniec）の近くを流れ、スウォヴァツキはこの川を「我がイクファ」と呼び、強い思い入れを抱いていた。

（110）*Juliusz Słowacki: Dzieła I Liryki i inne wiersze*, Towarzystwo Literackie im. A. Mickiewicza, Wrocław, s. 138.

（111）文芸・演劇評論家、劇作家。

（112）Wiesław Juszczak, *Malarstwo polskiego modernizmu*, Gdańsk, 2004, s. 385.

（113）ポーランド語名 bodiak, ラテン語名 Carduus.

（114）松下裕訳『チェーホフ小説集』水声社、2004年、185頁。

（115）同上176頁。

（116）ルヴフ生まれ。クラクフ美術アカデミーにて、ヴィチュウコフスキ、ヴィスピアンスキらのもとで学ぶ。その後、ウィーン、ミュンヘン、ドレスデン、フィレンツェ、パリに留学。初期の頃はスタニスワフスキの風景画に大きな影響を受ける。ジャポニズムからも大きな影響を受け、ヴィチュウコフスキを浮世絵風に描いた作品等がある。

（117）松下裕訳『チェーホフ小説集』水声社、213頁。

（118）ポーランド語名 słonecznik, ラテン語名 Helianthus.

（119）ドイツのギムナジウムを卒業後、ライプツィヒとヴロツワフで哲学と文献学を学ぶ。政治活動のために獄中生活を送る。初期にはポーランドの農村生活を主題とした自然主義の作品を発表するが、1891年以降は「若きポーランド」時代の特徴が強くなる。宗教的モチーフも取り上げており、またタトリに心酔し、自由な時間のほとんどをザコパネで過ごした。

（120）Urszula Kozakowska-Zaucha, *Jan Stanisławski, Kraków*, 2006, s. 43.

（121）http://pl.wikisource.org/wiki/Ballada_o_s%C5%82oneczniku

（122）V. E. フランクル著、霜山徳爾訳『夜と霧』みすず書房、1995年、127頁。

（123）米原万里著『オリガ・モリソヴナの反語法』集英社文庫、2005年、266頁。

（124）Urszula Kozakowska-Zaucha, *Jan Stanisławski*, Kraków, 2006, s. 65.

(91) Juliusz Słowacki, *Beniowski*, Biblioteka Narodowa, Wrocław, 1985, s. 352-353.

(92)『日本書紀　上』日本古典文学大系67、岩波書店、1982年、137頁。

(93) 久松潜一著『万葉秀歌（一）』講談社学術文庫、2009年、289頁。

(94)『日本書紀　上』日本古典文学大系67、岩波書店、1982年、568頁。

(95) Młoda Polska. 1890年から1918年までのポーランド文学・芸術史上の名称で、主にクラクフを中心に発展した。この名は1898年にクラクフの小雑誌『生』に掲載されたアルトゥル・グルスキの記事の標題に由来する。

(96) 17世紀前半、ウクライナ・コサックはポーランド政府に対して、登録コサックの数の増大を求める要求を続けていたが、非登録コサックの不満が増大し、コサックとポーランド政府は各地でこぜりあいを続けていた。各地で登録コサックの領地の没収や略奪事件が続発していた中、領地をポーランド貴族に襲われたボフダン・フミエルニツキはポーランドに対する反乱決起をコサックに呼びかけ、またクリミア・ハン国の汗にもポーランドに対する共同闘争を呼びかけ、1648年、ザポロージェの本営に8000名のコサックと4000名のタタール軍が終結し、コルスンでポーランド軍と衝突して勝利した。

(97) 人類学者、ヤギェロン大学教授。

(98) Stefania Krzysztofowicz-Kozakowska, *Jan Stanisławski i jego uczniowie*, Kraków, s. 8.

(99) ポーランドのモデルニズムの発展に大きな影響を与えた文芸誌『生』や『ヒメラ』の編集を手がける。

(100) Wiesław Juszczak, *Malarstwo polskiego modernizmu*, Gdańsk, 2004, s. 378.

(101) 画家、美術史研究者。1839-48年にクラクフ美術学校の前身で学びその後パリに留学。1877年にクラクフ美術学校の教授となり、1893-95年に学長を務める。1884-1900年にはクラクフ国立美術館館長。作品は歴史画、宗教画、肖像画を多く描いている。

(102) リールアカデミー及びパリの芸術アカデミーで学ぶ。肖像画家として有名。

(103) ゲルソンのワルシャワ絵画教室、クラクフ美術アカデミーを経て、ミュンヘン、パリに留学し、クラクフに戻りスタニスワフスキのもとで学ぶ。風景画を主に描く。

(104) スタニスワフスキのアトリエを経て、1907年にパリに渡り、キュビズムの影響を受ける。《小さなジョコンダ》（Mała Gioconda. 1920年）など子供をテーマにした作品が多い。

(105) Wiesław Juszczak, *Malarstwo polskiego modernizmu*, Gdańsk, 2004, s. 382-383.

(106) 作家、芸術評論家。ワルシャワのギムナジウム卒業後、ゲルソンの絵

（66）ポジティヴィズム期の詩人、エッセイスト、ワルシャワの歴史研究家。
（67）Wiesław Juszczak, *Malarstwo polskiego modernizmu*, Gdańsk, 2004 s. 360.
（68）ポーランドのモデルニズム期の画家。主にフランスで活動。1908-10年にワルシャワ美術学校の教授をつとめる。ジャポニズムの影響を受けたと思われる《髪を梳く女》（Czesząca się kobieta. 1897年）などが代表作。
（69）Maciej Masłowski, *Malarski żywot Józefa Chełmońskiego*, Warszawa, 1965, s. 232.
（70）Wiesław Juszczak, *Malarstwo polskiego modernizmu*, Gdańsk, 2004, s. 361.
（71）Maciej Masłowski, *Malarski żywot Józefa Chełmońskiego*, Warszawa, 1965, s. 214-215.
（72）*Z dziejów polskiej krytyki i teorii sztuki TomII*, Warszawa, 1961, s. 281.
（73）同上 s. 349.
（74）同上 s. 347.
（75）同上 s. 348.
（76）ポーランド語名 chaber, ラテン語名 Centaurea.
（77）ポーランド語名 stokrotka, ラテン語名 Bellis.
（78）Maciej Masłowski, *Malarski żywot Józefa Chełmońskiego*, Warszawa, 1965, s. 304-308.
（79）美術蒐集家、芸術批評家。浮世絵をはじめとする膨大な日本美術のコレクションが有名。ヤシェンスキはヘウモンスキについて、「ポーランドの最も偉大なる画家の一人は、風景画家であり、写実主義者であり、詩人であるヘウモンスキだ」と評し、特に、シベリア流刑となったポーランド人を象徴しているとも考えられている、雪原のうずらの群れを描いた《うずら》（Kuropatwy na śniegu. 1891年, 123×199cm, ワルシャワ国立美術館）を絶賛した。
（80）Częstchowa. ポーランド南部に位置し、ポーランド・カトリック文化の聖地。ヤスナ・グーラ修道院に14世紀の作といわれるイコン「黒い聖母」がある。
（81）Wiesław Juszczak, *Malarstwo polskiego modernizmu*, Gdańsk, 2004, s. 364.
（82）Wincenty Pol, *Pieśń o ziemi naszej*, Klasyka mniej znana, Kraków, 2002, s. 28.
（83）松下裕訳『チェーホフ小説集』水声社、2004年、175頁。
（84）同上176頁。
（85）同上184頁。
（86）同上191頁。
（87）同上212頁。
（88）ポーランド語名 szarańcza, ラテン語名 Locusta migratoria.
（89）ポーランド語名 niezapominajka, ラテン語名 Myosotis.
（90）ポーランド語名 szyszaki, ラテン語名 Musophagiformes.

同様に、ポーランドの地を離れていながらも、ポーランドの自然風景、一月蜂起、及び18世紀ポーランドの狩風景などを中心に描き、絵画を学び始めてからわずか9年という短い活動期間にも関わらず、ヘウモンスキ、ヴィトキェヴィチをはじめポーランド人画家に与えた影響力の大きさは計り知れない。

(54) 第二幕、第六場。

(55) 第四幕、第六場。

(56) 錦三郎著『飛行蜘蛛』笠間書院、2005年、99頁。

(57) Kazimierz Petrusewicz 1906-82. 生物学者、ヴィルノのステファン・バトリ大学卒。1940年よりワルシャワ大学教授。

(58) 肖像画を主に描き、ビスマルクやワーグナーの肖像画が有名。芸術の愛護者でもあり、ミュンヘンの邸宅がレンバッハ美術館として開放されている。

(59) *Z dziejów polskiej krytyki i teorii sztuki tomII*, Warszawa, 1961, s. 344.

(60) 詩人、批評家、翻訳家。

(61) Ewa Maria-Broniarek, *Józef Chełmoński*, Wrocław, 2001, s. 41.

(62) フランスで生まれ、パリのバティニョル・ポーランド人学校で初等教育を受ける。早くから彫刻と文筆に才能を発揮。1857年にパリ官展でデビュー。サンクトペテルブルク美術アカデミー教授をつとめる。1876年にワルシャワへ戻り、ポーランド系ユダヤ人の富豪一族の娘マティルダ・ナタンソンと結婚し、二人でワルシャワ有数の文化人サロンを形成する。その後パリに定住。作品は、ワルシャワのミツキェヴィチ像、ルヴフの教会にあるグロットゲル像のほか欧州各地に存在。ココ・シャネルの親友で、ルノアール、ロートレック、ジャン・コクトーなど、当時の様々な芸術家のインスピレーションの源泉となったミシャ・セール（Misia Sert 1872-1950）は娘。

(63) 1876年までクラクフを中心として国内で演じていたが、その後米国に渡り1883年に米国籍取得。ポーランドで初めてシェイクスピアを英語で演じた女優。シェイクスピアの他、スウォヴァツキやイプセンの戯曲も演じる。サロンには美術、文学界をはじめ文化人が数多く集っていた。ヘウモンスキの長女ヤドヴィガの洗礼にザレスキとともに立ち会っている。

(64) Ewa Maria-Broniarek, *Józef Chełmoński*, Wrocław, 2001, s. 44.

(65) 画家：テオドル・アクセントヴィチ（Teodor Axentowicz 1859-1938）、アンナ・ブリンスカ（Anna Blińska 1857-93）、ヴォイチェフ・コサック（Wojciech Kossak 1857-1942）、テオフィル・クフィアトコフスキ（Teofil Kwiatkowski 1809-91）、スタニスワフ・レンツ（Stanisław Lentz 1861-1920） 詩人：その他：ヴワディスワフ・ミツキェヴィチ（Władysław Mickiewicz 1838-1926. ミツキェヴィチの長男）など。

の後、秘密結社との結びつきを問われてロシアでの生活を強いられる。このロシア時代のクリミア旅行から生まれた『クリミアのソネット』は、典型的なロマン主義の作品。十一月蜂起後、パリに本拠を置いてポーランド革命の夢を追い求めた。『ポーランド民族とポーランド巡礼者の書』(1832年)ではメシアニズムを説き、『パン・タデウシュ』(1834年)では、リトアニアで過ごした少年時代の記憶を美しい大抒情詩の形にした。1855年、クリミア戦争の際にコンスタンティノープルに赴き、ポーランド軍の結成を目指すが、コレラのために亡くなる。

(40) 美術史家、ポズナンのアダム・ミツキェヴィチ大学卒。1975-90年にポズナン国立美術館勤務。

(41) 一月蜂起参加者。蜂起敗北後、亡命するが1870年にクラクフに戻る。初期の作品はロマン主義が強かったが、後期の作品ではポジティヴィズム的になる。

(42) 一月蜂起参加者。ポーランド文学における自然主義の代表者。作品には農民問題が頻繁に登場する。動物と自然をテーマにした著作に対する評価が高い。代表作は『生の祝祭』(1902年)。

(43) Tadeusz Matuszczak, *Józef Chełmoński*, Kraków, 2003, s. 16, 17.

(44) ユゼフ・ラパツキ(Józef Rapacki 1871-1920. ゲルソンの絵画教室で学んだ後クラクフ美術アカデミーで学ぶ。その後ミュンヘンに留学。グラフィック的な写実の風景画を主に描く)、ユゼフ・メホフェル(Józef Mehoffer 1869-1946.「若きポーランド」時代の代表的画家。ウィーン分離派や中世フランスのステンドグラスに大きな影響を受けている)が最初の師であり、隣人であったヘウモンスキと親しく、様々な助言を得る。1908年よりワルシャワで活動。

(45) Sławomir Gowin, *Józef Chełmoński*, Warszawa, 2006, s. 74.

(46) *Adam Mickiewicz. Wybór poezji. Tom II*, Biblioteka Narodowa, 1986, s. 80.

(47) ポーランド語名 nietoperz, ラテン語名 Chiroptera.

(48) ポーランド語名 lelek, ラテン語名 Caprimulgus europaeus.

(49) ポーランド語名 derkacz, ラテン語名 Crex crex.

(50) ポーランド語名 bąk, ラテン語名 Botaurus サギ科。湿原に棲息し、枯れたヨシで巣をつくる。大型で夜行性。繁殖期に雄は「ブーウブーウ」と鳴く。

(51) ポーランド語名 chrabąszcz, ラテン語名 Melolontha.

(52) *Z dziejów polskiej krytyki i teorii sztuki tomII*, Warszawa, 1961, s. 344.

(53) 一月蜂起でのパルチザン戦を経て、その後ワルシャワ絵画教室で学び、1867年にミュンヘン美術アカデミーに留学する。ミュンヘンでは瞬時に高い評価を受け、1870年にはアトリエを構えてさらなる成功をおさめていくが、肺結核のため1874年にバイエルンの地で亡くなる。ブラントと比較して、民族の伝統や民族意識を育むことに対して、自由があったクラクフの雰囲気が大きな影響を及ぼしている。

（28）Ewa Micke-Broniarek: *Józef Chełmoński* , Wrocław, 2001, s. 5.

（29）ポドレ生まれ。ルヴフ、クラクフ、ウィーンで絵を学ぶ。1861年にワルシャワで起こった一連の民衆のデモ行動に対する虐殺、及び一月蜂起（1863-64年）をテーマにした素描連作《ワルシャワⅠ》（Warszawa I. 1861年）、《ワルシャワⅡ》（Warszawa II. 1862年）、《ポロニア》（Polonia. 1863年）、《リトアニア》（Lituania. 1864-66年）、《戦争》（Wojna. 1866-67年）がポーランド人の愛国心を高揚させた。シベリアを扱った作品は、次世代の画家たちに大きな影響を与えている。結核のためピレネー山中の療養所にて夭逝。

（30）*Z dziejów polskiej krytyki i teorii sztuki tomII*, Warszawa, 1961, s. 344.

（31）作家、美術批評家。

（32）Tadeusz Matuszczak *Józef Chełmoński* , Kraków, 2003, s. 7.

（33）Kuklówka. ワルシャワから南西に約35km の村。パリから帰国したヘウモンスキは同地に小館をかまえて余生を送る。

（34）ワルシャワ美術学校で学んだ後、1853-55年にサンクトペテルブルク美術アカデミー、1856-58年にパリのレオン・コニェのアトリエで学ぶ。1858年にワルシャワに戻り、以後同地に定住する。ポーランド写実主義の第一人者であり、1872-96年にワルシャワ絵画教室の教授をつとめる。作品にはタトリ山脈を中心にした風景画、歴史画、風俗画、宗教画、肖像画が多い。

（35）ワルシャワ絵画教室で学んだ後、ミュンヘンに留学し、その後クラクフ美術学校にてマテイコに師事する。1885-86年に英国及び仏の雑誌のイラスト特派員としてブルガリアに滞在し、ブルガリア・セルビア戦争を報じる。1900年よりワルシャワに定住。主に風俗画、肖像画、一月蜂起を主題にした作品をはじめとする歴史画を描いた。シェンキェヴィチ作品やミツキェヴィチの『パン・タデウシュ』の挿絵も描いている。ヘウモンスキが亡くなった1914年4月にワルシャワ新聞（Gazeta Warszawy）にヘウモンスキ追悼の回想記を発表した。

（36）Tadeusz Matuszczak, *Józef Chełmoński*, Kraków, 1996, s. 12.

（37）ワルシャワ大学卒。ワルシャワ国立美術館勤務。19世紀後半のポーランド美術を専門とする。

（38）ポーランド語名 żuraw, ラテン語名 Grus Grus. ユーラシア大陸の北部からモンゴル、トルコの広い範囲で繁殖する鶴であり、主に森の湿地に生息し、秋に北アフリカ、アフリカ北東部、ヨーロッパ南部に渡り越冬する。

（39）ポーランドの三大詩聖の頂点であり、ポーランド愛国主義の象徴的存在である詩人。ポーランド人貴族の子としてリトアニアに生まれ、ヴィルノ（Wilno）の大学に進む。1824年に戯曲形式の『父祖の祭』を発表。そチャッカに流され、その後舟で日本に逃れてフランスに渡り、マダガスカルの島民を率いてフランスと戦った実在のベニョフスキを主人公としている長詩。だが内容は、様々なイメージがウクライナを舞台に散りばめられ、逸脱脱線が多く、スウォヴァツキ自身の思索が度々登場する。

（22）Juliusz Słowacki 1809-49. ポーランドの三大詩聖の一人。ウクライナのクシェミエニエツ生まれ。十一月蜂起壊滅とともにパリに亡命。その後、スイス、イタリアに滞在し、ギリシア、エジプト、パレスティナを旅した。1838年以降はパリに定住。作品は想像力に富み、抒情性とアイロニー、パロディに満ちている。民族受難の叙事詩『アンヘリ』（1838年）、詩人としての成功をもたらした叙事詩『ベニョフスキ』（1841年）、神秘思想に裏打ちされた『精霊王』（1845-48年）などが代表作。

（23）http://pinakoteka.zascianek.pl/Links.htm

（24）ワルシャワ絵画教室で学ぶ。ワルシャワに定住するが、1875-86年に毎年ウクライナへ赴き、コサックの民俗に魅せられる。ウクライナ及びマゾフシェの風景画を多く残している。

（25）クラクフの東イゴウォミアに生まれる。一月蜂起に参加し、重症を負い左足の膝から下を切断。1865-66年ワルシャワ絵画教室で学び、蜂起参加中に知り合ったマクシミリアン・ギエリムスキと再会。1870-74年にミュンヘンに留学し、ヘウモンスキ、ヴィトキェヴィチと親交を結ぶ。マクシミリアン・ギエリムスキは1874年にフミエロフスキに抱かれて結核で亡くなる。1879年にはヴィチュウコフスキとルヴフで共同生活を送り、代表作の《視よ、この人なり》（Ecce Homo）の創作に取り掛かる。ミュンヘン時代の作品は想像性の豊かさと静謐な画面が特徴。1874年以降は宗教画、風俗画、肖像画を主に描いている。歴史画には反対の姿勢をとっていたが、蜂起に関する作品は描き、ギエリムスキにも蜂起を描くことを勧めている。1888年以降は主に社会奉仕活動の資金を得るために宗教画を描き、それらの作品にはサインがない。デッサン力は弱いが、非凡な色彩的才能をもつと評されている。その後、アッシジの聖フランチェスコに感銘し、第三修道会に入会。1887年に名前をアルベルト修道士に改め、救護活動に専念する。1983年に列福、1989年に列聖。

（26）Zawale. ポドレの村、ズブルチ（Zbrucz）川沿い。

（27）祖国の歴史上の大事件や戦闘をテーマにした大画面の写実的な歴史画や、肖像画を多数残す。ポーランド人の歴史観を形作った画家といわれる。1873年よりクラクフ美術学校校長。主な作品に《スカルガの説教》（Kazanie Skargi. 1864年）、《グルンヴァルトの合戦》（Bitwa pod Grunwaldem. 1878年）等。クラクフ生まれだが、画風の根底には、クラクフという街の影響が大きい。クラクフには、王宮や代々の王が眠る大聖堂がある民族の聖域ヴァヴェル（Wawel）が存在しており、また、ロシア領、プロイセン領と

（4） Tadeusz Matuszczak, *Józef Chełmoński*, Kraków, 1996, s. 12.
（5） ポーランド語名 oczeret, ラテン語名 Schoenoplectus カヤツリグサ科。
（6） ポーランド語名 czajka, ラテン語名 Vanellus vanellus チドリ科。
（7） 現在のリトアニア西部。ヴィトキエヴィチの生まれた地域。
（8） Maciej Masłowski, *Malarski żywot Józefa Chełmońskiego*, Warszawa, 1965, s. 90.
（9） ポーランド語名 dąb, ラテン語名 Quercus.
（10） ポーランド語名 wiklina, ラテン語名 Salix purpurea.
（11） ポーランド語名 kaczeniec, ラテン語名 Caltha キンポウゲ科。
（12） ポーランド語名 bukszpan, ラテン語名 Buxus.
（13） ポーランド語名 konwalia, ラテン語名 Convallaria.
（14） ポーランド語名 cyprys, ラテン語名 Cupressus.
（15） Maciej Masłowski, *Malarski żywot Józefa Chełmońskiego*, Warszawa, 1965, s. 89-90.
（16） クラクフ近郊で生まれるが、その後まもなく両親の故郷であるルヴフに移る。ルヴフ大学では法学を学ぶ。1855-60年にパリに滞在し独学で絵を学ぶ。1868年にミュンヘンに渡り、ユゼフ・ブラント、マクシミリアン・ギエリムスキらとともに活動する。ヴィンツェンティ・ポルやシェンキェヴィチ作品の挿絵も数多く描いている。
（17） 1815年よりウィーン美術アカデミーで学ぶ。1825年にルヴフ帰郷後、絵画を教える。教え子にコサックの他、アルトゥル・グロットゲル、ヘンリク・ロダコフスキ等。肖像画、歴史画、風俗画を主に描いた。
（18） パリでレオン・コニエのアトリエ等で学んだ後、1862年からミュンヘンに留学し、同地に拠点を置いて芸術活動を展開する。1875年からは主にポーランド人の青年画家を対象に絵画学校を開き、ミュンヘンのポーランド芸術家コロニーの主導的な役割を果たすことになる。作品は17世紀のポーランドとスウェーデンの戦いの場をもとにした戦闘風景画、コサック兵、17世紀後半にウィーン郊外での対トルコ戦の勝者として有名なポーランド王ヤン・ソビエスキ等を描いた歴史画が中心。
（19） ポーランド東部の中流地主の家に生まれる。ワルシャワで法律と医学を学び、早くから社会時評を書く。1876年から3年間米国に滞在し、その批判的な印象記『アメリカからの手紙』を発表した。帰国後歴史小説を書き、三部作『火と剣』（1884年）、『大洪水』（1886年）、『パン・ヴォウォディヨフスキ』（1887-88年）を発表。さらに『クオ・ヴァディス』（1896年）、『十字架の騎士たち』（1900年）を発表し、1905年にノーベル文学賞を受賞。
（20） セヴェリン・ゴシチンスキ、ボフダン・ザレスキについては第Ⅲ章において詳述するが、両者ともウクライナに生まれた詩人で、アントニ・マルチェフスキを加えて「ウクライナ派」と呼ばれる。
（21） *Beniowski*（1841年）。ウクライナでの対ロシア戦線に参加して、カムな保護政策をとり、ルネサンスや宗教改革思想の影響の下にポーランド文化の第一期黄金時代を実現した。

(6) 小山哲著「サルマチア——《ヨーロッパ回帰》と《ヨーロッパ化》のあいだ」(フォーラム・ポーランド2005年度会議資料)、『東欧を知る事典』平凡社を参考。

(7) 黒川祐次著『物語　ウクライナの歴史　ヨーロッパ最後の大国』中公新書、2002年、54頁。

(8) Waldemar Okoń, *Alegorie narodowe*, Wrocław, 1992, s. 46.

(9) ウクライナに古くから伝わる弦楽器。第Ⅲ章4. で詳述する。

(10) Eugeniusz Czaplejewicz i Edward Kasperski, *Kresy w literaturze: Twórcy dwudziestowieczni*, Warszawa, 1996, s. 15-16.

第2章

(1) ワルシャワ絵画教室にてヴォイチェフ・ゲルソン(Wojciech Gerson 1831-1901)に師事する。ミュンヘン美術アカデミーでの留学を経て、12年にわたりパリで創作活動を展開。ポーランドの農村風景、自然風景を描き続け、ありのままの農民の姿を描いたポーランド初の画家といわれる。写実主義の画風に独特の詩的な情緒が漂っているのが特徴。主な作品：《飛び立つ黒い鶴》(Odlot żurawi.1871年)、《遊糸》(Babie lato.1875年)、《ウクライナの夜》(Noc na Ukrainie.1877年)。

(2) サンクトペテルブルク美術アカデミー、ミュンヘン美術アカデミーで学び、その後、美術評論にとりかかり、1891年に発表した『わが国の芸術と批評』(*Sztuka i krytyka u nas*)が高い評価を受ける。ヘウモンスキとはミュンヘンで知り合い、無二の親友となる。1890年よりザコパネに定住し、山岳地方の民俗芸術に魅せられる。画家であり作家のスタニスワフ・イグナツィ・ヴィトキェヴィチ(ヴィトカツィ)(Stanisław Ignacy Witkiewicz (Witkacy) 1885-1939)の父。主な作品：《タトリの冬景色》(Pejzaż zimowy w Tatrach.1908年)、《モルスキエ・オコ》(Morskie Oko)、《海上の日の入り》(Zachód słońca na morzu.1887年)。

(3) ワルシャワ絵画教室、ミュンヘン美術アカデミー、クラクフ美術学校で学ぶ。クラクフ美術アカデミー、ワルシャワ美術アカデミーの教授を務める。当初はマテイコの影響を受けて歴史画や写実的な肖像画を描いていたが、1883年から10年にわたるウクライナ滞在をきっかけに、印象主義に近い風景画を描く。その後、象徴主義の画風となり、タトリを主に描く。美術評論家で日本美術の蒐集家フェリクス・ヤシェンスキ(Feliks Jasieński 1861-1929)と親交を結ぶ。主な作品：《ウクライナの耕作》(Orka na Ukrainie.1892年)、《ビートの収穫》(Kopanie buraków.1893年)、《漁師》(Rybak.1891年)。

注

序　章

（1）ヘウモンスキの生涯については、ヘウモンスキ研究の第一人者である美術史家のタデウシュ・マトゥシチャック（Tadeusz Matuszczak）が二冊の画　集（Tadeusz Matuszczak, *Józef Chełmoński*, Kraków, 2003 / Tadeusz Matuszczak, *Józef Chełmoński*, Kraków, 1996）に記した伝記、ヘウモンスキの画風に大きな影響を受けたとされる画家スタニスワフ・マスウォフスキ（Stanisław Masłowski 1853-1926）の息子で美術史家のマチェイ・マスウォフスキ（Maciej Masłowski 1901-76）著『ユゼフ・ヘウモンスキの絵のごとき生涯』（Maciej Masłowski, Malarski żywot *Józefa Chełmońskiego*, Warszawa, 1965）、美術史家のエヴァ・ミッケーブロニアレク著『ユゼフ・ヘウモンスキ』（Ewa Micke-Broniarek, *Józef Chełmoński*, Wrocław, 2001）、及びポーランド伝記事典（*Polski Słownik Biograficzny*, Kraków, 1935-）を参考にしている。また、ヘウモンスキを最もよく知る親友のスタニスワフ・ヴィトキェヴィチ（Stanisław Witkiewicz 1851-1915）によるヘウモンスキ論（*Z dziejów polskiej krytyki i teorii sztuki TomII*, Warszawa, 1961）、さらに『ポーランド・モデルニズムの絵画』（Wiesław Juszczak, *Malarstwo polskiego modernizmu*, Gdańsk, 2004）に収められた画家や美術評論家による批評を参考にした。

第 1 章

（1）Witold Doroszewski, *Słownik języka polskiego*, Warszawa, 1958-69.

（2）J. Karłowicz, A. Kryński, W. Niedziwiedzki, *Słownik języka polskiego*, Warszawa, 1900-27.

（3）『キエフ年代記』には1187年ペレヤスラフ公国のヴォロディーミル公が没した際、「ウクライナは彼のために悲しみ嘆いた」と記されている。黒川祐次著『物語　ウクライナの歴史　ヨーロッパ最後の大国』中公新書、2002年、82頁。

（4）本項においては、伊東孝之編『ポーランド・ウクライナ・バルト史』山川出版社、黒川祐次著『物語　ウクライナの歴史　ヨーロッパ最後の大国』中公新書、『東欧を知る事典』平凡社、『ロシア・ソ連を知る事典』平凡社、小山哲「サルマチア――《ヨーロッパ回帰》と《ヨーロッパ化》のあいだ」（フォーラム・ポーランド2005年度会議資料）を主な参考文献としている。

（5）1386-1572年のポーランドの王朝。リトアニア大公ヨガイラが1386年にピャスト王朝最後の君主ヤドヴィガ女王と結婚して創始した王朝。国内において弱体であったため大小の貴族に譲歩を余儀なくされ、シュラフタ民主制と呼ばれる独特の封建制議会民主主義を出現させた。学芸面では熱心宮川淳著『美術史とその言説』水声社、2002 年。
三好達治選『萩原朔太郎詩集』岩波文庫、2007 年。
『定本　柳田國男集　第 20 巻』筑摩書房、1962 年。
米原万里著『オリガ・モリソヴナの反語法』集英社文庫、2005 年。
『日本国語大辞典　6』小学館。
http://univ.gda.pl/~literat/autors/
www.pinakoteka.pl
http://webart.omikron.com.pl
http://wiersze.annet.pl/w,,12625,,0,0
http://pl.wikipedia.org/wiki/
http://pl.wikisource.org/wiki/Ballada_o_s%C5%82oneczniku
http://www.aozora.gr.jp/cards/000067/files/4869_14066.html
社団法人日本養蜂はちみつ協会ホームページ http://bee.lin.go.jp/bee/tokei/04.html

Słownik Literatury Polskiej XIX wieku, red. J. Bachórz i A. Kowalczykowa, Kraków, 1991.

Słownik języka polskiego, red. W. Doroszewski, Warszawa, 1958-1969.

Słownik języka polskiego, red. J. Karłowicz, A.Kryński, W.Niedziwiedzki, Warszawa, 1900-1927.

Słownik polsko/łacińsko/francuski rośliny i zwierzęta, red. Lepert R., Warszawa, 2005.

伊東孝之著『ポーランド現代史』山川出版社、1992年。

伊東孝之他監修『東欧を知る事典』平凡社、1993年。

伊東孝之他編『ポーランド・ウクライナ・バルト史』山川出版社、1998年
大岡昇平編『中原中也詩集』岩波文庫、2006年。

「風の文化誌」の会編（梅花女子大学日本文化創造学科）『風の文化誌』和泉書院、2006年。

川端香男里他監修『ロシア・ソ連を知る事典』平凡社、1994年。

ステファン・キェニェーヴィチ編、加藤一夫・水島孝生訳『ポーランド史1・2』恒文社、1986年。

木村彰一訳『イーゴリ遠征物語』岩波文庫、1983年。

久保田正文編『正岡子規集』明治文学全集53、筑摩書房、1975年。

黒川祐次著『物語　ウクライナの歴史　ヨーロッパ最後の大国』中公新書、2002年。

小山哲著「サルマチア――《ヨーロッパ回帰》と《ヨーロッパ化》のあいだ」フォーラム・ポーランド2005年会議資料。

高木市之助他監修『日本書紀　上』日本古典文学大系67、岩波書店、1982年。

高橋順子著『風の名前』小学館、2002年。

高橋睦郎著「花をひろう」〈蜂〉、『朝日新聞』2011年3月26日。

谷川健一著『日本の神々』岩波新書、2005年。

土谷直人著「ポーランド・ロマン主義考」東海大学文学部紀要第74集、2000年。

トルストイ著、工藤精一郎訳『戦争と平和（四）』新潮文庫、2006年。

錦三郎著『飛行蜘蛛』笠間書院、2005年。

長谷川端監修『太平記　巻第二十一～第三十』新編日本古典文学全集56、小学館、1994年。

久松潜一著『万葉秀歌（一）』講談社学術文庫、2009年。

ミシェル・フイエ著『キリスト教シンボル事典』白水社、2006年。

V・E・フランクル著、霜山徳爾訳『夜と霧』みすず書房、1995年。

松下裕訳『チェーホフ小説集』水声社、2004年。

チェスワフ・ミウォシュ著『ポーランド文学史』未知谷、2006年。

アダム・ミツキェヴィチ著『パン・タデウシュ　上』講談社文芸文庫、1999年。

ジェイムズ・A・ミッチェナー著、工藤幸雄訳『ポーランド』（上下2巻）文藝春秋、1989年。

参考文献一覧

Czaplejewicz E. i Kasperski E., *Kresy w literaturze: Twórcy dwudziestowieczni*, Warszawa, 1996.

Goszczyński S., *Zamek Kaniowski*, Klasyka mniej znana, Kraków, 2002.

Gowiń S., Józef Chełmoński, Warszawa, 2006.

Juszczak W., *Malarstwo Polskiego Modernizmu*, Gdańsk, 2004.

Kolbuszewski J., *Kresy*, Wrocław, 1996.

Kopaliński W., *Słownik mitów i tradycji kultury*, Warszawa, 1985.

Kowalczykowa A., *Pejzaż romantyczny*, Kraków, 1982.

Kozakowska-Zaucha.U, *Jan Stanisławski*, Kraków, 2006.

Krzysztofowicz-Kozakowska S., *Jan Stanisławski i jego uczniowie*, Kraków.

Krzyściak-Kosińska R., *Rośliny polski: Ilustrowana encyklopedia od A do Z*, Poznań.

Malczewski A., *Marja powieść ukraińska*, Biblioteka Narodowa Nr.46, Kraków.

Malinowski J., *Leon Wyczółkowski*, Kraków, 2002.

Malinowski J., *Malarstwo polskie XIX wieku*, Warszawa, 2003.

Masłowski M., Malarski Żywot Józefa Chełmońskiego, Warszawa, 1965.

Matuszczak T., *Józef Chełmoński*, Kraków, 2003.

Matuszczak T., *Józef Chełmoński*, Kraków, 1996.

Micke-Broniarek E., *Józef Chełmoński*, Wrocław, 2001.

Mickiewicz A., *Konrad Wallenrod powieść historyczna z dziejów litewskich i pruskich*, Wrocław.

Mickiewicz A., *Wybór poezji. Tom II*, Biblioteka Narodowa, 1986.

Niewiadomski E., *Malarstwo polskie XIX i XX wieku*, Warszawa, 1926.

Okoń W., *Alegorie narodowe*, Wrocław, 1992.

Ostrowski J. K., *Mistrzowie Malarstwa Polskiego*, Kraków, 1996.

Pol W., *Pieśń o ziemi naszej*, Klasyka mniej znana, Kraków, 2002.

Słowacki J., *Beniowski*, Wrocław, 1985.

Słowacki. J., *Dzieła I Liryki i inne wiersze*, Towarzystwo Literackie im. A. Mickiewicza, Wrocław, 1990.

Trojanowiczowa Z., *Zapomniane wielkości romantyzmu*, Poznań, 1995.

Zaleski J. B, *Wybór poezyj*, rd. C. Gajkowska, Wrocław, 1985.

Z dziejów polskiej krytyki i teorii sztuki, red.Jakimowicz I., Warszawa, 1961.

Nowa encyclopedia powszechna, Warszawa, 1998.

Encyklopedia Kresów, red. M. Karolczuk-Kędzierska, Kraków.

Encyklopedia Polski, red. R. Marcinek, Kraków, 1996.

Polski słownik biograficzny, red. Kazimierz J, Kraków, 1958-1969.

Polscy poeci również nie mogli się oprzeć urokowi Ukrainy. Niniejsza praca traktuje o Antonim Malczewskim, Sewerynie Goszczyńskim (1801-1876) i Józefie Bohdanie Zaleskim (1802-1886) ze szkoły ukraińskiej, oraz Wincentym Polu (1807-1872).

Malczewski odmalowuje step ukraiński zupełnie inaczej niż Juliusz Słowacki(1809-1849) w *Beniowskim*(1841). Bóg jest nieobecny w stepowym świecie *Marji*, w którym najwyższą władzę sprawuje śmierć. Bujny, odległy step *Marji* jest jednocześnie pustą przestrzenią, nad którą panują smutek i samotność.

W *Zamku kaniowskim*(1828), Goszczyński ukazywał dziką, krwawą Ukrainę, w której wieje wicher ukraiński. Czort, którego tam wszędzie pełno, wyprawia piekielne harce i prowadzi ludzi do niedoli. W *Zamku kaniowskim*, pejzaże Ukrainy z ciemnością, mgłą, krwią i chaosem są odbiciem skomplikowanego wnętrza ludzkiego.

Zaleski przedstawia Ukrainę, jako wieczną arkadię (np. *W oman żurawi* (1862), *U nas inaczej!* (1836)). Z silną świadomością wieszcza ukraińskiego, Zaleski w swoich utworach odmaluje najpiękniejszą, wesołą i poetycką arkadię, gdzie pełno bajek ludowych.

W *Pieśni o ziemi naszej* (1835), Pol, ujawniając szczegóły geograficzne Ukrainy oczami geografa, przedstawia Ukrainę, która żyje „z szerokim oddechem". Moim zdaniem, w *Pieśni o ziemi naszej*, postawa Pola wobec Polski jest zupełnie inna niż Jana Matejki i Juliana Ursyna Niemcewicza. Matejko i Niemcewicz przedstawiają Polskę przez pryzmat historii, natomiast Pol i Chełmoński przedstawiają ją przez przestrzeń, odmalowując żywą przyrodę.

Ukraina, gdzie istnieje dzika przyroda z całą jej rozmaitością, pieśni gminne i źródło pochodzenia Polaków, była niezwykle urokliwą ziemią dla artystów romantycznych. Ta ziemia, inaczej mowiąc, była odkryta przez romantyków.

Niniejsza praca w zwięzły sposób przedstawia także historyczne stosunki między Polską a Ukrainą i artystów którzy urodzili się na Ukrainie.

ポーランド語要旨

Obraz Ukrainy w malarstwie i literaturze polskiej w XIX wieku (streszczenie)

Niniejsza praca traktuje o Ukrainie w malarstwie i literaturze polskiej w XIX wieku. Ukraina, nieskończona przestrzeń z całą jej rozmaitością, była dla artystów romantycznych wielkim źródłem natchnienia. Niniejsza praca przedstawia jak wyglądała Ukraina w oczach malarzy i poetów w XIX wieku.

Według Waldemara Okonia, Ukraina w XIX wieku to ziemia niczyja, kojarzona ze służbą wojskową, pas oddzielający Europę od Azji, i ziemia-matka, gdzie mieli spać snem wiecznym najstarożytniejsi przodkowie Polaków.

Jeśli chodzi o malarstwo przedstawiam głównie obrazy Józefa Chełmońskiego (1849-1914) i Jana Stanisławskiego (1860-1907). W wyniku zetknięcia się z Ukrainą w twórczości Chełmońskiego pojawiły się przestrzeń, powietrze i szeroki oddech. Chełmoński przedstawiał sielankową Ukrainę, jako czarujący kraj swobody i bajki (np. Babie lato, 1875), jednocześnie jej smutną i tęskną twarz pełną rozpaczy i zgryzoty (np. Odlot żurawi,1870). W ostatnich latach życia, pogłębiła się skłonność Chełmońskiego do religijności. Przedstawiał wszechogarniającą obecność Boga w nieskończonej przestrzeni Ukrainy.

Jan Stanisławski malował nastrojowe pejzaże Ukrainy. Słońce, bodiaki, stepowe obłoki, cicha zamyślona noc księżycowa – to przeważnie tematy obrazów Stanisławskiego. Jego pejzaże "śpiewają" dumki ukraińskie. Bodiaki Stanisławskiego wyglądają tak jak człowiek, który pod silnym słońcem stoi samotnie pragnąc wody i stara się coś powiedzieć. W pewnym sensie bodiaki Stanisławskiego obrazują ten fragment z *Marji* (1825) Antoniego Malczewskiego (1793-1826). "Ciszę budząc westchnieniem, Samotność usiada; A na odłogu szczęścia Zgryzota korzeni." Malował małe niemal miniaturowe obrazy, natomiast przedstawiał ogromne przestrzenie. Widoczne jest w nich dążenie do ujęcia ogółu danego motywu, wśród którego wydobywa się jakiś drobny szczegół. Sądzę, że obrazy Stanisławskiego mają charakter podobny do teorii haiku Shiki Masaoka, wybitnego poety i krytyka. Stanisławski starał się przedstawić ogół, cały wielki świat Ukrainy przez fragmentaryczny obraz.

著者紹介

小川万海子（おがわ・まみこ）
1967年東京生まれ。1989年慶應義塾大学文学部卒業。2008年東京外国語大学大学院地域文化研究科博士前期課程修了（文学修士）。1994-2004年外務省勤務。香老舗 松栄堂第26回「香・大賞」審査員特別賞受賞。

ウクライナの発見——ポーランド文学・美術の19世紀

2011年8月30日　初版第1刷発行©

著　者　小川万海子
発行者　藤原良雄
発行所　株式会社 藤原書店

〒162-0041　東京都新宿区早稲田鶴巻町523
電　話　03（5272）0301
FAX　03（5272）0450
振　替　00160 - 4 - 17013
info@fujiwara-shoten.co.jp

印刷・製本　中央精版印刷

落丁本・乱丁本はお取替えいたします
定価はカバーに表示してあります

Printed in Japan
ISBN978-4-89434-817-2

パナマ運河をめぐり世界は踊る！

パナマ運河百年の攻防

（一九〇四年建設から返還まで）

山本厚子

二十世紀の世界史は、交通の要衝パナマ運河を巡る列強の角逐に明け暮れた。建設準備から米国の介入、そしてパナマ国民悲願の返還に至るドラマを背景に、第二次大戦中、山本五十六の仇を取るため旧日本軍が密かに企てた、巨大潜水空母による運河爆破作戦の謎に迫る。

四六上製　三四四頁　三二〇〇円
（二〇一一年一月刊）
◇978-4-89434-784-7

ラテンアメリカ史の決定版

新装版

収奪された大地

（ラテンアメリカ五百年）

E・ガレアーノ　大久保光夫訳

欧米先進国による収奪という視点で描く、ラテンアメリカ史の決定版。世界数十か国で翻訳された全世界のロングセラーの本書は、「過去をはっきりと理解させてくれるという点で、何ものにもかえがたい決定的な重要性をもっている」（『ル・モンド』紙）。

四六上製　四九六頁　四八〇〇円
（一九九一年一一月／一九九七年三月刊）
◇978-4-89434-064-0

LAS VENAS ABIERTAS DE AMERICA LATINA　Eduardo GALEANO

その日メキシコで何があったのか？

トラテロルコの夜

（メキシコの一九六八年）

E・ポニアトウスカ
［序］O・パス／北條ゆかり訳

死者二五〇名以上を出し、メキシコ現代史の分水嶺となった「トラテロルコ事件」の渦中にあった人びとの証言を丹念にコラージュ。メキシコの民の魂の最深部を見事に表現した、ルポルタージュと文学を越境する著者代表作、遂に完訳。

写真多数　口絵八頁
四六上製　五二八頁　三六〇〇円
（二〇〇五年九月刊）
◇978-4-89434-472-3

LA NOCHE DE TLATELOLCO　Elena PONIATOWSKA

最高の書き手による〝新しいロシア史〟

未完のロシア

（十世紀から今日まで）

H・カレール＝ダンコース
谷口侑訳

『崩壊した帝国』でソ連邦崩壊を十年以上前に予見した著者が、十世紀から現代に至るロシア史を鮮やかに再定位し、「ソ連」という異物によって断絶された近代化への潮流と、ソ連崩壊後のその復活の意味を問う。プーチン以降の針路を見通す必読文献。

四六上製　三〇四頁　三二〇〇円
（二〇〇八年二月刊）
◇978-4-89434-611-6

LA RUSSIE INACHEVÉE　Hélène CARRÈRE D'ENCAUSSE

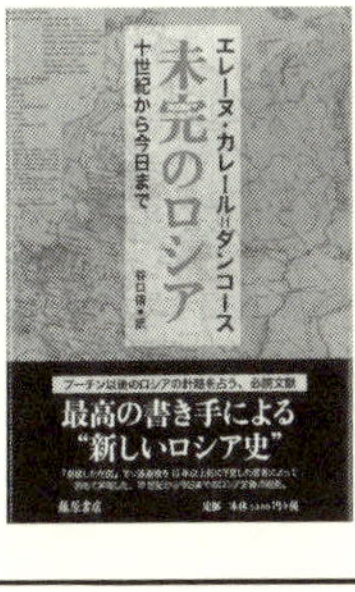

全女性必読の書

女

J・ミシュレ
大野一道訳

アナール派に最も大きな影響を与えた十九世紀の大歴史家が、歴史と自然の仲介者としての女を物語った問題作。「女は太陽、男性は月」と『青鞜』より半世紀前に明言した、全女性必読の書。マルクスもプルードンも持ちえなかった視点で歴史を問う。

A5上製　三九二頁　**四七〇〇円**
（一九九一年一月刊）◇978-4-938661-18-2

LA FEMME　Jules MICHELET

ミシュレの歴史観の全貌

世界史入門
（ヴィーコから「アナール」へ）

J・ミシュレ
大野一道編訳

「異端」の思想家ヴィーコを発見し、初めて世に知らしめた、「アナール」の母J・ミシュレ。本書は初期の『世界史入門』から『フランス史』『一九世紀史』までの著作群より、ミシュレの歴史認識を伝える名作を本邦初訳で編集。**L・フェーヴルのミシュレ論**も初訳出、併録。

四六上製　二六四頁　**二七一八円**
（一九九三年五月刊）◇978-4-938661-72-4

陸中心の歴史観を覆す

海

J・ミシュレ
加賀野井秀一訳

ブローデルをはじめアナール派やフーコー、バルトらに多大な影響を与えてきた大歴史家ミシュレが、万物の創造者たる海の視点から、海と生物（および人間）との関係を壮大なスケールで描く。陸中心史観を根底から覆す大博物誌、本邦初訳。

A5上製　三六〇頁　**四七〇〇円**
（一九九四年一一月刊）◇978-4-89434-001-5

LA MER　Jules MICHELET

「自然の歴史」の集大成

山

J・ミシュレ
大野一道訳

高くそびえていたものを全て平らにし、平原が主人となった十九、二十世紀。この衰弱の二世紀を大歴史家が再生させる自然の歴史（ナチュラル・ヒストリー）。山を愛する全ての人のための「山岳文学」の古典的名著、ミシュレ博物誌シリーズの掉尾、本邦初訳。

A5上製　二七二頁　**三八〇〇円**
（一九九七年二月刊）◇978-4-89434-060-2

LA MONTAGNE　Jules MICHELET

印象派女性画家の画期的評伝

黒衣の女 ベルト・モリゾ（1841-95）

D・ボナ
持田明子訳

近代画家の中でも女性画家として光彩を放つモリゾ。家庭のささやかな情景を捉え、明るい筆づかいで描きこむ彼女は、かのマネの絵の有名なモデルでもある。未発表資料を駆使し、その絵画への情熱を描きだす。　**図版多数**

A5上製　四〇八頁　**三三〇〇円**
（二〇〇六年九月刊）
◇978-4-89434-533-1

BERTHE MORISOT　Dominique BONA

「生前の不遇」—「死後の評価」

ゴッホはなぜゴッホになったか（芸術の社会学的考察）

N・エニック
三浦篤訳

現在最も有名な近代画家、ゴッホ。生前不遇だった画家が、死後異常なまでに評価され、聖人のように崇められるようになったのは何故か？　近現代における芸術家神話の典型を、気鋭の芸術社会学者が鮮やかに分析する。

A5上製　三五二頁　**三八〇〇円**
（二〇〇五年三月刊）
◇978-4-89434-426-6

LA GLOIRE DE VAN GOGH　Nathalie HEINICH

近代日本「西洋美術」界の理論的支柱

美術批評の先駆者、岩村透（ラスキンからモリスまで）

田辺　徹

東京美術学校（現・東京芸大）教授として、初めて西洋美術史を体系的に導入、さらに私費で『美術週報』誌を創刊して美術ジャーナリズムを育成。黒田清輝、久米桂一郎ら実作者と二人三脚で近代日本に〈美術〉を根付かせた岩村透の初の本格評伝。　**口絵四頁**

四六上製　四一六頁　**四六〇〇円**
（二〇〇八年一一月刊）
◇978-4-89434-666-6

変容する美術市場を徹底分析

国際日本美術市場総観（バブルからデフレへ 1990-2009）

瀬木慎一

バブル期の狂乱の「美術ブーム」とは、一体何だったのか!?　バブル後から現在までの美術市場を徹底分析。美術との関わりから、個人／国家／企業と文化のあるべき姿を模索。美術商、オークション会社、美術館など美術関連施設、百貨店など美術関連企業、美術教育者、美術作家……必読の書！　**口絵四頁**

A5上製　六二四頁　**九五〇〇円**
（二〇一〇年六月刊）
◇978-4-89434-710-6

一九九五年二月二七日第三種郵便物認可　二〇一一年八月一五日発行（毎月一回一五日発行）

月刊
機
2011
8
No. 233

発行所　株式会社　藤原書店©
〒一六二―〇〇四一　東京都新宿区早稲田鶴巻町五二三
電話　〇三・五二七二・〇三〇一（代）
FAX　〇三・五二七二・〇四五〇
◎本冊子表示の価格は消費税込の価格です。

編集兼発行人
藤原良雄
頒価 100円

東北人の手による復興のために、前岩手県知事・増田氏の特別寄稿！

東北自治州設立の構想

前岩手県知事・元総務大臣　**増田寛也**

増田寛也氏には、小社新刊『**「東北」共同体からの再生**』（二〇一一年七月）で、川勝平太・静岡県知事と東郷和彦・元オランダ大使と、東北と日本の未来について鼎談をしていただいた。岩手県知事を三期務めた氏は、復興の基盤としての東北の地域共同体に注目し、「自治」に根ざした東北人自身による復興を訴えている。東日本大震災からの復興は、今後の日本の方向性を決定付ける。増田氏の「復興プラン」とはどのようなものか、小誌に特別寄稿していただいた。　**編集部**

● 八月号目次 ●

前岩手県知事・増田寛也氏の特別寄稿！
東北自治州設立の構想　増田寛也　1

日本文学をこよなく愛し「平和主義」を唱えてきたキーン氏
戦場のエロイカ・シンフォニー　ドナルド・キーン＋小池政行　6

現代韓国随一の小説家・李承雨の代表作
「韓国を知るには、李承雨を読めばいい」　金順姫　10

ウクライナに魅了された十九世紀ポーランドの芸術家達
ウクライナの発見　小川万海子　14

〈リレー連載〉今、なぜ後藤新平か71「震災前に生まれていた復興小学校」（吉川仁）18　いま「アジア」を観る103「海域アジア世界からの発想」（家島彦一）21
〈連載〉『ル・モンド』紙から世界を読む101「イタリアのタハリール広場」（加藤晴久）20　女性雑誌を読む40『ビアトリス』（一〇）（尾形明子）22　生きる言葉52『小野塚喜平次　人と業績』（粕谷一希）23　風が吹く42「出会い――高英男氏（二）」（山崎陽子）24　帰林閑話200「閑話二百回」（一海知義）25／7・9月刊案内／イベント報告／読者の声・書評日誌／刊行案内・書店様へ／告知・出版随想

ゼロからの視点で東北を見る

筆舌に尽くしがたいとは、まさにこの事を言うのであろう。巨大津波によっていくつもの町が丸ごと海の中に消え去ってしまった。一瞬にして何物にも代え難い将来を奪われてしまった人々の無念さを思うと、言うべきいかなる言葉も見つけられない。被災地の人々がこの苦難を乗り越えて、一日も早く生活の安定した日を迎えることを心から願っている。

東日本大震災の発生から間もなく半年が経つ。復興に向けて政府の対応は余りにも遅い。避難所生活の解消、仮設住宅の建設、がれきの処理、義援金の配分。すべての対応が後手に回っている。腐敗した魚から発生した蝿や蚊が被災者を悩ませている。猛暑の到来とともに衛生状態が極度に悪化している。これらはすべてが事前に予想されていた。にもかかわらず、結局、改善されることがなかった。自治体が機能していないと非難の鉾先を自治体に向ける政府関係者もいる。しかし、多くの職員が死亡したり被災している状況の中で自治体の実力不足を責めることができようか。憲法上、国民が等しく「健康で文化的な最低限度の生活を営む権利」を有しているにもかかわらず、文明国と言われる日本の被災地でいまだに一〇万人の人々が命をすり減らす生活を余儀なくされているという事実から目をそらすことはできない。今、最優先されるべきはこれらの人々の命を救うということであり、自治体の能力が不足しているならば、政府が責任をもって救援策を実施しなければならない。

今回の大震災は千年に一度と言われている。地震の規模M九・〇は、過去の宮城県沖地震などをはるかに上回る大きさであり、歴史を遡れば貞観地震に行き着く。国の正史としては『古事記』以来六番目となる『日本三代実録』によれば、貞観一一年（八六九年）陸奥国を巨大な地震が襲い、その津波により溺死者が一千人でたとある。当時の人口は約五〇〇万人（推定）であり、現代では約二万人規模の被害となろう。これは、まさに今回の被害と同じである。このように、東日本大震災は千年に一度起こるかどうかという巨大な規模で地域を完全に破壊した。「三・一一」以前の生活を取り戻す感覚を根本から捨て去らなければならないほど、被災地が負った痛みは大きい。関係者は**ゼロからの視点で東北を見つめ直す覚悟が必要**で、その復興に当たっては前例にとらわれることなく全く白紙のカンバスに思い切った絵を描くつもりで取り組むことが肝要だろう。

自然と災害との共生

まず、防災対策では、自然災害との共生という理念をしっかりと確認すべきだ。「**減災**」という言葉がある。自然の災害は人知を超え、防ぎ切ったり克服はできないが、できるだけ被害を減らすという共生の考え方である。三陸地域では減災対策として、防波堤等の構造物と高台への避難との組み合わせで自然災害との共生を図ってきた。漁業を中心として生活が成り立っているので、働く場は海辺に近い所以外にはあり得ない。近年までは津波に苦しめられながらも高台に避難することを中心に漁村集落が共同体の知恵で被害を最小限に抑えながら漁民を守ってきた。ところが、戦後のある時期、公共事業の拡大とともに自然災害は克服できるという考えがでてきた。土木技術を駆使して巨大な防波堤や防潮堤などの構造物が構築されると、それで完全に津波を押さえこめるのではないかと考えた。こうした考えがいかに人類の傲慢なものであるかが白日の下にさらされたのが、今回の大震災であった。今後は避難路の整備と避難訓練の実施といったソフト対策の充実を図って、**自然災害との共生を図って**いかなければならない。

まちづくりについては市町村が住民と十分な議論を行って決める必要があるが、その前提として政府が被災地の土地の権利調整について処理方針を明確にする必要がある。津波で浸水した被災地では、住民が建物を現在地に再建するか移転するか迷っている。また、自治体も住民各自が住宅や工場をバラバラに建てないように時限的に建築制限をかけているところがある。今後、こうした個人の財産権と公共目的による利用の制限をどのように調和させるのか、政府にはその解決策を示すことが求められる。

例えば、特別な貸借権を認定して市町村が被災地の土地を借り上げる方法が考えられる。住民は貸借料をもらい高台など安全な地域に移転する。他には、国が土地を買い上げる方法もある。三陸沿岸一帯は、明治以降だけでこれまで三回、巨大な津波に襲われ、今回が四回目の悲劇となった。こうした災禍を終わりにするためには、浸水した土地の利用を制限するとともに、高台移転を可能な限り実現したい。そのためには、憲法上「公共の福祉」による制限が認められているとはいえ、事実上所有権が絶対視され、権利の制限にきわめて慎重だった従来の考えを大きく変更させる必要がある。ところが、こうしたいわゆる土地問題の解決については、政府は今回もきわめて後向きで、個人の努力に委ねる方針のようだ。しかし、これではおそらく高台移転はほとんど実現できないだろう。従来よりも二歩も三歩も突っ込んだ思い切った措置を求めたい。

政府の考え方が示されれば、後はその範囲で地元が居住選択を行いまちづくりが動き始めるが、案がまとまるまでそれなりの時間が必要である。二～三年は建築制限を行ってバラバラに家屋が建ち始めるのを抑えることが不可欠となろう。政府では、今後、復興基本法に基づき復興庁を設置する方針と言われている。その内容は明らかではないが、こうしたまちづくりなど復興策を実行するための強力な行政組織として被災地である東北にその拠点を置くべきである。

後藤新平の震災復興

大正十二年（一九二三年）の関東大震災では、直前まで東京市長を務めた後藤新平が、内相兼帝都復興院総裁に就任し、復興を強力にリードした。

後藤は内相に就任したその晩のうちに、①遷都はしない、②復興費は三〇億円、③欧米の最新の都市計画を適用する、④地主に断固たる態度をとる、という基本方針をまとめ、四日後には「帝都復興の議」を閣議決定した。その内容は①復興に関する特設官庁の新設②復興経費は原則国債、財源は長期の内外債を発行③被災地は公債を発行して買収し、土地を整理した上で売却・貸し付けるという大胆なものであった。

後藤はその二〇日後には首相直属機関で省と同格の帝都復興院を発足させ、自ら総裁に就任した。復興院は復興に関する権限を集中して、人員は内務省、鉄道省などから約六〇〇人の精鋭を招集、七カ年の復興計画をまとめたのは、発足からわずか二カ月後であった。復興院は首都である帝都の復興という性格上、国直轄の組織ではあったが、その権限の強さと何よりもそのスピード感には圧倒される。こうした強力な組織を短期間にまとめあげるには後藤の力量に頼るしか他に道は無く、ここは、彼の真骨頂が十分に発揮された場面でもあった。

翻って、今回の大震災後の復興に当たって、今の政界の中で復興庁長官として誰か後藤新平に匹敵する人物がいるかと問われれば、残念ながら否と答えるしかない。しかし、後藤といえども、すべてを彼一人の力で行ったわけでは決してない。後藤のためなら全力で協力する有能な内務官僚、鉄道技術者、一流の学者がいた。

東北自治州設立の構想

東日本大震災では、復興庁に優秀な人材を集め、復興を制度面、財政面で全面的に後押しすることだ。その上で政府が復興全体に通じる基本方針を掲げ、具体的な各地の復興計画の絵姿は地元が描く。その際には、地域の内外の人材を総結集し、海外の知恵も招き寄せることが必要だ。

今後、復興のデザインが各県それぞれから出てくるだろう。各県が主体的に描くということは重要なことであるが、復興庁ではなく地域のリーダーシップで新しい東北の姿につなげていくためには各県を超えた東北全体としての統一性に留意した世界の一員としての東北像を東北人みずからが示すことが重要である。自立の気概に満ちた東北像、それは、日本の国家像をどう構想するかの議論ともつながる。

私は、ここで**東北自治州設立を構想すべき**と考える。海の向こう、スコットランドでは一九九九年に大幅な自治権を獲得したスコットランド自治政府が発足、今年五月、政権与党が圧勝して四年以内に英国からの分離独立の是非を問う住民投票を行うこととなった。政権与党は原子力政策でも独自性を発揮し「脱原発」を主張。英国政府の原発推進方針に真向から対立している。歴史的背景が異なるとはいえ東北復興において「東北から世界を変える」という気概を持って白紙のカンバスに思い切った、壮大な構想を描きたい。

三月一一日を境にして、東北の風景は一変した。かの地には多くの涙が流れた。その悲しみの中で、卒業式は粛然と行われ、各地の避難所となっている体育館から被災者に見守られ多くの若者が巣立っていった。彼らの未来のために、東北の地を東北人の手で必ず復興させなければならない。

（二〇一一年七月一九日）

（ますだ・ひろや）

▶閣議の際、犬養毅（左端）らと。中央が後藤新平（後藤新平記念館所蔵）

日本文学をこよなく愛し「平和主義」を唱えてきたドナルド・キーン氏

戦場のエロイカ・シンフォニー

――私が体験した日米戦――

ドナルド・キーン
聞き手＝小池政行

戦場のエロイカ・シンフォニー

小池　先生は鉄砲を撃つのは嫌いだし、反戦思想ですね。「私の人生は逃亡の歴史です。なるべく嫌なことは避けてきた」――と先生はよく言われますが……。だから、アメリカ国民として兵役にとられて、もし海兵隊に行っていたら大変だったことでしょう。それで海軍日本語学校を選ばれたわけですが、アメリカ海軍の語学情報将校になられた。そこでは、自分が戦争に加わるのだとか、アメリカ国民の一人として、海軍将校として、やはり何か国を守ることをしなければいけないのだ、という気持ちもおありになったわけでしょうか。

キーン　いや、そうではありません。また、なぜ私が海軍に志願したかと言えば、日本語を覚えたかったからです。

海軍に日本語学校があると知りました。その前には家庭教師もいたし、大学でも勉強しました。しかし、週にわずか三時間です。ところが、海軍の日本語学校は一日に四時間の集中教育で、まったく違ったレベルでした。私の反戦思想は相変わらずで、自分が軍隊で武器を使うとは夢にも思っていませんでした。ただ、日本語を覚えたかっただけです。それが最初のきっかけです。

▲小池政行氏
（1951-　）

小池　でも軍服も着ておられたし、最後は海軍大尉ですよね。

キーン　はい、そうです。やがて、書類の翻訳や日本軍が戦場に残していったものも翻訳しました。それから毎月、数時間ですが、捕虜の尋問も任されました。おかげで捕虜たちと大変親しくなれました。戦後になっても友人としてつき合う人もいました。

小池　それはなぜでしょうか。

キーン　私は、人間が好きだったので。

小池　日本人が好きというわけじゃなくて、捕虜となった人間が好きだった。

キーン　それに収容所の所長も私の親友でしたし。

小池　オーティス・ケーリさん、戦後、同志社大学の先生になられた……。

キーン　彼は捕虜の中で優秀な人々を私に回してくれたのです。

▲ドナルド・キーン氏
（1922-　）

小池　そのハワイで捕虜の尋問をしたとき、先生は別に軍事情報なんてとろうとされなかったのでしょう。

キーン　尋問と言っても、指導にしたがって質問しただけです。「戦艦大和や武蔵を見たことあるか」とか。それだけです。しかし、次の質問となると、「最近、どんな面白い小説を読んでいますか」とか、「どんな音楽が好きですか」とか。そして、一、二時間ほど楽しい話ばかりしていました。

小池　やはり先生の知的レベルと、そういう話ができる、例えばモーツァルトはいいねとかという、将校クラスだとそういう捕虜もいっぱいいたわけですね。

キーン　かなりいました。ある時、私と大変仲の良かった捕虜が「音楽を聴けないのは辛い」と訴えたので、私は「どんな音楽が聴きたいか」と問いました。相手は「ベートーヴェンが好きです」と。「ベートーヴェンの何が好きですか」「交響曲第三番『英雄』です」。考えてみると捕虜に音楽を聴かせることは禁じられてはいませんでした。そこで私は当時の蓄音機とレコードを用意して捕虜収容所に行って、そこのシャワー室で——一番良く音が響くので——レコード・コンサートを開いたのです。まずはホノルルの町で買った日本の流行歌のレコードを聴かせてみると、なるほど全員がそれを知っていました。その後で、ぼくは言いました。

「これからは外国の長いクラシック音楽ですが、聴きたくない人は帰っても結構です」と。

しかし、誰も帰らないので、そのままベートーヴェンの第三を通して聴かせたのです。それは、私の戦争経験の中でも、忘れられない一件です。戦時中、確か一九四四年でしょう。

小池　形の上では敵国同士なのですが、何か、お互いに敵意というのは感じられなかったのですね。

キーン　その時、出席していた捕虜の一人は高橋義樹という人で、伊藤整の弟子でした。伊藤さんの日記にも出て来ます。彼は「同盟通信」の記者として第一線に送られて、グアム島で捕虜になったのです。そして、戦後になってから、彼はあの晩の出来事、つまりレコードを聴いた夜のことを書きました。どうして私がベートーヴェンを聴かせたかと。ベートーヴェンが自由主義者であったからか、ナポレオンを嫌ったからか、日本人に西洋的思想を植え付けるためかなどと、色々考察した末、ただ単に私や捕虜がそれを聴きたかっただけと結論づけた、そんな素晴らしい短編を残しています。

小池　先生は語学将校として、ニミッツ提督から、草書体を解することができた米国海軍語学将校として表彰状をもらっています。でも、優秀な語学将校、情報将校としてものすごい軍事機密をとろうなんて、全く考えていなかったわけですね。

キーン　はい。私の立場では軍事機密とはまったく無縁でした。

小池　それでは、捕虜と仲よくするということは、ご自分の日常であり喜びであったわけですね。

キーン　そう。私だけではなかった筈です。要するにアメリカが必要とする情報は一般の捕虜たちも知りませんでした。島のどこに要塞があるか、といった次元の知識はありませんでした。そして、戦艦大和や武蔵を見た人も皆無でした。見たとしても遠くから見た程度で、戦艦の鋼鉄の使用量その他、具体的知識はまったくありませんでした。

小池　先生は情報将校というより、捕虜のお友達、先生みたいな感じで接していられたということですね。

キーン　そんな感じもありました。今も付き合いのある元捕虜も一人だけ残っています。

沖縄戦で

小池　先生が沖縄を歩いていく中で、どのようなことを経験されたか、印象に残っておられるか、具体的に伺いたいと思います。

キーン アッツ島は実に嫌な所でしたが、少なくとも民間の人がいなかったことでは救われました。しかし、今度はもう本当に人が住む所での本格的な戦争でしたから。そして、アメリカ軍は洞窟の中に隠れている人々に、出て来いと呼びかけるのですが、誰も顔を出しません。そこで実に非人道的な方法が使われました。洞窟の入り口で火を焚くのです。

すると洞窟に煙が入るでしょう。そうすると人がやっと出て来ました。しかし、老人ばかりで、あまりに気の毒で見ておられず、私はそれを止めさせました。そんな行為を見たのは一回だけでしたが。私は次に洞窟の中を確認するべきだと考えたのですが、誰も入らない。そこで私自身が入ったのですが、しかし、なんとそこにはまだ軍人がいたのです。しかも鉄砲を構えて。どうして私を撃たなかったのか不思議です。私はもちろん飛んで逃げたのですが。大体、こちらは丸腰で武器も持っていなかったし。

小池 でも、将校だから拳銃は持っていたでしょう。

キーン 立場上、拳銃を持たされたことはありましたが、その時は何の武器も持っていませんでした。普段も携帯していなかったし。私は心から武器を嫌悪していましたし、今でもそうです。とにかく、一度も発砲したことがありません。

小池 それは、嫌いだったというのはよくわかるのですけれども、一度も撃ったことがないのですか。

キーン 絶対にありません。

小池 ほかの兵隊たちは、例えば海軍、陸軍の兵隊たちはもう始終撃って、自分の身を守らなければいけない、と。

キーン 幸い、私は最前線など、本当に危機が迫る場所に身を置くことが極めて少なかったからです。もし、第一線にいたとするなら、あるいは使ったかも知れませんが、最後までそんな必要はありませんでした。自分の身を自分で守る、そんな切羽詰まった状況を経験することもなく。ただ一度の例外が、先ほど述べた洞窟での経験です。むろん、私は最前線に行くことはありましたが、その目的は攻撃ではなく、投降を呼びかける放送でした。

＊『戦場のエロイカ・シンフォニー』より

（Donald Keene／日本文学研究者）
（こいけ・まさゆき／外交評論家）

戦場のエロイカ・シンフォニー
⊙私が体験した日米戦
ドナルド・キーン
聞き手＝小池政行
四六上製　二一六頁　一五七五円

世界の注目を集める現代韓国随一の小説家・李承雨の代表作。待望の邦訳！

「韓国を知るには、李承雨(イスンウ)を読めばいい」

金順姫

李承雨とは何者か

本書は、現代韓国の作家、李承雨(イスンウ)が一九九二年に刊行した小説『生의 이면』『生(せい)の裏面(りめん)』の全訳であるが、原書に収録されている「改訂版にあたって」「作家の言葉」のほか、本小説執筆の動機や李承雨の文学観をよく伝えるものとして、エッセイ「仮面をかぶった自伝小説」を新たに加えた。

李承雨の作品としては、「ナイフ」『新潮』二〇一〇年六月号、日韓中小説競作プロジェクト特集「文学アジア　都市篇」）、『死海』（『いまは静かな時　韓国現代文学選集』トランスビュー、二〇一〇年）という二つの短篇がすでに邦訳されているが、日本での長篇小説の紹介としては本書が初めてとなる。

李承雨は、一九五九年、全羅南道長興郡クアンサンウプで生まれる。一九八三年、ソウル神学大学を卒業して延世大学連合神学大学院を中退した。一九八一年、「韓国文学」新人賞に『エリュシクトンの肖像』が当選して登壇し、現在、朝鮮大学の文芸創作学科の教授として在職中である。一九九一年、「世の中の外に」で第一五回李箱文学賞を、一九九三年、『生の裏面』で第一回大山文学賞、二〇〇二年、『私はとても長生きするだろう』で第一五回東西文学賞を受賞して、小説による形而上学的探求の道を歩いてきた。その後は、二〇〇三年に『尋ね人広告』で第四回イ・ヒョウソク文学賞、二〇〇七年に「伝奇手物語」で現代文学賞、二〇一〇年に「ナイフ」でファン・スンウォン文学賞を受賞した。

李承雨の作品は、海外でも盛んに翻訳されている。とくにフランスでの評価は際立っており、世界文学のコレクションとして著名な仏ガリマール社のフォリオシリーズに、二〇〇九年、**『植物たちの私生活』**が韓国の小説として初めて収められたのは特筆に値するだろう。

『生の裏面』への思い

李承雨は、自分自身のどの作品よりも『生の裏面』は「私の息遣いと魂が最も濃く沁みこんだ作品」だと「作家の言葉」に書いているが、二〇〇六年、『生の裏面』のフランス語版刊行の際には、『ル・モンド』紙が、「韓国の残忍な物語」という記事で本作品を紹介している。「あるときはあまりにも強烈に、あるときはあまりにも滑らかに、静かで落ち着いた心が湧きあがるこの小説は、多感でありながらも厳粛な文学愛好家たちの興味と関心を呼び起こすのに充分だ。」『ル・モンド』紙が韓国文学作品を称賛する記事を載せるのは、一九九二年、李文烈（イムンヨル）の『詩人』以来のことで、極めて異例なことだ。

▶李承雨氏（一九五九— ）

この作品は「宗教的な思惟と、人間に対する理解と省察という真摯な主題に取り組む作家の幼年時代に向かって苦痛に満ちた旅行を強行する内面を密度高く描いた」と評価され、一九九三年度第一回大山文学賞の受賞作に選定された。小説家である「私」が自分と同じ小説家の「パク・プギル」の生を追跡しながら再構成していく様子を辿るこの小説は、特異な形式で巧みに構成された作品だ。「彼を理解するために」「地上の糧」「見慣れた結末」「年譜を完成させるために 1・2」という五篇の連作形式になっている。

話は、小説家である話者「私」が、ある出版社の企画シリーズである『作家探求』の筆者としてパク・プギルという作家の作品群と数回にわたるインタビューを基盤として、パク・プギルの意識の内側から彼の生と文学を支配してきた痕跡を丁寧に追跡することから始まる。「彼を理解するために」は、深刻な精神分裂症で自殺した父、母の再婚など、パク・プギルの暗い幼年期を客観的な叙述者の視点から描いている。主人公が叙述者になる特異な形式の「地上の糧」は、父の墓に火を点けることによって故郷と断絶した生を生きていくパク・プギルが世の中に体当たりする様を扱っている。ここで母性の象徴である年上の女性との運命的な出会いが大きな意味をもつことになる。「見慣れた結末」は、パク・プギルが、一人の女性を運命的に愛するという理由だけで神学大学に入学した後の大学生活から、愛に破れ、再び世の中から隔離され、深い絶望の奈落に落ちていく過程を叙述者の視線で追っている。「年譜を完成するために　1・2」では、軍役を終えて学校に戻り、愛した恋人の結婚と妊娠のうわさを聞いたパク・プギルが老いた母と再会し、父の存在を認めることにより、世の中との和解を試みる様が描かれる。そうした傷跡と隠蔽された欲望がぶつかり合いながら、ついに一人の作家となっていく過程が緻密に描写されている。

「人格の裏に隠れている根源的な実体が人間を成長させるという信念でこの小説を書いた」――作家は、一度ならず、この小説を書いた意図を明らかにしている。子供の頃に受けた心の傷で閉鎖恐怖症となった人間が、運命的な愛と神に向かって進んでいくことを通じて、コンプレックスをより高い次元に昇華させる過程が精密に描かれる。文章の一つ一つが分析的、批評的でありながら、独特なリズムを刻み、読者を魅了してやまない。生に対する真摯な洞察を妥協なく敢行する精神が作り上げる乾いた文体は、論理的でありながら、陰々とした悲壮感と深みのある文学的な香りを漂わせる。そして生の深淵を経験した作家の次のような切々とした告白には、思わず身震いするほかない。

「部屋の中の暗闇に体を隠している時、不意に押し寄せてくるその寂しさからはおかしな性欲の臭いがした。感傷でなく肉体が寂しがっていると感じた時のその狼狽を私は忘れることができない。」

『生の裏面』は、生に真摯に向き合い、苦悩する人々に、ずっしりとした感動を必ずや与えることであろう。

ル・クレジオとの交流

二〇〇八年にノーベル文学賞を受賞した作家のル・クレジオは、韓国現代文学にも造詣が深く、ノーベル賞受賞講演においても韓国文学に言及しているが、李承雨とも、二〇〇七年に対談をしている。また二〇〇九年六月には、私的な場で、韓国文学と李承雨の文学について、李承雨に一〇項目にもわたって詳細に質問をしている（その時の話の内容は彼（李承雨）の散文集『小説を、生きる』に重なる）。その際に『生の裏面』の素晴らしさを賞賛し、他作品のフランス語への翻訳も催促したという。その**ル・クレジオ**は、韓国でのみならず、世界のどこででも、講演において頻繁に韓国文学に言及しているが、必ず李承雨の名を挙げ、**「韓国を知るには、否、人間を知るには李承雨の小説を読めばよい」**と断言するほどに、李承雨の文学を絶賛している。

素顔の李承雨

訳者が李承雨の作品に出会ったのは二〇〇七年の初冬だった。同僚の先生に勧められて、韓国文学翻訳院で彼の短篇「他人の家」を教材にして授業をすることにしたのが契機である。四月から始まる授業の準備で李承雨の作品を読み始め、「生」と真摯に向き合っている作品の数々に少なからぬ衝撃と感動を覚えた。読めば読むほど魅了され、気がついたら彼の作品の大部分を読み漁っていたのだ。テーマは違っていても、すべての作品に人間の内面を見つめ、原罪を直視している姿勢がいずれの作品にも見られ、訳者はますます李承雨に惹かれていった。そして彼の作品に傾倒した訳者は、翻訳の許可を得ることを口実にして李承雨に連絡し、二〇〇八年五月六日に会った。梨花女子大学の前に現れた彼は、あの衝撃的な作品を書く人とは思えないほど、温和でシャイな男性だった。特に、謙虚な物言い、物腰に驚いた。その後度々会う機会はあったが、その人柄は、いつも変わらず、物静かで控えめで「私が翻訳している作品は本当に彼の作品なのか」と疑わしくなるほどだ。しかし、彼の文学に対する姿勢は尊敬に値するもので、「現実に幸福な人は小説を書かない」と言い、「現実を征服し、新しい現実を虚構を通して作り上げるのが小説だ」とも言っている。ル・クレジオとの対談でも話していることだが、「作者自身の中にあるものが地下水のように現れて小説になるのであって、読者の反応を意識して書くのではなく、書かずにはいられなくて書くのだ」という言葉ほど、作家としての李承雨の本質を表しているものはなかろう。

これからも彼の作品を誠心誠意翻訳し続けていきたい。前述したように、海外で盛んに翻訳されている『植物たちの私生活』も本書と同様、拙訳によって藤原書店より近々刊行される予定である。

（キム・スニ／翻訳者）

生の裏面
李承雨（イ・スンウ）　金順姫（キム・スニ）訳
四六変上製　三四四頁　二九四〇円

ウクライナに魅了された十九世紀ポーランドの芸術家らの本質に迫る

ウクライナの発見
――ポーランド文学・美術の十九世紀――

小川万海子

夢物語の地ウクライナ

「自由と夢物語の魅惑の地」、「御伽(おとぎ)噺(ばなし)から抜け出たような光景」、「狂おしいほどに彩り豊かな国」。十九世紀ポーランドの画家たちが、この上ない賛美の言葉を献じたのは、ウクライナであった。

かつて近世のポーランド・リトアニア国家がほとんどの領域を占めていたウクライナは、絵画の分野だけでなく、ポーランド文学においても、重要なテーマをなしている。列強による三国分割のため、国家消滅の悲運に見舞われていた十九世紀ポーランドにおいて、画家や詩人をかくも魅了したウクライナとはいかなる地であるのか。同地を扱った絵画や文学作品を読み込むことにより、ウクライナという空間を紙面に立体的に呼び起こすことに挑戦したのが本書である。

ポーランド語における「ウクライナ」とは、遥か遠い地、辺境地帯を原義としており、人の心にこの世の果ての風景を思い描かせる響きを持つ。また、かつての東部国境地帯として、ウクライナはポーランド人に、今や失われた土地に対するある種独特の郷愁と憧憬の念を呼び起こす。十九世紀ポーランドにおいて、ウクライナは、ポーランド民族及び文化の揺籃の地、すなわち「母なるウクライナ」として認識されていた。

もの言う自然が全てを圧倒

ウクライナに生まれた**詩人セヴェリン・ゴシチンスキ**（一八〇一―七六）は、ドニエプル川とブク川に囲まれた、まさにウクライナの心臓部について、こう語っている。

「砂地と世界で最も肥沃な耕地、最も透明度の高い水と近づきがたい沼地、朗らかな森と太古の原生林、静寂の谷と巨大な丘、人跡未踏の深い森と広大無辺のステップ、それらが自然の和解の宴に参集したかのように、この地に集まったのである。」

欧州とアジアを隔てる境界地域・ウク

ライナは、相反するような性質の景物や力が一堂に会し、妙なる調和のもとに息づく境なき空間であったと私は読み取る。十九世紀ポーランドの絵画や文学作品において、それは顕著に表れている。**画家ユゼフ・ヘウモンスキ**（一八四九―一九一四）がウクライナの広漠たる大地を満たす神への賛歌を描いたように、**詩聖ユリウシュ・スウォヴァツキ**（一八〇九―四九）は、神そのものとしてのステップを歌い上げる。他方、**アントニ・マルチェフスキ**（一七九三―一八二六）の『マリア』の主人公であるステップを支配するのは、死である。無量無辺の豊饒の大地は、孤独と憂愁が根を張る空の世界でもあったのだ。

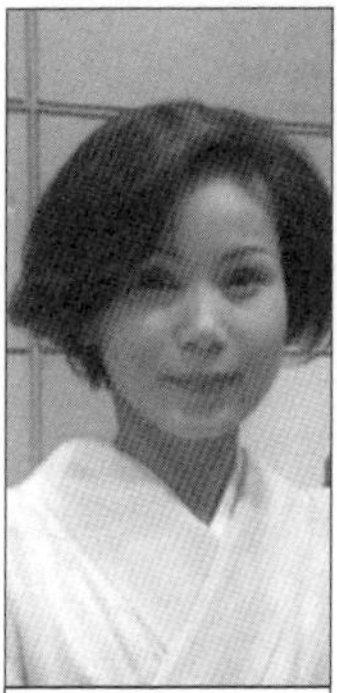
▲小川万海子氏

様々な作品の主人公たる自然には言葉や感情が満ちている。**ヤン・スタニスワフスキ**（一八六〇―一九〇七）は、自然が綴る詩を造形し、ステップに咲くヒレアザミの哀切、湧き立つ雲の雄叫び、炎暑に凝固した大気の嘆きを俳句の如くに小さなキャンバスに再現している。また、文学作品には「ウクライナの風」が頻繁に登場してはステップを席巻し、ときに哀歌の真の歌い手となる。

ユゼフ・ボフダン・ザレスキ（一八〇二―八六）はウクライナの語り部として、至上のアルカディアの姿を歌の中に永遠にとどめている。そして、ポーランド人の愛国心に、広闊な大地の生命力に溢れた呼吸を送り込んだのが、ヘウモンスキであり、**詩人ヴィンツェンティ・ポル**（一八〇七―七二）であった。

ウクライナの発見

本書が取り上げた芸術家たちの祖国、十九世紀ポーランドとは、いかなる時代であったのか。十八世紀末に国家が地図上から消滅した後、一月蜂起（一八六三―六四）まで多くの武装蜂起が繰り返される。その結果、数多のポーランド人が戦いに斃れ、あるいは刑死し、あるいはシベリア流刑となり、あるいは亡命を余儀なくされた。本書に登場する芸術家の多くも蜂起に参加しており、その後、亡命生活を送っている。

だが、この未曽有の苦難の時代において、ポーランド文化史上、最も重要なロマン主義時代が開花するのである。文学、音楽、美術などの分野で燦然と輝き、特に詩が異常なほどの力をもってあらゆる芸術を支配し、詩人たちは、民族の本質を問いながら進むべき道を示し、民を導いたのである。

　ポーランド美術におけるロマン主義の円熟期は、文学におけるロマン主義の終焉とともに訪れる。**詩聖の頂点**として君臨していた**アダム・ミツキェヴィチ**（一七九八―一八五五）没後、ポーランド人は民族を導く精神的指導者を失ってしまう。その後、それまで詩人が占めていた役割を今度は画家たちが担っていくことになる。こうして、文学においてはロマン主義から次のポジティヴィズム（実証主義）へ移行する時期に、美術におけるポーランド・ロマン主義は頂点を極めるのである。ポーランド人の歴史観を形成した**画家ヤン・マテイコ**（一八三八―九三）、武装蜂起などポーランドの現在進行中の真実をルポルタージュ的に描いた**アルトゥル・グロットゲル**（一八三七―六七）、そして、自然や農村風景を通じて、ポーランド精神の永遠性を造形したヘウモンスキらが、ポーランド人の愛国心を鼓舞し、詩聖に代わり民を導いた。

　民族主義色が強く、地理的には現ポーランド領よりもかなり東方寄りで、地方色豊かなこのロマン主義の特徴を網羅しているのが、まさにウクライナであり、**ポーランド・ロマン主義の芸術家たちにより、ウクライナは発見されたと私は考える。**

ポーランド美術との出会い

　我が国において、ポーランド美術は未知の世界である。私がポーランド美術と出会ったのは、今から一六年ほど前になる。外務省に入省し、ポーランド語を専門語とすることになった。それまでポーランド語に接したことはなかったが、ヴァヴェンサ（ワレサ）率いる連帯による民主化の激しいうねりに世界中が注目した頃、中学生だった私も異常な興奮をもって推移を見守った。以後、ポーランドは、一つの炎として私の中に存在していた。

◀ヤン・スタニスワフスキ《夏》（一九〇二年）シロンスク美術館

　ポーランドへ旅立つ前、当時ワルシャワに赴任していた先輩職員から、ワルシャワ国立美術館の画集をもらった。そこで目を奪われたのが、ヘウモンスキの

《遊糸》であった。本書において詳細に解説しているが、空と大地の無辺の広がりの中、土に汚れた裸足を露わに、黄色いターバンを巻いた牛飼いの娘が、画面中央に大きく横たわっている。はちきれんばかりの赤い頬を輝かせ、恍惚とした表情で手にしているのが「遊糸」、すなわち我が国では「雪迎え」ともよばれる、小春日和に舞うくもの糸である。

▶ユゼフ・ヘウモンスキ《遊糸》（一八七五年）ワルシャワ国立美術館

　画面から漂う郷愁と素朴な温かさに魅了され、ワルシャワに到着して、いの一番に国立美術館を訪ねた。そこで、《遊糸》をはじめとするポーランド美術を眼前にしたとき、まさに宝箱を開けたような感慨であった。

　その後十年を経て外務省を退職し、東京外国語大学大学院において、ポーランド文学を中心に学ぶ。十九世紀の美術と文学を関連させていくうちに到達したテーマが「ウクライナ」だった。本書は、ポーランドの画家と詩人の造形や言葉から掬い取ったイメージによる、私の「ウクライナ体験」の物語でもあるが、それは実に稀有な発見の旅であった。

ポーランド芸術とウクライナの大地の声を体感する一助に

　北をバルト海に臨むポーランドは、琥珀の産地である。琥珀はポーランドそのものだと思う。琥珀は内に地球の歴史を閉ざし、かの国の根幹をなすのは悲壮を極める歴史だ。その芸術も煌く華麗さには欠けるかもしれないが、琥珀のように深い味わいを秘めている。本書は、約六十点にのぼるポーランド絵画を掲載し、ポーランド文学作品も多数扱っている。本書が、ポーランド美術と文学の光に触れる一助になればと願ってやまない。そして、ウクライナはチェルノブイリ原発事故から今年で二十五年を迎えるが、ウクライナという豊饒の大地そのものが発する声、呼吸、ものの力を体感していただければと思うのである。

（おがわ・まみこ／元外務省職員）

リレー連載 今、なぜ後藤新平か 71

震災前に生まれていた復興小学校

吉川　仁

関東大震災以前の三つの火事

関東大震災の二年半前、東京市内に三つの大火事が相次いだ。**「早稲田鶴巻町の火事」**（大正九〔一九二〇〕年一二月三〇日下宿屋等百数十戸焼失）、**「新宿の大火」**（大正十〔一九二一〕年三月二六日遊郭等六百戸強焼失）は夜の火事であったが、四月六日に浅草公園の北方でおきた**「浅草田町の大火」**は、午前八時半に出火し、春の強風にのって千二百戸余約二万五千坪を焼き、午後三時頃に鎮火した。象潟警察署、宮戸座、四年前木造で新築した富士小学校も焼失、児童は浅草本願寺に避難し、死者はなかった。

各焼け跡は警視庁の手によって土地所有者の互譲による区画整理がなされ、これが**帝都復興区画整理の原形**になった。

もう一つ、震災復興に影響を与えるのは**富士小学校の再建**である。浅草の大火は水曜日午前中に発生、**東京市長後藤新平**は市役所で執務中であった。まず一〇時に助役を浅草区役所に派遣、救護の指揮にあたらせた。午後四時に市長自ら自動車で出張、区役所にて地図を前に説明を聴いた。「なにしろ多数の小学児童が無事だったのは誠に結構であった」と校長の処置を称揚した後、視察に向かう。見舞人や家財を運び返すものでゴッタがえす仲見世通りから観音堂裏手に抜け宮戸座前に出た。大混雑で、おまけに道路は靴を没するほどの泥濘であったが、市長はズボンの裾を捲り上げ、ホースの破れ目から迸り出る水を頭から浴びながら焼け跡を視察、「更に千束町の狭い往来を押され押されて、焦土と化した象潟署や富士小の焼け跡に出て、小高い浅間神社の境内（富士塚）に上がり四方を眺めた末、罹災民の収容所に充てた千束小の門を潜った。『ヤアヤア御骨折りありがとう、罹災民に代わって厚く感謝します』と学校長に如才なくあいさつし、象潟署の仮事務所や本願寺に収容されて居る児童を見舞って自邸に帰った。」（四月七日付『時事新報』「焼け跡視察の後藤市長」より一部要約）子どもを大事にした彼の人柄がうかがえる。

▶神応小学校（東京都港区）の開校式で挨拶をする後藤新平

小学校を鉄筋コンクリートで再建

この大火は、後藤が内閣に「東京市政要綱」（八億円計画）の意見書を提出する三日前に起きた。意見書中には懸案の小学校二部授業解消に向けて、盟友佐野利器による鉄筋コンクリート校舎*の構想が含まれている。地元資料とあわせると、視察時に後藤が富士小を鉄筋コンクリートで再建する決断をしたと理解できる。

その年に設計が進み翌年着工した富士小は、大正十二（一九二三）年九月一日夏休み明けに開校式を迎えた。教室が中庭を囲む三階建てのモダンな校舎で、新聞は「日本一の小学校」と報じた。しかし、開校式を終え、児童が下校し間もなく大地震が発生、南西の凌雲閣付近から生じた火流が午後三時頃襲来、外郭と地下室・北便所を残して内部は焼失した。焼けた壁、窓ガラス、机などを片付け、八日に罹災民千人が入った。一〇月から屋上で授業が始まり、まもなく三階の教室に筵を敷き樽・木箱を並べて授業が続いた。その様子は**川端康成**「**浅草紅団**」に記されている。

帝都復興において東京市は佐野と弟子達の手により一一七の復興小学校を建設した。ここに富士小の経験が生かされた。不断に都市づくりに取り組むことの積み重ねが、非常時の力になるという一例でもある。

〈参考論文〉吉川仁「帝都復興区画整理と復興小学校の成立過程に関する研究」『都市問題』、二〇〇八年八月号。

＊我が国最初の鉄筋コンクリート校舎は大正九年一一月神戸市須佐小に始まる。富士小は東京市内四番目の竣工、但し前三校は増築や東京市直営学校で、形状・設備等も復興小学校とは大きく違っている。

（よしかわ・じん／前首都大学東京特任教授・都市プランナー）

Le Monde

■連載・『ル・モンド』紙から世界を読む　101

イタリアのタハリール広場

加藤晴久

六月一二／一三日におこなわれたイタリアの国民投票を『ル・モンド』（六・一五付）の社説はベルルスコーニ首相に国民がくらわした「痛烈な平手打ち」と評した。

ベルルスコーニ氏は一九三六年、ミラノ生まれ。ここを拠点にまず建設業で成功し、新聞、出版、テレビに進出して一大メディア帝国を築き上げ、イタリア第一の富豪になった。その頃から脱税、贈賄等のスキャンダルが絶えなかった。政界に進出したのも、政権を取って司法を抑え込むのが目的だったと言われている。一九九四～九五年、二〇〇一～六年に続いて、二〇〇八年五月から第三次内閣を率いている。

今回の国民投票は四つの法律を廃止するか否かをめぐっておこなわれた。そのうちふたつは水道民営化に関する法。ひとつは新たに四つの原発を建設する法。もうひとつは大臣および首相はその任期中は裁判所に出頭する必要はないとする法。ベルルスコーニ氏は現在、①贈賄、②脱税、③権力乱用・未成年者買春の容疑でミラノ裁判所に起訴されているのである！

国民投票は投票率五七％で成立。四つの法はいずれも九四～九六％の賛成で廃止された。「時代が変わった」と評された。

その意味は？

首相が所有する公共・民間テレビ局、新聞は国民投票成立に必要な投票率五〇％を阻止するため、ほとんどこの問題を取り上げず、投票日を間違えて（？）報じたテレビ局もあった。「ベルルスコーニ、ネット（＝クモの巣）に捕らえられる」という見出しの記事（六・一六付）によると、反政権派の市民たちはベルルスコーニ氏が牛耳るテレビを相手にせず、ブログ、ツイッター、フェイスブックを介して、情報交換、資料の分析・比較・論評をおこなうと同時に、投票呼びかけキャンペーンを展開したという。インターネットにまったく無知なベルルスコーニ氏は「そんなものに投資して儲かるのか？」と一文も投資してこなかった。「時代が変わった」ことが読み取れなかった。「エジプト・カイロのタハリール広場の役割をイタリアではネットが果たした」。

（かとう・はるひさ／東京大学名誉教授）

リレー連載　いま「アジア」を観る　103

海域アジア世界からの発想

家島彦一

二〇〇〇年出版の『海のアジア』（岩波書店）のなかで、私はアジアを観る一つの枠組みとして「モンスーン文化圏」を提起して、アジア、アフリカとヨーロッパをつなぐ広大なインド洋の歴史と現在を総合的に論じたことがある。

「歴史的インド洋海域（海域アジア世界）」では、古来、人の移動と交流によって形づくられた交通・もの・文化のネットワークが張りめぐらされていた。ネットワークの交点としての港市には、ダウ船やジャンク船が賑やかに出入りして、さまざまな物品や情報が集散し、国際色豊かな文化が育まれ、国境を越えて集まった人々による多元的重層社会が発達した。モンスーンがもたらす自然の息づかいや共通の時間のリズム、豊かな熱帯・亜熱帯の植生、各地の多様な生産性など、自然生態条件の共通性と差異性を巧みに利用して生きる人びとのダイナミックな交流のうねりこそが、価値あるものを携えて訪れる者であれば誰であれ、たとえ力による支配と独占を狙った狡猾なヨーロッパ人であっても、柔軟に受け入れるコスモポリタンなアリーナをつくりあげたのである。

このような海域アジア史に見られた国際性と倫理性は、今後のアジアの経済・文化空間を束(たば)ねるうえでも重要な要素を提供しているように思える。自然生態と文化的観点から、モンスーンがもたらす現象は海域アジア世界だけに限らず、ユーラシア大陸の中央部を東西に貫く幾筋もの高山系とそこに発源する大河川、渓谷、農地、オアシス、砂漠などとも密接に連動して、各地域に住む人々の自然風土（環境）に適した特色ある経済活動や生活・文化を生んだのである。今後、このようなモンスーンがもたらす広域的な同質性に加えて、環境が織り成す多様な地域性と生産性を最大限に生かし、そして人々の生活と文化の伝統に見られる差異性を相互の「価値」として認め合う補完的な新しい「アジア交流ネットワーク」を構築していくことが肝要ではないか。

（やじま・ひこいち／東京外国語大学名誉教授）

連載　女性雑誌を読む　40

『ビアトリス』（一〇）

尾形明子

これまで何度も生田花世の名前を出してきたが、彼女を軸にして近代女性文学史を書きたいと、長い間思い続けてきた。『青鞜』『ビアトリス』『ウーマンカレント』『女人芸術』『輝ク』——明治から昭和の女性雑誌の中心に、いつでも花世がいる。

一八八八（明治二十一）年徳島に生まれ、県立徳島高女に入学。卒業後小学校教員をしながら河井酔茗主催の『女子文壇』に詩・短編小説を投稿。作家を志して上京、『青鞜』社員になった。

教員、雑誌記者、女中などをしながら、自らの半生や外見・容貌に対するコンプレックスを綴り、その赤裸々な迫力が注目を集めた。年少の詩人生田春月は、花世が『青鞜』に書いた「恋愛及生活難に対して」に感動し、出会った翌日求婚する。結婚までの経過をもまた花世は『青鞜』にありのままに書き、さらに感想「食べることと貞操と」で、パンのために貞操を売った自らの過去を告白して論争を巻き起こした。

『青鞜』休刊後、誰よりも「書く場」を欲していたのは花世だったといえる。

生田花世

『ビアトリス』では、編集の中心にいたが、毎号短編小説を書いている。「憐愍（れんびん）」「白鳥のごとく」「ふたつの胸」「従妹」「枕屏風」「老年若年」と、テーマは七篇ともにバラエティに富んではいるが、習作の範囲を出ていない。新聞社に職を得ながら、夫の不機嫌によって退職するまでを描いた「ふたつの胸」のような、大正期の女性作家のメイン・テーマともいえる〈男女両性の相克〉を、真正面から突き詰めて描いていたら、と思わされる。

『ビアトリス』にかつての『青鞜』時代のような〈感想・評論〉を書かないことについて、花世は大正六年四月号の「編集雑感」で「私の素質はやはり抒情詩人の素質で、批評家の素質では」なく、目下「理知に対する頭脳の冴えや、自他に対する見識の明晰を蓄へてゆこう」と努力していると述べている。

文学への燃えるような情熱、生きることの誠実さ、同性に対する思いやり、人間としての善良さ、それらを誰よりも持ちながらも、あるいはだからこそ、作家として大成しえなかった悲劇を花世に見る。

（おがた・あきこ／近代日本文学研究家）

■連載・生きる言葉　52

『小野塚喜平次　人と業績』

粕谷一希

わが国近代政治学の始祖ともいうべく、後に東京帝国大学の名総長として令名を馳せた小野塚喜平次は、明治三年一二月二一日、新潟県越後古志郡長岡町大字上昭町一三番地で、父平吉、母喜久の間に、その長男として生れた。

（「第一章　生い立ち」、南原繁・矢部貞治・蠟山政道『小野塚喜平次　人と業績』岩波書店、一九六三年）

貴重な本である。吉野作造だけがメディアの中心となりながら、小野塚喜平次のことはせまい範囲の人々にしか知られていない。矢部・蠟山・南原という三者によって書かれた本書はながく残ることだろう。有名な長岡生れの小野塚は、河井継之助や山本五十六の流れの中にある。昭和初期、日本の政局がもっともデリケートだったころ、名総長として道を誤まらなかった貴重な存在。河合栄治郎も若いころ、小野塚からいろいろ示唆を受けている。

平民生れの家柄だったためか、新渡戸稲造の「武士道」ともちがい、福沢諭吉を好んだという。昭和二十年、戦争中の死で、ながく忘れられた存在だったが、実質は吉野より、新渡戸より実力をもっており、ながい間、政治と政治学の間を穏やかに生き抜いたといえよう。

歴史はつねにメディアによってアクセントをつけられる。小野塚の場合を考えることはそれ自体メディア批判をも生むことだろう。吉野作造そのものではなく、それをあまり英雄視したことが、戦後の政治史・政治学史をゆがめたといえるかもしれない。矢部・蠟山・南原の三人の存在もそれぞれに微妙である。矢部貞治が近衛文麿に近く、蠟山、南原はそれぞれ、ユニークな道を歩んだ。三人が一緒に彼の伝記を書いたことも意外な側面をもっている。

個人の関係は他から伺い知れない微妙な面がある。蠟山は河合栄治郎に殉じたが軍部の推薦を受けた。南原はナチズムを正面から批判した先見性をもちながら、戦後の全面講和論、アメリカ教育使節団への対応で問題を起した。政治と政治学の間の不思議な関係といってよいかもしれない。未来を読むことの難しさであろう。

（かすや・かずき／評論家）

連載　風が吹く　42

出会い

高 英男氏　2

山崎陽子

高英男さんとの出会いは唐突だった。婚約して間もない頃、婚約者の母親、やがて姑になる人からの突然の誘いに、慌てて駆けつけたレストランで、姑と談笑する男性を見て息をのんだ。

当時、若い女性に人気のあった雑誌「ひまわり」「それいゆ」などのグラビアでお馴染の高名なシャンソン歌手・高英男だったからである。思い掛けぬ出会いにドギマギしている私に、高さんは、優しく微笑みかけた。「ご長男のお嫁さんが決まったら、真っ先に紹介していただくお約束だったんですよ」まるで歌うような口調だった。

まだ日本中が貧しかった昭和二十七年、留学先のフランスから帰国した高さんが、日劇（現在の有楽町センタービルにあった四千人収容の大劇場）で、淡谷のり子、橘薫、越路吹雪とグランドレビュー「巴里の歌」を上演。面長な四人の舞台に「四頭立ての馬が日劇の舞台を飾った」と新聞が書きたてた。これがシャンソンブームの火付け役となったのだが、宝塚の男装のような……と評された高さんのステージは、多くのファンを熱狂させていたし、NHKのラジオドラマの挿入歌「雪の降る街を」は大ヒットし、あまりシャンソンに詳しくない人でも高英男の名は知っていた。

高さんが、昭和二十七年、留学先の巴里から持ち帰ったシャンソンの数々「ロマンス」「枯葉」「詩人の魂」ほか次々に、キングレコードでレコード化され、外国の曲をレコードにしても売れないというジンクスを破る売り上げを記録したという。

およそ芸能界とは無縁の婚家とシャンソン歌手と関わりが不思議だったが、かつてG学園の後援会長だった舅と姑が、新校舎建築の資金を集めるために人気絶頂だった高英男のショウを企画して大成功をおさめ、それ以来の付き合いだというのである。礼儀正しく律儀な高さんの人柄に、両親がすっかりほれ込み、高さんも両親を慕い、ほのぼのとしたその交流は二人が他界するまで続いた。夫に先立たれた姑が長い入院を余儀なくされたとき、季節の移ろいを感じさせる草花が途切れることがなく病床に届けられた。高さんは、そういう人だったのである。

（やまざき・ようこ／童話作家）

連載　帰林閑話　200

閑話二百回

一海知義

　この連載も、二百回を重ねた。始めたのが一九九三年だから、十八年間、毎月一回、書きつづけて来た。

　タイトルの「帰林」は、引退すること、隠遁することをいう。「帰山」ともいい、都会での勤めを終えて、山林に帰ること。実際は都会にいても、帰林、帰山とシャレた。

　これも同年、私は大学を停年退職した。『老子』に「絶学無憂」という言葉が見え、これを「大学ヤメレバのんきにナルゾ」と訳して、そのつもりでいた。そこで、「帰林閑話」などというノンキな随筆の連載を始めたのである。ところが退職してみると、忙しさは倍加した。

　ところで「閑話」とは、「閑（ひま）なときにする話」、いわば「むだばなし」である。忙しくて「むだばなし」などしているヒマはないのだが、人間、そうなると却って「むだばなし」がしたくなる。かくて書きつづけて来たのが、「帰林閑話」である。

　私は物事を始めると、長くつづける悪いクセがある。

　たとえば、二、三の友人を誘って、ある新聞に「漢詩の散歩道」という連載物を書き始めた。ところが、途中タイトルを少し変えたり、短い休みをとったりしながら、「散歩道」の名は捨てず、今も「漢語の散歩道」と題してつづけている。

　長い散歩である。始めてから、来年で四十年になる。

　また、大学を停年で退職したあと、若い友人たちと中国宋代の詩人陸游（りくゆう）（一一二五―一二一〇）の詩を読み始めた。毎回一人の担当者をきめ、詩一首の解釈をプリントして、参会者に配る。それをみなで批評、正解を求めて二時間討論がつづく。あとは小宴会。

　月に一回の集まりだが、これも今年で十八年。この一月に、二百回目を迎えた。

　「継続は力なり」というが、量は質に転化するのか。成果については、参会者に聞くしかない。

（いっかい・ともよし／神戸大学名誉教授）

七月新刊

この大震災を問うことは、自らを問うことだ！

環 学芸総合誌・季刊【歴史・環境・文明】 Vol.46 '11 夏号

〈特集〉東日本大震災

花を奉る　石牟礼道子

〈鼎談〉「東北」から世界を変える——「自治」に根ざした「復興」への道　川勝平太＋東郷和彦＋増田寛也

〈短期連載〉被災地／被災者の「声なき声」1 「被災地、石巻から」（協力・荒蝦夷）

平朝彦／伊藤和明／R・ゲラー／永松伸吾／陣内秀信／北原糸子／橋本五郎／青山佾／高成田享／田村秀男／藤岡喜美子／早川和男／西舘好子／山川徹／吉岡斉／井野博満／菊地洋一／相良邦夫／環境エネルギー政策研究所

〈対談〉独学者の歴史叙述　渡辺京二＋新保祐司

〈リレー連載〉歴史家C・ビーアドと日本3「日米関係の核心は中国問題である」開米潤

〈寄稿〉中国問題　J・M・クワコウ他

〈書評・書物の時空〉粕谷一希／住谷一彦／辻井喬／村上陽一郎／中村良夫／森千香子／申斌（池尻陽子訳）

〈連載〉石牟礼道子／金子兜太／小島英記／平川祐弘／小倉和夫／尾形明子／河津聖恵／朴才暎／黒岩重人／能澤壽彦

菊大判　四二四頁　**三七八〇円**

いま、なぜ「平成の後藤新平」が求められているのか？

震災復興 後藤新平の120日

都市は市民がつくるもの

大地震翌日、内務大臣を引き受けた後藤は、その二日後「帝都復興の議」を立案する。わずか一二〇日で、現在の首都・東京や横浜の原型をどうして作り上げることが出きたか？

豊富な史料により「復興」への道筋を丹念に跡づけた決定版ドキュメント。図版・資料多数収録。

後藤新平研究会＝編著

Ａ５判　二五六頁　**一九九五円**

「東北から世界を変える」

「東北」共同体からの再生

東日本大震災と日本の未来

川勝平太＋東郷和彦＋増田寛也

「地方分権」を軸に政治の刷新を唱える静岡県知事、「自治」に根ざした東北独自の復興を訴える前岩手県知事、国際的視野からあるべき日本を問うてきた元外交官。東日本大震災を機に、これからの日本の方向を徹底討論。

四六上製　一九二頁　**一八九〇円**

初めて明かされた近世以前の東アジア交流史

モノが語る日本対外交易史 七―一六世紀

口絵カラー三二頁

シャルロッテ・フォン・ヴェアシュア

鈴木靖民＝解説　河内春人＝訳

日本国家の成立から、近代ヨーロッパ世界との遭遇の直前まで、七―十六世紀に及ぶ日本の対外関係の全体像を初めて通史的に捉えた画期的著作。「モノを通じた東アジアの交流」と「モノづくり日本」の原点を鮮やかに描き出す！

四六上製　四〇八頁　**五〇四〇円**

二〇一一年度「後藤新平の会」シンポジウム

シンポジウム「東日本大震災と後藤新平」

〈会場〉日本プレスセンタービル一〇階ＡＢＣホール

七月一六日、午後一時より開催。司会・藤原良雄事務局長と粕谷一希会長の開会挨拶に続き、問題提起。青山佾氏（明治大学大学院教授）は、後藤の自治精神を示しつつ、自身の都庁時代の諸救災活動の経験から提言。赤坂憲雄氏（学習院大学教授）は、今回の復興構想会議に参画した立場から、地域住民が主人公であり、後藤の説く自治原理に学びたいと。北原糸子氏（立命館大学教授）は、日本災害史の立場から、震災直後の後藤のメモ類に、迅速な救済実行策の手際を読み解く。また義援金・恩賜金の処理の見事さをも検証。陣内秀信氏（法政大学教授）は、八〇年代の都市観察の経験から、消えゆく震災事業建築物や学校・公園設計に絡め、失われた価値観の意義を説く。増田寛也氏（元総務大臣・前岩手県知事）は、後藤の復興方針に言及し、リーダーシップ環境の形成を重視。復興庁を東北に置くべきと。最後に、司会の橋本五郎氏（読売新聞特別編集委員）が、諸氏の発言を整理しつつ、国会の仙台での開催などを提言した。二時四六分、会場の全員で黙祷を捧げ、休憩に入った。

第二部は牧野英一郎氏による「復興節」の実演から始まった。大震災後、人々を励したバイオリン演歌で、歌詞に新平さんが

出てくる「音空間」を復元。続いて、今後藤に何を学ぶか、リーダー論などを軸に討論がなされた。赤坂氏は「原発と自治の両立はない。原発は国家が仕切る。エネルギーを自分たちの力で取り戻すべき。後藤の言う自治の再建を」と。陣内氏「東北から日本の再生を。地域に根を下した復興を」。北原氏は、震災記念堂の無縁の骨などに絡め、死者の魂の重さに言及。青山氏は「伸び盛りの日本の覇気を後藤に見る」とし、かつ三宅島の防災経験から、自治の大切さを強調。増田氏は「国の支援の限界を見極め、自助、コミュニティ力を。リーダーはヴィジョン提示と胆力が大切」。盛会にて、四時半に閉会。参加者一三六名。（編集部）

読者の声

福島原発事故はなぜ起きたか■

▼原発事故以来テレビやマスコミの記事をよくみている。事故の原因で以下の点が不明なので購入した。住民が逃げまどうような事をさせてはいけないという理由から、原発を「止める」を対策にすることには、意見の相違を感じた。昭和三〇年代の公害問題と同じ事ではないか?
・ベントが必要な対策なら、安全対策は当然必要ではないか?
・水素爆発には着火源がいる。どこかに見落としがないか?
・二一六頁「二遺体発見」の詳細が知りたい。
・一一二頁海への汚染水放出の件、犯罪行為ではないか?著者に賛成。
・放射性物質の回収を何年かけてもやるべきではないか?

(兵庫　化学品安全コンサルタント　**伊藤雄二**　62歳)

▼「野間宏の会」で井野さんのお話を伺いました。それ以上に、明確な態度と解説が解り易く、かつ、理論的に展開しており、かなり、スッキリと整理が付きました。未曽有の大震災に対しては、東電に責任を完全にとらせたいと思っています。著者の方たちの多忙の中、早急に出版されたことに敬意を表します。『徹底検証　21世紀の全技術』も手にしております。

(東京　**石井泰四郎**　66歳)

「二回半」読む■

▼毎週日曜日の橋本五郎氏の書評を参考に本を選びます。TVは見ません。読書のみです。『読売新聞』では橋本五郎氏の活字を見ると和やかになります。藤原書店様に感謝いたします。読後中学生の孫に送る楽しみがあります。

(佐賀　**池田和子**　78歳)

次代への名言　時代の変革者篇■

▼日本列島全域が混沌とした、今の世に、渋沢栄一や岩崎弥太郎、本田宗一郎等々、我が身の富むことばかりを考えず、起業に邁進しつつ、国家を思い、政治を憂える人物は、今強く惹かれる。この度の東北大震災、津波、重ねて原発事故と、対策に困窮している今こそ読みごたえのある著書である。

(千葉　歌人・主婦　**土岐恭子**　76歳)

細川三代■

▼剣道を少々嗜んでいるので、宮本武蔵に大変興味があり、忠利に関する書物を待望していました。また郷士と関係のある、明智光秀や細川ガラシャと細川家との関わりも興味深く読むことができました。昨年国立博物館で「細川家の秘宝」特別展を拝見しましたが、『細川三代』を読んだ後であればもっと楽しく深く拝見することが出来たと思いました。随所に手紙等の史料からの記述があり価値が高い書籍で、細川家の繁栄のもとを多少理解できました。赤穂浪士への綱利の対応には感動しました。すばらしい本を出していただき、ありがとうございました。

(岐阜　会社員　**深津修一**　52歳)

※みなさまのご感想・お便りをお待ちしています。お気軽に小社「読者の声」係まで、お送り下さい。掲載の方には粗品を進呈いたします。

書評日誌(六・二〇～七・二三)

書 書評　**紹** 紹介　**記** 関連記事
TV 紹介、インタビュー

六・二〇　記 読売新聞(後藤新平)(「文化論」/「関東大震災と後藤新平」/「東京復興　構想力

に覇気」／青山佾）

六・二六　(紹)毎日新聞「正伝　後藤新平」「後藤新平大全」（「反射鏡」／「後藤新平の震災復興と『参院の優越』問題」／冠木雅夫）

六月下旬号　(書)出版ニュース「多田富雄の世界」（「BOOK　GUIDE　ブックガイド」）

(書)しんくみ「自由貿易は、民主主義を滅ぼす」（「書評」／「保護主義は民主主義を守れるか?」／斉藤美彦）

(紹)ル・キノ美ジュ「芸術の規則Ⅱ」「国際／日本美術市場総観」「自由―交換」「黒衣の女　ベルト・モリゾ」「ゴッホはなぜゴッホになったか」「ゾラ・セレクション⑨美術論集」

七・三　(書)産経新聞「次代への名言　時代の変革者篇」（「読書」／「日本人の精神の系譜たどる」／斎藤孝）

七・四　(紹)朝日新聞「都市デザイン」（「はじめての都市デザイン」／「歴史・風景……個性を魅力に」／大西若人）

(紹)毎日新聞（夕刊）「後藤新平の会」シンポジウム（「一六日にシンポジウム『大震災と後藤新平』」）

七・五　(紹)朝日新聞（夕刊）「後藤新平の会」シンポジウム（「シンポジウム『東日本大震災と後藤新平』」）

(紹)読売新聞（夕刊）「後藤新平の会」シンポジウム（「東日本大震災を考えるシンポ」）

七・七　(紹)東京新聞「後藤新平の会」シンポジウム（「もぎたて情報便」／「二〇一一年度『後藤新平の会』公開シンポジウム『東日本大震災と後藤新平』」）

七・一〇　(紹)東京・中日新聞「サードセクター」（「新刊」）

七・一三　(紹)週刊エコノミスト『赤十字』とは何か」（「旬のテーマを読む」／「独自の発展を遂げた日本の赤十字」／小林美希）

七・一六　(紹)TOWNわたらせ四四〇号「母」（「新刊レビュー」）

七・一四　(紹)毎日新聞（夕刊）「歴史の不寝番」（「戦後史概観　自らの体験交え」／「日本特有の民族主義　周辺諸国と対立も」／『亡命』韓国人・鄭敬謨さんが自伝『歴史の不寝番』」／鈴木英生）

七・一七　(書)朝日新聞「自由貿易は、民主主義を滅ぼす」（「ニュースの本棚」／「TPPと自由貿易」／「世界共通ルールの不条理さ」／太田昌国）

(紹)朝日新聞「叢書『アナール　一九二九―二〇一〇』」（「情報フォルダー」）

(記)日本経済新聞「マーラー交響曲のすべて」（「あとがきのあと」／前島良雄）

七・一八　(書)公明新聞「高畠学」（「読書」／「『環境日本学』叢書の記念すべき第一号の誕生」／加藤三郎）

七・二三　(書)週刊読書人「生光」「資本主義の起源と『西洋の勃興』」「叢書『アナール一九二九―二〇一〇』　I 一九二九―一九四五」「叢書・歴史を拓く――『アナール』論文選1　魔女とシャリヴァリ』」（「二〇一一年　上半期の収穫」／細見和之／佐々木力／立川孝一）

七月上旬号　(書)出版ニュース「サードセクター」（「BOOK　GUIDE　ブックガイド」）

七月下旬号　(書)出版ニュース「広報外交の先駆者・鶴見祐輔」（「BOOK　GUIDE　ブックガイド」）

八月号　(書)世界の艦船『水都』大阪物語」（「BOOK GUIDE」）

九月新刊

＊タイトルは仮題

社会主義、軍国主義、産業主義の19世紀

フランス史（全6巻）

VI 19世紀――ナポレオンの世紀

J・ミシュレ　完結

監修＝大野一道・立川孝一

責任編集＝立川孝一

十九世紀の大歴史家ミシュレの絶筆『十九世紀史』。産業主義の覇者イギリスに対抗するためインド征服を夢見てエジプトに船出する、若き独裁者ナポレオン。その軍国主義に対峙するミシュレの厳しいまなざしは、さらにスペイン、ロシア、そして東アジアへ、国境を越え広がる。

既刊 I 中世(上) II 中世(下) III 16世紀――ルネサンス IV 17世紀――ルイ14世の世紀 V 18世紀――ヴェルサイユの時代

アラブ革命も半ば預言していたトッド

アラブ革命はなぜ起きたか？

デモグラフィーとデモクラシー

E・トッド　石崎晴己訳・解説

「イスラームと民主化・近代化は両立不可能だ」という欧米の通念に逆らって、識字率の上昇、出生率・内婚率の低下を論拠に、イスラーム圏の近代化・民主化の動きを「預言」していたトッド。彼の目に、アラブ圏の革命はどう写ったのか？「世界の見方を一変させてしまう稀な思想家」の最新論考！

ハイチ出身のケベック人気作家、日本初紹介

ハイチ震災日記

私のまわりのすべてが揺れる

D・ラフェリエール

立花英裕訳

「地面が揺れだした。まるで風に舞う紙屑だった」。二〇一〇年一月、死者三〇万超の震災に直面した著者が、震災前／後に引裂かれた時間を生きる人々の姿を静かな筆致で記す。

帰還の謎

仏・メディシス賞受賞作完訳！

D・ラフェリエール

小倉和子訳

独裁政権に追われ、故郷ハイチも家族も失い異郷ニューヨークで独り亡くなった父。面影も思い出も持たぬ父の魂とともに、私は故郷に還る……。

「居住福祉」充実は最強の防災対策

防災と「居住福祉」

災害復興十六年の検証と提言

早川和男

平時における「居住」の安定的保証が、非常時にも重要なのはなぜか？　阪神・淡路、鳥取西部、新潟・中越、能登、奥尻、宮城岩手、玄界島の各震災及び有珠山・三宅島噴火などの被災地を何度も訪れてきた著者が、復興への根本条件となる「居住」の充実を訴える。

8月の新刊

タイトルは仮題、定価は予価。

戦場のエロイカ・シンフォニー ＊
私が体験した日米戦
ドナルド・キーン　聞き手＝小池政行
四六上製　二一六頁　一五七五円

生の裏面 ＊
李承雨（イ・スンウ）　金順姫（キム・スニ）訳
四六変上製　三四四頁　二九四〇円

ウクライナの発見 ＊
ポーランド文学・美術の十九世紀
小川万海子
四六上製　二五六頁　カラー口絵一六頁　三一五〇円

9月刊

フランス史（全6巻）　内容見本呈
J・ミシュレ　大野一道・立川孝一＝監修
6 19世紀――ナポレオンの世紀 ＊

アラブ革命はなぜ起きたか？ ＊
デモグラフィーとデモクラシー
E・トッド　石崎晴己訳・解説

ハイチ震災日記 ＊
私のまわりのすべてが揺れる
D・ラフェリエール　立花英裕訳

帰還の謎 ＊
D・ラフェリエール　小倉和子訳

好評既刊書

防災と「居住福祉」 ＊
災害復興十六年の検証と提言
早川和男

社会思想史研究　35号
特集＝〈圏域〉の思想
社会思想史学会編

『環』歴史・環境・文明 ㊻ 11・夏号 ＊
〈特集・東日本大震災〉
川勝平太＋東郷和彦＋増田寛也／石牟礼道子／平朝彦／渡辺京二＋新保祐司　ほか
菊大判　四二四頁　三七八〇円

震災復興 後藤新平の120日 ＊
都市は市民がつくるもの
後藤新平研究会編著
A5判　二五六頁　一九九五円

「東北」共同体からの再生 ＊
東日本大震災と日本の未来
川勝平太＋東郷和彦＋増田寛也
四六上製　一九二頁　一八九〇円

モノが語る 日本対外交易史 七―一六世紀 ＊
Ch・フォン・ヴェアシュア
鈴木靖民＝解説　河内春人＝訳
四六上製　四〇八頁　カラー口絵三頁　五〇四〇円

福島原発事故はなぜ起きたか
井野博満編
井野博満／後藤政志／瀬川嘉之
A5判　二二四頁　一八九〇円

ジャポニズムのロシア
知られざる日露文化関係史
V・モロジャコフ　村野克明＝訳
四六上製　二五六頁　カラー口絵八頁　二九四〇円

「二回半」読む
書評の仕事 1995–2011
橋本五郎
四六上製　三二八頁　二九四〇円

叢書**「アナール 1929-2010」**
――歴史の対象と方法（全5巻）
ラデュリほか監修　浜名優美＝監訳
II 1946-1957　L・ヴァランシ編
A5上製　四六四頁　七一四〇円

母
米良美一・石牟礼道子
B6変上製　二二四頁　一五七五円

歴史の不寝番（ねずのばん）
「亡命」韓国人の回想録
鄭敬謨　鄭剛憲＝訳
四六上製　四八八頁　口絵一六頁　四八三〇円

高畠学
叢書〈文化としての「環境日本学」〉
早稲田環境塾編（代表・原剛）
A5判　二八八頁　カラー口絵八頁　発刊　二六二五円

金融資本主義の崩壊
市場絶対主義を超えて
R・ボワイエ
山田鋭夫・坂口明義・原田裕治＝監訳
A5上製　四四八頁　五七七五円

＊の商品は今号に紹介記事を掲載しております。併せてご覧戴ければ幸いです。

書店様へ

▼大震災以後、メディアでも音無しになっていたTPP問題・自由貿易問題。7／17(日)『朝日』「ニュースの本棚」欄で**エマニュエル・トッド『自由貿易は、民主主義を滅ぼす』**が大きく紹介されました。九月初旬、京都大学の招きで、トッド氏来日。九月下旬には、**最新著『アラブ革命はなぜ起きたか？』**が出版されます。勿論、来日時には、多数のメディアの取材が入っています。フェア展開やコーナー作りをぜひ！　選書リストやパネル、POP等拡材も担当までお気軽にお申し付けを。▼7／14(木)『毎日』(夕)では、**『歴史の不寝番』**の著者、**鄭敬謨**さんの紹介記事が大きく掲載！▼六、七月緊急出版しました東日本大震災に関連する**『環』46号**、**『震災復興 後藤新平の120日』『「東北」共同体からの再生』『福島原発事故はなぜ起きたか』**の動きはどうですか？　復興への大胆な提言をはじめ、「フクシマ」原発事故の核心に触れる問題を提起しています。一人でも多くの読者の方々にお読みいただければ幸いです。

（営業部）

E・トッド氏来日

京都大学の招きで、世界で今最も注目されている仏の人類学者、エマニュエル・トッド氏が来日。

「文明の衝突」か「文明の接近」か——アラブ革命と世界情勢の新たな展開

【日時・場所】九月三日午後三時半～六時　於・青山学院大学青山キャンパス
【入場料】無料。先着二〇〇名。要申込
【問合せ】青山学院大学総合文化政策学部合同研究室　Fax:03-3409-8213

特別講演　*"Traditional family Systems and recent demographic differences in Eurasia"*

【日時・場所】九月一二日午前一〇時～　於・京都大学時計台百周年記念ホール
【入場料】一〇〇〇円（特別講演のみ）
【問合せ】京都大学GCOEプログラム「親密圏と公共圏の再編成をめざすアジア拠点」Tel:075-753-2734

著者来日情報

ダニー・ラフェリエール氏

'10年1月の大震災の復興に苦しむハイチ。そのハイチ出身の作家D・ラフェリエール氏（カナダ・モントリオール在住。仏メディシス賞受賞）が、初の邦訳書2点同時刊行に合わせ来日決定！　＊詳細次号

10／1 講演「アイデンティティと言葉」（日仏会館）
10／3 講演「ハイチとケベックのあいだで書くこと」（立教大学）
10／6 講演「ハイチとケベックのあいだで書くこと」（東北大学）
10／8 講演「私達を中心に全てが揺れている」（日仏学院）

アラン・リピエッツ氏

小社から今春『サード・セクター』が出版された。その著者であるフランスの環境派エコノミスト／政治家・リピエッツ氏が、経済理論学会（立教大学）で、特別講演を行なう。

出版随想

▼酷暑たけなわである。三基の原子炉がメルトダウンした「フクシマ」原発事故。その放射能汚染の拡大は計り知れない。

▼先日、福島の六号機を設計された技術者のK氏が社に立ち寄られ思わぬことを伺った。「事故以降、米の人工衛星から撮影した写真が、日々外務省に届けられている、極秘情報として。放射能汚染の状態がわかる」と。ということは、今、放射能汚染の状況を国はわかっているということだ。今、国民が一番知りたい情報はそれではないか。その上で、放射能の専門家が、どのレベルでどういう状態なら生活に安全であるかを知らせることだ。陸上でも、稲わらの汚染が全国規模で広がり畜産業に大被害、又、野菜や米などへの被害はどうなのか？　海の中は殆んどまだ情報が明かされていないが、三陸沖のみならず、北海道から四国・九州にいたる太平洋岸の魚介類は放射能に冒されているのではないか。しかも、汚染は海流によってどんどん世界に拡大してゆく。先進国によるあの南太平洋での原水爆の実験の結果はどうであったのか。

▼この「フクシマ」原発事故の影響は、スリーマイルやチェルノブイリをはるかにしのぐのではないか。あのチェルノブイリ事故の時、ソ連国家は、翌日二〇〇〇台のバスを事故現場近くに集め、とにかく三日間の緊急避難命令を住民に出した、という。わが日本では、一体、どういう対応がなされたのか。あの福島の子どもたちの未来が心配でならない。そう思うのは、一人私だけではあるまい。（亮）